時効の果て

警視庁追跡捜査係

堂場瞬一

ハルキ文庫

角川春樹事務所

目次

時効の果て

警視庁追跡捜査係

第一章　時効

1

「何だ、これは?」西川大和《にしかわやまと》は思わず声を上げた。

たまたま誰《だれ》かが追跡捜査係の部屋に置いていった「週刊ジャパン」を、何となく手に取り、立ったままパラパラとページをめくっていくうちに、終わりの方に近いページで、問題の記事に気づいたのだった。

「31年前のバラバラ殺人事件で驚きの新証言」

「愛憎のもつれか」

おどろおどろしい見出しが目に飛びこんでくる。「31年前」というキーワードで、何の事件か、すぐにピンときたが、内容はちゃんと確認しないと……読みこんでいくと、自分の想像が当たっていることが分かった。

三十一年前、東京の板橋区《いたばし》と北区《きた》にまたがる浮間《うきま》公園で、女性のバラバラ遺体が発見された事件を覚えている方はいるだろうか。バラバラ殺人事件は一般的に解決率が高いと言われているが、この事件は被害者の身元すら分からないまま、時効が成立していた。しかし三十一年後になって、ついに事件の核心に迫る新証言が飛び出した。

おいおい……西川は記事をざっと読んで、やはりこの見出しは大袈裟《おおげさ》過ぎると呆《あき》れた。証言しているのは、「犯人に極めて近い人間」と書かれているが、この証人についても犯人についても、身元が特定できるような情報は掲載されていない。ただし、必ずしもでっち上げの記事というわけではないだろう。週刊誌も、情報の内容が際《きわ》どければ際どいほど、慎重に裏を取る。この「犯人に極めて近い人間」についても、みっちり話を聞き、どんな人間なのかも調べ上げているだろう。信用できる人間、信用できる情報だと判断したからこそ、掲載したに違いない。ただし、事件としてはやや「格下」――既に時効になっているから、トップ記事ではなく、巻末に近いこの位置の掲載になったのではないか。西川は一人うなずき、記事をもう一度読み返した。そして、やはり信憑性《しんぴょうせい》が高い記事だと判断する。

死体が遺棄《いき》されたのは、五月十五日の未明。公園周辺は夜になると人通りが少なくなる場所なので、犯人は自宅でバラバラにした遺体を黒いポリ袋に分けて包んで車に乗せ、公園東側の道路に車を停《と》めて、そこから一つずつ抱えて運び、池に遺棄した。

描写が詳細を極めている。まるでその場で見ていたような感じだ。さらに次の一節が、「真実」の裏づけになる。

遺体が浮かび上がらないように、ポリ袋には石を入れたが、遺棄した際にポリ袋が破れたのか、五月二十日になってポリ袋が一つ浮かび上がり、事件は発覚した。

さらに、一番の謎《なぞ》だった被害者の「身元」について。当時二十九歳の女性で、犯人とは愛人関係にあったが、別れ話のもつれから殺されてしまったと記事にはある。ただし、具体的な名前はなかった。

そう……これらが「犯人しか知らない事実」なのだ。バラバラにした遺体の一部を包んでいた四十五リットル入りの黒いポリ袋には穴が開いていた。犯人は、重石《おもし》として石などを入れていたが、何らかの理由で穴が開き石が外に出て、その結果ポリ袋が池の上まで浮上した、と当時警察は推測していたのだ。いずれにせよこれは「犯人しか知らない事実」として、報道陣には伏せられていたのである。

被害者の身元については、名前などがないので何とも言えない。しかし「別れ話のもつれ」は殺人の動機としてはよくある話だ。

西川は、追跡捜査係の一角にある資料庫に入った。背の高いファイルキャビネットで区切っただけのスペースだが、一応、個室っぽくはなっている。集中できる場所が欲しくて、西川の主動で作った場所だった。

古い資料を漁《あさ》り始める。追跡捜査係は、捜査が長引いて「冷えて」しまった事件を再捜査するのが仕事で、警視庁管内で起きた凶悪事件に関しては、全《すべ》ての情報を保管している。最近のものは最初から電子化されているが、古い事件は紙のままだ。西川はこれを全て電子化しようと、暇を見つけてはデータを打ちこんでいるが、まだまだ追いつかない。

今回の事件は、未解決のまま疾うの昔に時効になっていたから、「捜査不能」に分類され、資料は書棚の一番隅《すみ》にひっそりと保管されている。古い事件を見直すのが日課の西川でも、普段はほとんど目を向けない場所だ。資料を見直すのはあくまで捜査のためで、時効が成立して捜査ができない事件を調べても意味はない。ただしたまには、過去に捜査が失敗した理由を明らかにしようと、そういう事件の資料を読むことがあったから、ある程度は——重大な事件については記憶に残っている。特にこの事件は、警視庁史に残る重大未解決事件だから、週刊誌の見出しを見ただけで概要を思い出したのだ。

「週刊ジャパン」の記事が指摘していた通り、バラバラ殺人事件は解決率が高い。被害者の遺体を切断して遺棄するのは、絶対に被害者の身元を知られたくないか、強烈な恨みを持っているか、どちらかである場合が多い。つまり、被害者と加害者が濃い関係にあるケースがほとんどだ。それ故、身元が判明すれば、犯人にたどり着ける可能性は極めて高い。逆に身元が分からなければ、この事件のように迷宮入りする恐れが出てくるわけだ。

西川は資料一式――極めて薄い――を自分のデスクに持っていき、内容を検《あらた》め始めた。

この件は……本当に薄っぺらい。追跡捜査係が発足《ほっそく》する以前に時効になっていたので、資料もほとんど破棄されてしまっていたのだ。後から集めた、当時の新聞や雑誌の記事の方が多いぐらいだ。他にも資料はあるかもしれないが、これから探すのは難しいだろう。警察の一次資料は、犯人を逮捕し、裁判が確定、もしくは時効となった時点で、たいていは破棄されてしまう。残るは捜査員の記憶と個人のメモだけ、ということも珍しくない。

「まずいな……」つぶやきながら、三十一年前の新聞記事に目を通していく。時代は平成元年。このバラバラ殺人の衝撃は相当大きなものだったようで、一報は各紙とも社会面トップで扱っていた。記事の内容は似たり寄ったり……続報も読み進めたが、やはり、遺体を入れていたポリ袋に穴が開いていたという記載はない。当時の特捜本部は、この情報を上手《うま》く隠したようだ。

思わず同僚の大竹《おおたけ》に声をかけ、「週刊ジャパン」を見せる。

「お前、この記事読んだか？　三十一年前のバラバラ事件に新証言ってやつ？」

大竹が何も言わず、首を横に振った。この男に聞いたのが間違いか……極端に無口で、一日に十回も口を開かないと言われている大竹に何か聞いても、個人的な感想が返ってくることはまずない。仕事はきちんとする男なのだが、日常的につき合うにはきついタイプだった。

目の前の電話が鳴る。西川は記事に視線を落としたまま、手探りで受話器を取った。

「広報の里見《さとみ》です」

「ああ……お疲れさん」広報課は警察の「顔」であり、情報発信が仕事だ。情報をしっかり確保するために、警視庁内各部署とは密接な関係を保っている。西川にも広報課に何人か知り合いがいて、里見もその一人だ。常駐する記者クラブ加盟各社以外の雑誌やウェブメディアに対応する三係のスタッフで、巡査部長。元々交通部にいたが、人当たりの良さを買われて五年前に広報課に異動していた。まだ青年の面影《おもかげ》を残す爽《さわ》やかな笑顔の持ち主で、報道陣の受けもいいようだ。

「西川さんですか?」

「西川だ」何の用件か、すぐに想像がついた。「『週刊ジャパン』のことだろう?」

「読みました?」

「ああ」

「ちょっとお話ししたいんですけど、いいですかね」

悪い予感が膨《ふく》らんでいく。それはほどなく、単なる想像ではないと分かった。

「うちは、朝からちょっとした騒ぎになってるんですよ」

「不発の地雷を踏んだようなものだな」

「そうなんですよ」里見が深刻な声で言った。「課長以下、ちょっと事態を憂慮《ゆうりよ》してます」

広報課長は基本的にキャリア組のポストになっている。それだけ、このポジションが重視されている証拠だ。

「課長はどうでもいいけど、確かにちょっと気になるな」

「でしょう？　それで少し、追跡捜査係にお知恵をお借りしたいと思いまして」

「分かった。すぐ行くよ」

西川は立ち上がって周囲を見回した。係長の鳩山《はとやま》は不在。今部屋にいるのは、最近新しくスタッフに加わった牛尾拓也《うしおたくや》と大竹だけだった。

「ちょっと出てくる。留守番《るすばん》を頼むぞ」

「どこですか？」

牛尾だけが反応して立ち上がる。この男は捜査一課——追跡捜査係もここの一セクションである——特殊班から横滑りで異動してきたばかりだった。追跡捜査係では、西川、そして同期の沖田大輝《おきただいき》の在籍が長くなっており、新しい「血」を入れるためにと、牛尾は二年限定で追跡捜査係に合流していた。同じ条件で、所轄の刑事課からは林麻衣《はやしまい》という女性刑事も新たに加わった。しばらくこの係で活躍した三井《みつい》さやかと庄田《しょうだ》が結婚して、二人とも同時に異動になったので、牛尾と麻衣はその後釜《あとがま》でもあった。人数は変わらないのだが、仕事に慣れない新人二人を抱え、何となくぎこちない空気が流れている。

「広報課だ」

「広報課？」

「ちょっと打ち合わせだ。何かあったら呼んでくれ」

「了解です！」牛尾が元気一杯に言った。

若いな……と西川は苦笑した。警察は基本的に体育会系の組織なのだが、最近はこういう声のでかい、やる気一杯の若者は少なくなった。

あまり気合いを入れ過ぎると空回りするものだが……しかし、「楽にやれよ」とアドバイスするのも筋違いだ。「肩の力を抜く」ことと、「適当に仕事をする」ことは違う。結局、追跡捜査係独自のペースには、個人の感覚で何とか慣れてもらうしかない。


広報課に行くと、里見と三係の係長、竹長《たけなが》が出迎えてくれた。ソファに腰を下ろすなり、竹長が切り出す。

「『週刊ジャパン』の記事、どう思う？」

「どうもこうも」西川は肩をすくめた。「話が古過ぎて、ピンときませんよ」

「で、どうする？」

「うちとしては何もできませんよ。捜査する権利もありません」

「時効の壁か……」竹長が腕組みをした。

「殺人事件の時効が撤廃《てっぱい》される以前の事件ですからね。時効が成立した事件をいつまでも追いかけ回していたら、税金の無駄遣いだ」

西川としては興味を惹《ひ》かれる事件だが……この事件は、昔から「最難関のバラバラ殺人」と言われていた。そして事件は、難しければ難しいほどやりがいがある。

「記事に対する反響はあったんですか？」西川は逆に訊《たず》ねた。「他のメディアからの問い合わせとか」

「もちろん」竹長が答える。「記者クラブもざわついていて、各社のキャップとは非公式に話したんだけど、興味を持っている社もあるな。特に東日《とうにち》」

最近は、切った張ったの事件原稿の扱いは小さくなったが、東日新聞は昔から事件取材には定評があり、今でも大きな事件になると他紙よりも紙幅を割《さ》いて伝える。各社が徐々に警視庁担当の記者を減らしていく中――日本新報などは夕刊の廃止もあって、今では五人体制だ――東日だけは昔と変わらず十人の記者を常駐させていると、以前里見に聞いたことがあった。

「東日が本格的に動き出すと、うるさいかもしれませんね。でも、警察的には止めることもできない」

「そうなんだよ」竹長が認めた。「西川はこの件、個人的にはどう思う？　記事の信憑性は高いと思うか？」

「そうですね」西川はうなずいた。「情報源は匿名《とくめい》ですが、犯人しか知り得ない事実があります」ポリ袋の穴のことを説明した。

「犯人自身が告白したんじゃないかな」竹長が首を捻《ひね》った。「ポリ袋の色なんか、遺体を始末した犯人しか知らないだろう」

「そうなんですよ。でも、犯人が告白するメリットが分からない」

「今さらなあ」竹長がうなずく。この男も捜査一課の出身で、多くの犯人と対決してきた。

「三十一年も経《た》ってから、良心の呵責《かしやく》に耐えかねて自白、というのはあり得ない。平成初めの事件が令和に蘇《よみがえ》るなんて」

「となると、やっぱり関係者ですかね。犯人、あるいは犯人に極めて近い人物が、金のために情報を売った」

「『週刊ジャパン』の知り合いと話してみたんですが、口が堅いですね」里見が渋い表情で打ち明ける。

「そりゃあ、金で買ったにしても、情報の出どころは言わないだろうさ。そもそも金は出していないかもしれないし」西川は言って、里見に訊ねた。「続報はある気配か?」

「それも何とも……分かりません」里見が申し訳なさそうに言った。

「後は、犯人の名前だな」西川は顎《あご》を撫《な》でた。「続報が出るにしても、それぐらいだろう。『週刊ジャパン』は、どこまでやるつもりかな」

「分からんなあ」竹長が言った。「こういう件は、俺《おれ》は経験がない。あんたはどうだ? 時効になった事件の真相が、マスコミによって明らかになるっていうのは?」

「俺も経験はないですね」西川は認めた。「だいたい、時効になってしまったら、マスコミにとっても報道する価値は半減するはずです」

「三億円事件は、未《いま》だに騒がれるけどな」

西川はうなずいた。未解決のまま時効になってしまった事件の中で、三億円事件、それに一連のグリコ・森永《もりなが》事件は、今でも耳目《じもく》を惹く。時々「新事実」と称する情報が流れ、新聞はともかく、雑誌で取り上げられたり、本が出たりする。この件は、そういう事件に比べれば少し地味なのだろうか。社会的広がりがないせいかもしれない。

「で、どうする？」竹長が挑みかかるように言った。

「どうするって？」

「追跡でフォローするのか？」

「いやあ……」難しい問題だ。西川個人としては非常に興味を惹かれる。何しろ「最難関」のバラバラ殺人であり、腕は鳴る。しかし、そもそも捜査する権利がないのが大きな壁だし、手がかりが極めて少ないのもマイナスポイントだ。当時の捜査員に話を聴くにしても、多くは退職してしまったのではないだろうか。普段にも増して、手間と時間がかかりそうだ。

「正式には捜査はできないわけだ」竹長が指摘した。

「ですね」

「しかし、非公式の捜査ならできるんじゃないか？」

「それは捜査とは言いませんよ。だいたい、何のために捜査するんですか？」

「この事件は、広報課としても取材に応じる義務はない。しかし、もしも『週刊ジャパン』で続報が出るようなことがあれば、さらに問い合わせも増えると思うんだ」

「マスコミのためにやるんですか？」西川は目を剝《む》いた。「そこまで気を遣わなくてもいいと思いますけどね」

「こっちの面子《メンツ》の問題もある。マスコミ主導で真犯人が炙《あぶ》り出されたりすれば、警察としては面子丸潰《まるつぶ》れになるじゃないか。自分たちが解決できなかったのに、マスコミに犯人を指摘されたりしたら……気分が悪いよな？」竹長が、西川の目を覗《のぞ》きこんだ。「実は、捜査一課長と広報課長が直接話している。何もしないわけにはいかないだろう、という話になってるんだ」

「それで、うちに話を回そうとしてるわけですか」

「捜査一課の他の係にやらせるわけにはいかないだろう。それは筋が違う」

そんな風に言われると、反発したくなってくる。確かに、マスコミ先導で事件の全容が明らかになったら、気分は悪い。警察に対する批判も出てくるかもしれない。しかし、正式に捜査できない以上、どうしようもないではないか。今の西川は、マスコミの連中と同じ立場と言える。強制的な捜査はできないので、あくまで丁寧《ていねい》に頭を下げ、人の好意に頼って話を聴いていく……そんな地道な捜査で、三十一年前の犯人にたどり着けるとは思えなかった。

「あとは、西川の好奇心次第《しだい》だな」

「そんなことを言われても困りますよ」

「こういう事件だと、追跡捜査係のエースの血が騒ぐんじゃないか？」

「まあ……気にはなりますけどね」できるできないはともかく、好奇心は刺激されている。

「もしも一課長のお墨《すみ》つきを得て、正式に動けるとしたら、ありがたい話じゃないか？」

西川はしばし、無言で考えた。仮に犯人が分かっても、どうしようもない。警察は趣味で謎解きをやっているわけではなく、犯人を逮捕し、司法の場に送り出すのが仕事なのだ。

壁は高い。「やれない」「やるべきではない」と正論で放《ほう》り出してしまうのも手だ。しかし西川の好奇心は、これまでも様々な壁の存在を簡単に乗り越えた。

やはりこれは趣味だ。最高の趣味だ。いつもとは違うテンションで取り組むことになるだろうが、それはそれで面白いかもしれない。


追跡捜査係に戻ると、帰って来ていた鳩山が、ちょうど電話を終えたところだった。

「あの件、広報と話したか？」いきなり切り出す。

「あの件？」

「これだよ、これ」鳩山が「週刊ジャパン」を取り上げた。

「話しました。係長は、どこかから何か言われたんですか？」

「一課長から、非公式に捜査するように指示を受けた」

「マスコミ対策ですね。今、広報でも言われました」もしかしたら広報は、とうに方針を決めていて、西川にやる気があるかどうか、探りを入れただけなのかもしれない。

「一課長としても、何も言わないわけにはいかないんだろうな。うちが非公式にでも捜査を始めれば、『情報収集していないわけではない』とは言える」

「いったい、どこを向いて仕事してるんですかねえ」西川は溜息《ためいき》をついた。自分の「趣味」として捜査できるのはありがたい限りだが、保身ばかり考えている上司には辟易《へきえき》させられる。

「そう言うなって。うちも最近は暇なんだから」

「沖田は忙しいじゃないですか」

沖田は今、十二年前に起きた放火殺人事件の手がかりを求めて駆け回っている。西川の見立てでは解決の見込みが薄い事件なのだが、沖田は妙に入れこんでいて、今日も朝から名古屋《なごや》に出張していた。被害者——名古屋出身の女子大生だった——の関係者に事情聴取をする予定になっている。東京で起きた事件とはいえ、大学に入学したばかりの被害者は、地元・名古屋の友人たちとのつき合いがまだ濃かったのだ。この出張には、牛尾と一緒に追跡捜査係に異動してきた女性刑事・麻衣も同行している。沖田は「研修だ」と言っていた。確かに最近、追跡捜査係は暇で、実際に捜査する機会が少ない。麻衣に、少しでも現場の空気を経験してもらおうという狙《ねら》いで、鳩山も出張を許可した。しかしこの件は、上手く進まないだろう——麻衣が空振りの虚《むな》しさを味わうことになると思って、西川は少しだけ同情していた。

「だからこの件は、お前に任せるよ。必要なら、牛尾にも手伝わせて……」

「はい、何でもやります」

自分の名前が出たのを聞いて、牛尾が勢いよく立ち上がる。まったく元気なことで……と西川は苦笑した。

「いや、今はまだいい」西川は彼を落ち着かせようと、静かな口調で言った。

「そうですか……」牛尾が唇を尖《とが》らせて不満を表明し、ゆっくりと腰を下ろした。

事件はない方がいいのだが、追跡捜査係の場合はそうも言っていられない。未解決事件の捜査をしていないことは、「サボっている」とみなされる。

「手が必要になったら声をかけるよ。その時のために待機――それより、他の事件の資料をきっちり読みこんでおいてくれ。自分で疑問に思うことがあったら、そっちの捜査を始めてもらって構わない」

「書類仕事は苦手なんですよね」牛尾が愚痴《ぐち》を零《こぼ》す。

「警察の仕事の九割は書類仕事だぞ」

言って、西川はまた資料室に籠《こも》った。先ほど見つけた資料以外に、まだ何かあるのではないか……埃《ほこり》っぽく狭い場所で屈《かが》みこみながら、西川は次第に気分が高揚《こうよう》してくるのを感じた。

いわば「外圧」で始めることになった捜査だが、時効が成立してしまった事件を見直す機会など滅多《めった》にない。これは極めて珍しいチャンスではないか。

2

おいおい……岩倉剛《いわくらごう》はコンビニエンスストアの前で固まってしまった。朝、新聞を読んで「週刊ジャパン」の見出しに気づき、出勤途中に購入したのだ。外へ出てページを開いた途端《とたん》に飛びこんできたのは、「31年前のバラバラ殺人事件で驚きの新証言」という見出し。

やはりこの件だったか。

岩倉はコンビニエンスストアの店先で立ったまま、記事を一気に読んでしまった。三十一年前——岩倉が警察官になる動機になった事件の秘密を暴く記事である。犯人や被害者を具体的に指摘しているわけではないが、動機面については「別れ話のもつれ」とはっきり書いてあるし、死体遺棄の様子も詳細を極めている。それこそ、犯人でないと語り得ない内容だ。

記事を二度読む間に遅刻しかけているのに気づき、慌てて歩き出した。南大田《みなみおおた》署に異動してきてから、できるだけ自転車通勤するようにしていたのだが、今日は雪になるかもしれないという天気予報を見て、歩いて出て来たのだ。一月の寒風に身を晒《さら》しているうちに、体がどんどん縮んでいくような感じがする。

それにしてもこの記事は……何だか、自分の大事な財産を、見知らぬ人にかすめ取られたような感じだ。岩倉はこの件を捜査したわけではなく、時効になるのを横目で見ていただけなのだが、何となく悔しい。

遅刻ぎりぎりで刑事課に飛びこみ、朝礼を終えたところで、岩倉は情報収集のために受話器を取り上げた。かけた先は、機動捜査隊。今、本部の部署で一番気楽に話ができる相手、伊東彩香《いとうあやか》が、ここに在籍しているのだ。南大田署でキャリアをスタートさせた彩香は、その後機動捜査隊に引っ張り上げられた。女性で機動捜査隊勤務はまだ珍しいが、これも警察の多様性推進ということだろう。女性が一線の刑事や管理職として活躍できるかどうか、現在模索中という感じなのだ。彩香は所轄《しょかつ》時代の「弟子《でし》」で、岩倉はその柔軟な対応力を高く買っていた。

「こんなに朝早くからどうしたんですか、ガンさん」彩香が怪訝《けげん》そうな声で問いかける。

「『週刊ジャパン』、読んだか？」岩倉はいきなり切り出した。

「例の記事ですか？」

「そう」

「はい。うちはちょっとざわついてますよ」彩香が声を潜《ひそ》めて言った。

「やっぱりな」予想通りだった。三十一年も前の、時効が成立した事件が突然話題になったら、直接捜査をしなかった刑事でも、心穏やかではいられない。

「ちょっと……ちょっと待って下さい」

一時電話から離れた彩香は、すぐに戻って来て、納得したような口調で続けた。

「これ、昔ガンさんが話していた事件ですよね？　ガンさんの原点みたいな感じの」

「あの頃《ころ》はまだ、警察官になってなかったけどな」

「気分悪いんでしょう？」彩香が指摘した。

「悪い」岩倉は認めた。

「どう処理するか、捜査一課の上の方で相談するみたいです」彩香が声を潜めて言った。

「しかし、捜査はできないだろう。時効が成立しているんだから」

「ですね……でも、記者クラブの連中からも問い合わせがあるみたいですよ」

「雑誌ならともかく、新聞がこれを記事にするかね」岩倉は首を捻った。

「それは分かりませんけど……一応、警察としてもスルーするわけにはいかないんじゃないですか」

「追跡捜査係にやらせるつもりかな」やるとしたら、あそこしかない。

「どうですかね……いくら追跡捜査係と言っても、時効になった事件は捜査できないでしょう」

「そりゃそうだけど」

「ガンさん、まさか何か変なことを考えてませんよね？　余計なことしたら駄目ですよ」

彩香が釘《くぎ》を刺した。

「俺には何もできないよ。たかが所轄の刑事なんだからさ」岩倉は自嘲《じちょう》気味に言ったが、頭の中ではまったく別のことを考えていた。

これは俺の事件だ……一度も捜査したことがなくても、誰にも渡したくないという奇妙な感情がある。

「一課で、何か変な動きがあったら教えてくれないか」

「嫌ですよ、そんなスパイみたいなこと。それに私は、機動捜査隊の人間ですから」

彩香は即座に拒否したが、実際には情報は入れてくれるだろうと岩倉には分かっていた。一応今でも師弟関係は存在しているはずだし、彩香は刑事に一番必要な素養――好奇心が旺盛《おうせい》な女性だ。そういう意味では、自分と同じ匂《にお》いがするタイプである。

「じゃ、よろしくな」

「ガンさん――」

岩倉はさっさと電話を切った。朝の無駄話も悪くないのだが、本部勤務で何かと忙しい彩香の時間を奪うのは申し訳ない。

岩倉は自席で腕組みし、三十一年前の出来事を昨日のことのように思い浮かべた。

当時、大学生だった岩倉は、埼京線《さいきょう》の浮間舟渡《うきまふなど》駅近くに住んでいた。毎朝の通学でいつも通る公園の前に、ある朝、パトカーがずらりと並んでいたのだ。そして夕刊を読んで、バラバラ事件だと知った時、それまで感じたことのない奇妙な感情を覚えた。興奮したわけではなく、いったい何が起きたのだろうという純粋な興味……以来この事件は、ずっと岩倉の頭の中に居座っている。

当時は続報をずっと追いかけていただけだが、捜査は難航し、被害者の身元さえ分からなかった。自分が刑事だったらどうするか――素人《しろうと》ながらに頭の中であれこれ推理を巡らし、どういう捜査をすればいいのか考え始めた。当時、盛《さか》んにミステリ小説を読んでいた影響もあったかもしれない。

岩倉はこの事件に引かれるように刑事になったのだが、結局捜査に関《かか》わることはできなかった。岩倉が警視庁に入った時には、既に「冷えた」事件になっていて、所轄に置かれた特捜本部も縮小されていたのだ。岩倉はこの所轄への配属を希望したのだがそれは叶《かな》わず――警察学校では「志《こころざし》は立派だが個人の希望で異動は決められない」とあっさり言われた――その後捜査一課に異動になっても、このバラバラ事件に取り組む機会はなかった。結局、横目で見ながら……何もせずに時効が成立するのを見届けるしかなかった。

それも、ずいぶん前の話である。

あの事件で、今になって新証言が出てきたのは、にわかには信じられない。何か裏があるのではないかともう一度記事を読み返してみたが、信憑性は増す一方だった。

「ガンさん、どうかしましたか?」刑事課長の安原康介《やすはらこうすけ》が声をかけてきた。年下の上司であるこの男とは、互いに丁寧に話し合う奇妙な関係が続いている。まあ、年齢と階級が合致しない警察ではよくある話なのだが。

「いや、週刊誌でちょっと気になる記事がありましてね」

「ああ、例の三十一年前の事件がどうこういうやつですか?」

「ええ」

「中吊《なかづ》りで見たけど……ちょっと貸して下さい」

安原が「週刊ジャパン」を取り上げ、ページをめくった。さっと目を通すと「本物ですかね、これ」と疑わしげに言った。

「どうでしょうねえ」本物だと思っていたが、岩倉は断言を避けた。

「ま、週刊誌は売るためには大袈裟に書きますから」

「そういうこともあるでしょうね」

安原が週刊誌を岩倉のデスクに戻して、課長席に戻った。どうやら彼の興味は惹かなかったようだ。

今日は特に用事がない。その暇な状況が、岩倉の心に小さな火を灯《とも》した。

廊下に出て、スマートフォンの電話帳をスクロールして調べる。あった……あまりいい関係の相手ではないが、念のためにと電話帳に登録しておいたのだ。しかし、もう何年も話していないし、向こうはこちらの電話番号を登録していないかもしれない。となると、電話に出ないのではないか？　用心して、非通知や未登録の番号には出ない人も大勢いる。逆に、岩倉だと分かって無視するかもしれないが。

思い切ってかけてみると、予想に反して相手はすぐに電話に出た。しかもこちらが誰か、分かっている。

「岩倉さん？」

「どうも……お久しぶりですね」

「何事ですか、こんな朝早く」

「早い？　世間はもう、フル回転で動いてますよ」

「こっちは世間と数時間ずれてるものでね……今、何時ですか？」

「もうすぐ九時」

「九時？　四時間しか寝てないですよ」

相手――磯田直道《いそだなおみち》の愚痴《ぐち》を無視して、岩倉は訊ねた。

「あなた、今も『週刊ジャパン』の編集部にいるんですか？」

「今もというか、一度月刊誌の方に出て、出戻りでここの副編集長に……」

「出世したわけだ」

「雑誌の副編集長なんて、忙しいだけで役得も何もありませんよ。社会的に評価が高い仕事でもないし」

この愚痴の多さ、自嘲気味な話し方は、五年前とほとんど変わっていない。いや、年齢を重ねて、さらに愚痴っぽくなっているようだった。人間は歳《とし》を取ると、いろいろなことを諦《あきら》めて、文句も言わないようになるものだが……彼はまだまだ現役ということだろうか。

「ところで、あなたに昼飯を奢《おご》ろうかと思ってるんですが」

「何だか怖いな」

「まさか。警視庁で一番穏やかな人間だと言われてるんですよ、俺は」

「自分で言ってるだけじゃないんですか？」磯田が低く笑った。「岩倉さん、結構悪いからな」

「いやいや、最近は毒気が抜けてきましたよ。どうですか？　ちょっと聞きたいことがあるんだけど、つき合いませんか」

「奢りはありがたいけど、いったい何事ですか？　そもそも岩倉さん、まだ捜査一課にいるんですか？」

「いや。今は所轄」

「所轄の人がわざわざ……逆に怖いですね」

「本部の人間の方が怖いんじゃないかな」

「まあ、それはいいですよ。それで、何の話ですか？」

「今日の『週刊ジャパン』……三十一年前の事件に新証言、とかいうやつ」

「ああ……あれは俺の担当じゃないですよ」

「でも、ちょっと内々に話をしたいんです。捜査じゃないですよ？　あくまで個人的な興味で」

「じゃあ、ご馳走《ちそう》になりますかね。ステーキ、どうですか？」

「ああ……」

昼からそんな脂っこいものを……岩倉は胃の辺りを摩《さす》ったが、向こうの希望なら仕方がない。どうやら贔屓《ひいき》の店があるようで、磯田は店の名前と大まかな場所をすぐに告げた。

「詳しい住所はショートメールで送っておきますよ。それと……」

「岩倉さん、当然クレジットカードは持ってますよね？」

「まだ何か？」

カードでないと支払えないような高い店なのか……うんざりした。この件は経費で落とすわけにはいかないだろうし、自腹になる。これで磯田が何も喋《しゃべ》らなかったら、何かの理由をつけて逮捕してやろう、と岩倉は決めた。


店に入った途端《とたん》、こいつはまずいと岩倉は焦《あせ》った。想像していたよりもずっと高そう……白と茶色を基調にしたシックな店内で、ビールではなく赤ワインでいい肉を楽しむよな感じである。店員も黒服で、上品に、粛々《しゅくしゅく》と動いている。まったく磯田も、奢りだと思うと勝手なことを言うものだ。

オープンしたばかりの時間帯なので、席は半分ほどしか埋まっていない。岩倉が席について五分ほどして、磯田が姿を現した。

「どうも」と言って斜め向かいに座った磯田を一瞥《いちべつ》して、彼はこの店のシックな雰囲気をぶち壊しにしている、と呆れた。五年前に比べて体が全体に丸くなっているのは仕方ないとしても、服装がひど過ぎる。サイズが合わず、しかもよれよれになったジャケットにジーンズ。あろうことか、ボタンダウンのシャツの襟は右側だけボタンが外れていた。

とはいえ、岩倉もファッションのアドバイスができるような人間ではない。黙ってメニューを差し出すと、磯田は入念に目を通しながら、「岩倉さんは何にしますか？」と訊ねてきた。

岩倉は既に決めていた。ランチで一番安いハンバーガー。

「ハンバーガーで」

告げると、磯田がメニューから顔を上げ、一瞬渋い表情を浮かべる。

「そう言われると、高いものは頼みにくいな」

「ハンバーガーが好きなだけだから」

「じゃあ、俺は体に気を遣って、ヒレの二百グラムにしますか。脂分はカットしないと」

どこが気を遣ってだ、と岩倉は呆れた。肉は肉。油の多寡《たか》に違いはあるが、間違いなく磯田の余分な体重として蓄積していく。しかもヒレの二百グラムは七千九百円。二人で昼飯を食べるだけで一万円が飛んでいくと考えると、気が遠くなりそうになる。

注文を終えると、磯田がバッグから今週の「週刊ジャパン」を取り出した。当該のページを開き、指先でつつく。

「これね」

「そう」

「まあ、七十点ぐらいの記事かな」

「ずいぶん点数が辛いことで」

「続報が出れば再評価しますけどね。このままだと、中途半端かな。犯人も被害者も特定できないし」

「あなたが担当したわけじゃない？」

「違いますよ。さっきもそう言ったでしょう？　とにかく俺は、こういう、切った張ったの話からは卒業したんです」磯田が喉《のど》の奥で低く笑った。「今は連載担当としてのんびりやってますよ」

「連載担当というのは？」

「小説やコラムの担当です。原稿を頼んで、受け取るだけです」

「ずっと待ちですか。それも大変そうだな」

「気楽なものですよ。原稿が入らない時だけは、ストレスが溜《た》まる感じです。最近は、作家さんも昔みたいに遅れるのが当たり前、ということはないですけど」

事件や事故、疑惑に芸能界のスキャンダルを取材する連中は、何かと大変だろう。それこそ張り込み、尾行で徹夜は当たり前、休みも取れない……それに比べれば、「待ち」が辛《つら》いと言ってもたかが知れている。

「とにかく、こういう事件記事にはタッチしてないんですよ」

「でも、同じ編集部内の話だから、少しは分かるでしょう」

「どうですかねえ」

磯田がとぼけた直後、彼の前菜のサラダが運ばれてきた。値段だけのことはある……えらく豪勢なサラダで、野菜不足の人でもこれを食べていれば十分栄養が補給できる感じだった。磯田はそのサラダを、ガツガツと食べ始める。岩倉のハンバーガーはまだこない。

「それで――」

「まあまあ」磯田が皿から顔を上げた。「食べている時は、野暮《やぼ》な話はやめましょう」

あっさり拒否され、岩倉は腕組みをした。磯田との出会いを思い出す……あれは五年前、岩倉がまだ捜査一課にいる頃だった。ある殺人事件の捜査中に、「週刊ジャパン」に出入りしていたライターに、暴行事件の容疑がかかった。ややこしそうな事件だったので、所轄ではなく本部の捜査一課が密《ひそ》かに内偵を始めたのだが、その矢先、ライターと弁護士を連れて警察に乗りこんできたのが磯田である。疑われていることを察したライターが、編集部に相談して先手を打ってきたのだ。その時に岩倉が対応したのだが、煮ても焼いても食えない男、というのが磯田に対する第一印象だった。百戦錬磨《れんま》のベテラン、信念のためには警察と喧嘩《けんか》するのも厭《いと》わない――結局、アリバイが証明されて、そのライターに対する疑いは晴れたのだが、岩倉としては非常に嫌な記憶である。犯人を追い詰められなかったことより、磯田にいい具合にあしらわれたことにむかついていた。しかも結局、あの暴行事件の犯人はまだ見つかっていない。そろそろ「冷えた」と判断して、追跡捜査係に引き渡さねばならないタイミングだ。

岩倉のハンバーガーと磯田のステーキが、同時に運ばれてくる。二千円以上もするだけあって、ハンバーガーも豪勢だった。大量の生野菜、さらに洒落《しゃれ》たカップに入ったフレンチフライつき。思わずにんまりしたが、磯田のステーキも美味《うま》そうだ。なるべくそちらの方を見ないようにしながら、ハンバーガーに専念する。味は上々……粗挽《あらび》きの肉の旨味《うまみ》がしっかり出ていて、これだけで立派な一品料理という感じだった。生野菜も新鮮で、十分サラダ代わりになる。フレンチフライは……これは少し残そうと決めた。美味い——今まで食べたフレンチフライの中で一番美味かったかもしれないが、所詮《しょせん》は炭水化物を油で揚《あ》げたものである。五十を超えた身としては、控《ひか》えなければならない食べ物だ。

磯田は嬉々《きき》としてステーキを食べている。つけ合わせは巨大なパン……いや、パンではなく、割ると中は完全な空洞だった。岩倉が凝視《ぎょうし》しているのに気づき、磯田がニヤリと笑う。

「これですか?」

「変わったパンですね」

「ポップオーバーですよ」

「ポップオーバー?」

「パンみたいなものですけど、軽くて美味いですよ。食べます?」

「いや、炭水化物は摂《と》り過ぎたくないんで」

「岩倉さんは、体型を気にするような感じじゃなさそうですけどね」

「いやいや……男だって、体型に気を遣わなくなったら終わりだから」

「へえ。若い彼女でもいるんですか?」

磯田がまたうがいするような笑い声を上げ、岩倉はどきりとした。それは事実——二十歳も年下の恋人がいる。家族とは別居——城東《じょうとう》大教授である妻とは、一人娘の千夏《ちなつ》が高校を卒業するタイミングで正式に離婚することになっている。家族は既に崩壊しているのだが、まだ離婚が成立していない以上、これは立派な不倫だ。恋人の存在が離婚の理由というわけではないが、万が一この事情が知られて離婚調停にでもなったら面倒になる。それ以外にも、現職の警察官が不倫していることが表沙汰《おもてざた》になったら、どんなトラブルが起きるか分からない。そして目の前にいる男は、連載担当とはいっても、日本有数の部数を誇る週刊誌の編集者である。今の質問は偶然だろうが、突っこまれたくはなかった。

「あなたこそ、何も問題ない？　そんな肉を食ってて、人間ドックで引っかかりませんか？」岩倉は話題を変えた。

途端に情けない顔つきになり、磯田が丸い腹を撫でる。

「まあ、そういうのは……内輪で話している分にはいいけど、第三者に言われるとショックがでかいですね」

「そのステーキを最後に、節制するといいですよ」

微妙な突《つつ》き合いは愉快ではなかったが、とにかくハンバーガーは美味かった。値段だけのことはあると納得して食べ終え、岩倉は紙ナプキンで丁寧に指先を拭《ぬぐ》った。同時に、最近自分は肉を食べ過ぎだ、と反省する。署がある蒲田《かまた》は羽根つき餃子《ギョーザ》で有名なのだが、実はとんかつの名店も多い。あちこちの店を食べ歩いて、蒲田に来てから体重が三キロ増えた。

「それで、と」磯田がフォークとナイフを丁寧に皿に置いた。「警察的にはどうなんですか？」

「別にどうもならないでしょう」逆取材か、と岩倉は少し警戒した。

「時効になった事件は捜査できない、ということですね」

「そう……捜査する権利もない」

「まるで、捜査が特権みたいに言うんですね」磯田が揶揄《やゆ》するように言った。

岩倉は無言でうなずくだけにした。警察官になったのは、生来の正義感故である。しかし、事件が持つ暗い魅力を感じたのも事実だ。あのバラバラ殺人事件を報じる新聞記事を読む度に、奇妙な興奮を覚えたのである。もちろん、新聞記事は実際の捜査よりも二歩、三歩遅れているはずだが、警察がどんな風に事実に迫り、犯人を追っていくかは何となく想像できた。

実際の事件は血なまぐさく、それで人生を狂わされてしまう人がいることを考えれば、呑気《のんき》に「謎解きだ」などとは言っていられない。実際に刑事になってみると、推理を働かせる機会もなく、ただ上司の命令に従って、駒《こま》になって動き回るしかなかった。その中でも、事件に取り組む喜びは確実に身に染みついていったのだが……。

「まあ、趣味みたいなものなんで」

「それで給料がもらえるんだから、羨《うら》ましい限りですね」

この件は、議論しても広がらないような気がする。広げる意味も感じられなかったが。

「俺にとっては、原点みたいな事件なんですよ」

「岩倉さん、この事件が起きた時、もう刑事になってました？」

「いや、学生時代に起きた事件なんだけど、当時住んでいた家のすぐ近くが現場だったんですよ」

「それでショックを受けて刑事になろうとしたとか？」

「ショックというのとはちょっと違うな。興味を惹かれたっていう感じで」

「やっぱり捜査が趣味ですか」

「それは認めざるを得ないですね……あくまで趣味の話だと思って、ちょっとこの件につき合ってもらっていいかな」

「どうしますかねえ」磯田が腕組みをした。「担当が違うと、それぞれの仕事には首を突っこまないのが仁義ってもんでしてね。もちろん、批判もご法度《はっと》」

「でも、もしも何か情報が手に入ったら、協力するのでは？」

「今の俺が、特集班に協力できるわけがないですよ。毎日のんびり原稿を待ってるだけなんだから」

「じゃあ、基本的には暇なんだ」

「ええ、いや、まあ……」磯田の表情が暗くなる。迂闊《うかつ》な一言だった、と気づいたのだろう。

「ちょっとだけ、あなたの時間を貸してもらえるとありがたい。俺が知りたいのは、あの記事が出た経緯です。正確に言えば、『犯人に極めて近い人間』が誰なのかを知りたい」

「知ってどうするんですか？」

「さあ……」岩倉は肩をすくめた。「捜査はできないと思う。あくまで純粋な好奇心からですよ」

「個人的な好奇心につき合って危ない橋を渡るのは、ちょっと気が進みませんね」

「あのライターの人、最近はどうしてます？」岩倉は急に話題を変えた。簡単には頼みを聞いてもらえないだろうと思い、当然飯を奢る以外の材料も用意している。

「え？」磯田の表情が微妙に暗くなる。

「名前は何でしたっけ……そうそう、萩原《はぎわら》さん。今もご活躍なんですか？」磯田につき添われて、警察に乗りこんできた人物だ。

「まあ……時々書いてもらってますよ」

「お元気なわけだ」

「何が言いたいんですか？」

「ライターの仕事も激務なんでしょうね。徹夜続きも当たり前だ。特に彼のように、事件取材の多いライターだと……栄養ドリンクばかり飲んでるんじゃないですか」

「岩倉さん」磯田の苛《いら》立《だ》ちは、早くも頂点に達しようとしていた。「何が言いたいんですか」と繰り返す。

「五年前、あの事件ではご迷惑をおかけしましたね。我々も、あやうく誤認逮捕するところだった。もちろん、逮捕されたからといって即有罪と決まるわけじゃないけど、日本の場合はそうもいかない……逮捕イコール有罪と言っていい」

「推定無罪が原則なのに、日本では逮捕されたら人生は終わりだ」

「そうそう」岩倉は笑みを浮かべた。「それだけ、警察が信用されているということなんですけど、それ故、誤認逮捕は絶対に許されない。日本の警察は、逮捕には慎重なんですよ。アメリカみたいにまず身柄《みがら》を拘束《こうそく》して、それから裏づけを始めるようなことはしない。あの時は……あなたは大活躍でしたね。まったく、大変な迫力だった」

「仕事仲間が逮捕されそうになったら、誰だってむきになりますよ」磯田がわずかに胸を張った。

「我々が把握《はあく》していなかった彼のアリバイを持ち出して、捜査を吹っ飛ばしてしまった。まあ……正直言って、我々にも少し焦りがありました。あの逮捕状請求は、かなり無理があったと思います。そういうのは、現場の刑事もしっかり認識しているから、引いたんですよ」

「当然でしょう。不当な逮捕は許されない」

「ただねえ……」岩倉は手札を切った。「あの時は警察が不利な立場だったから、あれ以上無理なことは言えなかったけど、私は密かに反対していました。声を上げられる雰囲気ではなかったですからね」

「どういう意味ですか？」

「別件で逮捕できたのに、もったいなかったな、ということです」

「別件も何も、暴行事件に関してはまったくの濡《ぬ》れ衣《ぎぬ》だったじゃないですか！」磯田が色をなした。

「失礼。あなたの言う通りだ。別件逮捕は、決して褒《ほ》められたものじゃないですが……あの時はまったく別の、しかもちゃんとした容疑があったんですよねえ」

「それはいったい……」

岩倉は敢《あ》えて、一瞬言葉を呑んだ。磯田が想像するに任せる。

「疲れを取る、ダイエットに最適……そういう謳《うた》い文句、聞いたことあるでしょう」

「ドラッグですか？　冗談《じょうだん》じゃない」磯田が色をなして言った。

「いやいや……中毒者を散々見てますから、我々には分かるんですよ。挙動、顔色、そういうものですぐに見抜ける。あの時、やはり逮捕しておくべきでした。あなたに乗りこまれて、ちょっと弱気になり過ぎましたよ。違法薬物を扱うのは、立派な犯罪です」

「ちょっと待って――」磯田が急に慌て出した。

「今はどうなんでしょうね。個人の意志だけでやめられる人はほとんどいません。そういう人が編集部に出入りしているのは、いかがなものかと思いますが」

「言いがかりじゃないですか」磯田が唇を尖《とが》らせる。

「それは、正式に捜査してみないと何とも言えないですね……ただ、私が捜査するわけじゃない。そういうことには、専門家がいますから。話をすれば食いついてくると思うけど、どうでしょうねえ。あまり面倒なことはしたくないんだけど」

「岩倉さん、相変わらず悪いですね。全然枯れてないな」磯田が引き攣《つ》った笑いを浮かべた。

「とんでもない。警察官としては極めて標準的な人間ですよ、俺は」岩倉はできる限りの笑みを浮かべた。「で、どうしますか？　ちょっと手を回してもらえますか？」

3

西川はまず、当時の捜査員を探すことから始めた。こういう仕事はいつもやりにくい……事件が迷宮入りするのは、刑事にとって最大の汚点である。個人の責任が追及されるわけではないが、どうしても「失敗した」という意識はついて回る。特に現役の刑事にはその傾向が強く、話を聴きに行っても拒否、あるいは追い返されることも珍しくない。彼らにすれば、追跡捜査係が粗を探しに来たような感じなのだろう。

その点、ＯＢの方が多少はましだ。現役を退《しりぞ》けば、多少は責任感が薄れるから、案外あっさり当時の事情を話してくれたりする。

伝手《つて》を辿《たど》り、西川は昼までにそういうＯＢの一人を探り出した。井本裕信《いもとひろのぶ》。三十一年前は捜査一課の若手刑事だったが、今は退職して再就職している。就職先は、ネット系通販会社。なるほどね、と西川は一人納得した。今の時代、企業が理由のないクレームをつけられたり、逆にトラブルを起こしたりすることは珍しくない。そういう時に、危機管理の専門家として元刑事がいれば心強いわけだ。大抵は総務系の部署に属し、いざ何かあったら前線に立って攻撃を防ぐ。そういう機会は多くはなく、普段は社員にコンプライアンス研修をしたりしている。ただし、それなりに警察官として実績のある人でないと、こういう仕事には就《つ》けない。調べてみると、井本も所轄の刑事課長まで勤め上げた人物だった。

電話すると、予想外に歓迎された。

「おお、現役の人から電話がかかってくるなんて珍しいね。まさかうちの会社が何かしたんじゃないだろうな」

「いえいえ……急で申し訳ないんですが、今から会えませんか？　そちらに伺いますので」

「それは構わないが、本当に急だね」そこで初めて、井本が警戒心を露《あら》わにした。

「今日の『週刊ジャパン』、お読みになりました？」

「いや……最近はご無沙汰《ぶさた》だね。再就職したと言っても、毎週週刊誌を買うような懐《ふところ》の余裕はないから」

「実は、三十一年前の浮間公園事件で、犯人を示唆《しさ》する内容の記事が出たんです」

「何だって？」井本の声が一段低くなった。

西川は記事の内容を説明し、追跡捜査係として「一応」背景を調べることになったとつけ加えた。

「昔の話を蒸し返されるのは、いい気分じゃないでしょうが……」西川は下手に出た。

「いや、構わないよ」井本は一転して、鷹揚《おうよう》になった。「あの件は、俺もずっと引っかかってたんだ。積み残しみたいなものだからね。週刊誌ごときに先を越されたのにはむかつくけど、今でも真相は知りたいと思ってる」

「記事がどこまで本当かも分かりませんけどね」

「週刊誌を舐《な》めちゃいけないよ。今は、新聞なんかよりよほど事件に強いだろう」

「……ですね。どうしますか？　何時ぐらいに行けばいいですか？」

「今日は暇だから、いつでもいいよ。ただ、社内では話がしにくいから、外で会えるかな」

「出られるんですか？」

「問題ない。俺はいざという時に席にいればいいんだし、いざという時は滅多にないから——むしろない方がいいんだ」

井本が勤めるネット通販会社は、ＪＲ大崎《おおさき》駅から歩いて五分ほど、目黒川《めぐろがわ》を渡った先にあるオフィスビルに入っていた。高層ビルが林立しているのに、何故《なぜ》か空が広く見える不思議な街である。指定されたカフェは、会社のあるビルの一階。サンドウィッチやハンバーガーなどのフードメニューも充実しており、このビルで働く人の「社食」のような役目を果たしているのでは、と西川は想像した。しかし午後二時とあって、店内は閑散《かんさん》としている。スーツ姿のビジネスマンが数人、コーヒー片手に打ち合わせしているぐらいだった。

西川はざっと店内を見回した後、窓際の席に陣取ってコートを脱《ぬ》いだ。まだ井本は来ていない。不思議なもので、刑事は刑事の存在にすぐ気づくものだ。やはり独特の気配を発しているのか、まず間違うことはない。そもそも店内には、六十歳を超えているような人は一人も見当たらなかったが。

コーヒーを注文して、窓の外に目をやる。今しも、おそらく井本と思われる男が、大股《おおまた》で目の前を横切ったところだった。六十四歳という年齢にしては姿勢もいい。普段から積極的に体を動かしているのだろう。

さて、向こうがこちらに気づくかどうか……ドアが開く気配がしたが、西川はそちらを向かなかった。井本の勘が鈍《にぶ》っていないかどうか、確かめてみようと思う。

「西川君かい？」

あっさり見抜かれた。西川は立ち上がって笑みを浮かべ、「お仕事中にすみません」と頭を下げる。

「すぐ分かりました？」

「刑事には独特の気配があるんだよ」井本が真顔でうなずいた。

「どうぞ」

西川は向かいの席を勧めた。井本が木製のベンチに腰を下ろしながらさっと手を上げ、コーヒーを頼む。動きにまったく無駄がない。

「読んだよ、『週刊ジャパン』」井本が前置き抜きで切り出した。

「どう思いました？」

「犯人か、犯人に極めて近い立場の人間が喋っているのは間違いないな」井本が断じた。

「どうしてそう思います？」答えは予想できていたが、西川は敢えて訊ねた。

「遺体を入れていたポリ袋の件だ。あれに穴が開いていたこと、色が黒だったということは、報道陣には伏せられていた。当時は、ゴミ用のポリ袋は黒が一般的だったけどね」

「半透明じゃなかったんですか？」西川は東京に出て来て以来、ずっと半透明のポリ袋を使っていた記憶がある。

「いや、半透明のやつが東京都推奨《すいしょう》になったのは、確か一九九三年だ。分別しないで捨てる奴《やつ》がいるから、中身が確認できるようにね」

「なるほど……しかし、ポリ袋の色は広報しなかったわけですね」

「当時は黒と青が主流だったから、どう書いても二分の一の確率で当たったんだけどな……それと、遺体は三つのポリ袋に分けて入れられていたんだが、そのうち一つに穴が開いて浮かび上がった。遺体のガスのせいだろうな。この穴については広報しなかった」

「ええ」

「穴はいろいろな原因で開くだろうが、魚が突いたり、遺体の一部が傷つけて開いたものじゃなかった。確証はなかったが、重石として入れられた石か何かが、内側からポリ袋を突き破ったとしか考えられなかったんだ。『週刊ジャパン』の記事では、重石に石を入れたと書いてあったよな」

「そうですね」

「当たりだと思うよ。池の底で発見された他のポリ袋には、石が詰まっていた」

井本が大きくうなずく。悔しさは微塵《みじん》も感じさせず、生徒が難問を解いたのに感服する教師のような態度だった。そこでコーヒーが運ばれてきたので、会話は一時中断する。その間を利用して、西川は改めて彼を観察した。

井本はほっそりとした顔で、顔に皺《しわ》は目立つものの、どこか若々しい雰囲気を漂わせている。スーツではなく、灰色のズボンに紺色のジャケットという格好で、金色とえんじ色の派手なストライプのネクタイを締めていた。それがまったく浮いていない。

「井本さんは最後、板橋中央《いたばしちゅうおう》署の刑事課長でしたよね？」

「ああ」

「仕事がガラリと変わって、どんな感じですか？」

「まあ、なかなか難しい……だけど企業の危機管理の仕事というのは、捜査一課の仕事にも似てるよ」

「いつ起きるか分からない事件に備えて、常に待機している」

「その通り」ニコリと笑い、井本がコーヒーにたっぷりのミルクと砂糖を加える。「暇と言えば暇だけど、一応会社の役には立っていると思うよ」

「そうですか……例の事件が起きた時には、三十三歳ですか」

「そうそう」

「仕事にも慣れて、張り切っている時期ですよね」

「ところが、捜査一課に異動してからずっと帳場がなくてね。順番に出動するから、どうしても長く出番がないことがあるだろう？　俺にとっては初めての特捜だったんだ」

「初めてだと、緊張したでしょう」西川はうなずいた。

「ああ、そりゃあもう。しかもバラバラ殺人だからね。最初の特捜としてはハードルが高過ぎる」

「普通の事件がいいですよねえ」

「君は、初めての特捜はどうだった？」

「息子が両親を殺した事件で……息子も自殺しました」嫌な事件だった。

「だったら、捜査の主眼は動機面の解明だったわけだ」

「ええ。でも、強行犯係にはそれほど長くいなかったんです。すぐに追跡捜査係に異動しましたから」

「追跡の仕事は面白いかい？」

「面白いですね」西川はすぐに認めた。「天職だと思います」

「人の粗探しをするのが？」井本が悪戯《いたずら》っぽい笑顔を浮かべた。

「まあ……」西川は咳払《せきばら》いをした。「一課の同僚をあまり刺激しないようにやってます」

　井本が本格的に声を上げて笑った。ふいに真顔になり、「現役の刑事だったら、いい気はしないね」とつぶやく。

「すみません」西川は頭を下げた。

「いやいや、俺はＯＢだからいいんだ。しかしむかつくのは、この話が雑誌から出たことだな」

「警察の捜査によるものではなく」

井本がうなずき、「どういう手を使ったのかね」と首を捻る。

「犯人自身が名乗り出てきたんじゃないかと思います。あるいは、親族か友人か、本当に近い人物。井本さんが言う通りだと思います」

「これで犯人が特定されたら、どうする？」

「事情聴取はします。しかし、法的措置《そち》は取れません」

「それができないのが分かっていて話を聴くのは、きついね」

「経験がないので分かりませんが、何となく想像はできます」

「そうか……」

井本が腕組みをした。コーヒーに視線を落とし、カップに向かって一瞬手を伸ばしたが、すぐに引っこめ、また腕を組む。砂糖とミルクがたっぷり入ったコーヒーを飲まないことが、自分に対する罰だとでも思っているようだった。

「結局、どうして解決しなかったんですかね」

「追跡の人は、きついことを聞くんだね」井本が苦笑した。

「すみません……でも、現場の刑事が、一番事情が分かると思うんです」

「原因はこれだよ、これ」井本が自分の首に手を当てた。「頭部が見つからなかった。そして身元につながる材料が何も出てこないんだから、どうしようもないよ」

「被害者は二十歳から五十歳ぐらいの女性……幅が広過ぎますよね」記事によると二十九歳だった。

「それなりに遺体の腐敗が進んでいたんだ。当時の法医学では、そこまでしか推定できなかった」井本の表情が悔しそうに歪《ゆが》む。

「身元につながる材料は一切なし、ですか」

「出産経験なし、左の脛《すね》に骨折痕《こん》あり——これだけじゃあ、まったく絞りこめない」

「三十年以上前だと、防犯カメラもほとんどなかったですよね」

「ああ」井本がうなずいて認める。「今だったら防犯カメラが役に立ってくれたと思うけどね」

「ええ」

「身元が分かれば、犯人には絶対にたどり着けたはずなんだよな……」

「そうだと思います」

別れ話のもつれ——「週刊ジャパン」の記事を完全に信用するとしたら、犯人は被害者と愛人関係にあった。しかし、そこでふと疑問が生じた。あそこまで詳細に記事を書いているのに、被害者や犯人を特定できるような記述はまったくなかった。それを告げると、井本が素早くうなずいて同意する。

「俺もそこが引っかかった。あそこまで証言するなら、犯人や被害者についても、もう少しはっきり言うはずだと思わないか？」

「そうですよね。少なくとも示唆するぐらいはあっていいと思います」

「何か裏がありそうだな……証言した人間は、知っていることを全部喋っていない。しかし『週刊ジャパン』としては、話の信憑性が高いと判断して掲載した。もしかしたら、編集方針で小出しにしているのかもしれない。詳細は来週——その方が読者の興味を引っ張れるしな」

「それまで待つ気はありませんよ」

「頼もしいな」井本が微笑する。

「いや……捜査できない事件ですから、あくまで参考として調べるだけです。当時、捜査はどういう方針で進めていたんですか？」西川は話を本筋に戻した。

「ああいう事件では王道の捜査だよ。被害者の身元確認が最優先で、他に現場での聞き込み、近所に住む不審者の捜査……二ヶ月ぐらいは、百人体制で休みなしだった。しかし、とにかく被害者が特定できなかったし、目撃者もいなかったから、あっという間に行き詰まった」

「つまり、何も分からなかったということですね」

「認めたくはないが、そういうことだ」渋い表情で井本が認める。

「捜査は続けても、十五年で時効——悔しかったでしょうね」

「途中で俺も異動になって、捜査からは外れたけど、ずっと気にしてはいた。異動を断って、捜査に関わろうとも思っていたが、警察ではそういうわがままは許されないからな」

「仰る通りです」西川は肯首《しゆこう》した。そういう自分は、何度かあった異動の打診を蹴《け》って、ずっと追跡捜査係に居座っているのだが。もっとも、追跡捜査係は誰もが憧《あこが》れる花形部署ではないから「ここにいたい」という人間が無理に異動させられることもない。

「編集部を攻めないとな」

「『週刊ジャパン』の？」

「俺にはアドバイスする権利も能力もないけど、まずは情報提供者を割り出さないと話にならないだろう。その人間に話を聴く――もしかしたら本当に犯人かもしれないし」

「もしもそうだったら、別件で引っ張ることも考えますよ」

「そんなことをしたら世間から叩《たた》かれそうだけど、本当に犯人だったら、大手を振って世の中を歩いているのは許せない」井本がうなずいたが、表情は険しかった。「人を殺してバラバラにするような人間は、絶対に、他にもろくでもないことをやってるはずだし」

西川は無言でうなずき返した。しかし、「大手を振って」という部分には納得しかねる。殺しに快感を覚えるような異常者でない限り、人を殺したら一生その呪縛《じゆばく》に囚《とら》われるものだ。ずっと悪夢に苦しめられ、その悪夢に精神を侵食され、最後は自ら死を選んでくれれば、世の中から悪が一つは減るのだが……しかし、生きていて欲しい、と西川は願った。決してしかもまともな精神状態で。犯行の全容を、犯人の口から直接聞いてみたかった。決して法的には処分できない――単に自分の好奇心を満たすためだけであっても。

西川は、基本的に書類――データを相手に仕事をする。調書を読みこみ、その行間に隠れた真実や、詰め切れなかった謎を追い、そこから事件の真相に迫っていくのが得意技だ。現場に出るのは、具体的に手がかりがあった時だけ。

しかし今回は、敢えて最初から現場に足を運んでみた。この事件は、西川が追跡捜査係に赴任した時にはとうに時効になっており、調べる機会がなかったせいもある。三十年以上前の事件なので、当時とは状況が変わっているかもしれないが、雰囲気だけでも感じておきたかった。

埼京線の浮間舟渡駅で降り、北口に出る。途端に冷たい強風が吹きつけ、西川は思わずマフラーをきつく巻きつけ直した。

空が広い――駅前はロータリーになっていて、周囲に高い建物はあまり見当たらない。そのまま道路を渡ればすぐに浮間公園、さらにその向こうは荒川《あらかわ》だ。湿気を孕《はら》んだ寒風が、遮《さえぎ》る物もなく吹きつけてくるのだから、寒いのは当たり前だ。

道路を渡る時に標識を見て、ちょうど北区と板橋区の境だと分かった。

公園は広大だった。駅に面した方はコンクリート敷きの広場で、その向こうには公園の名前の由来でもある浮間ヶ池が広がっている。コンクリート製の護岸壁に立って、まず池全体を眺め渡した。名も知らぬ鳥が水面で羽を休めている。フェンスには、子どもたちが描いた小さな絵が貼《は》りつけてあった。寒くなければいい風景――夏など、ここに立っているだけで涼を感じられるだろう。左手には風車があり、それが長閑《のどか》な雰囲気をさらに増大させている。池沿いにはずっと遊歩道が整備されており、この寒さにもかかわらず、散歩している人が大勢いた。高齢者ばかり……まあ、時間潰しにはちょうどいい場所だろう。都会にあって自然を感じられる、貴重な場所でもある。

　西川は、遺体が揚がった右岸の方へ歩き出した。右手にあるのはプールか……近づいてみると「じゃぶじゃぶ池」と看板があった。看板を読んでみると、小学生以下の子ども対象の浅いプールだった。その横には「スタート／ゴール」と書かれた木製の標柱がある。ジョギングする人のためのものだろう。左岸では、芝生《しばふ》の中に遊歩道が整備されていたが、右岸には土が剝き出しの歩道が続いている。西川はまったく興味がないが、ジョギング愛好家には走りやすいコースかもしれない。アスファルトよりも土の方が足に優しそうだ。

　周囲の様子を見ながらゆっくりと歩いて行く。ジョギングしている人や子ども連れの若い母親と何人もすれ違った。この広大な公園が、地元の人の憩《いこ》いの場になっていることを実感する。三十一年前、ここで遺体が揚がった時の衝撃はいかほどのものだっただろう。自分が住む街で事件が起きると、地元の人は「穢《けが》された」感覚を抱くものだ。

　右岸は、緑地帯を挟んで道路に面している。公園のすぐ外にはマンションがあったが、それほど古いものではない。三十一年前には、まだなかったのではないだろうか。家があると、犯行の抑止にもつながるのだが……。

　現場を歩いているうちに、「週刊ジャパン」の記事の信憑性を実感することができた。

緑地帯はそれほど幅が広いわけではない。公園の脇の道路に車を停めれば、池までは二十メートル――場所によっては十メートルしかない。遺体の入ったポリ袋を車から持ち出して遺棄するのは難しくないだろう。バラバラにされたと言っても、一つ一つのポリ袋の重さは十数キロにもなる。それでも必死になっている時は、火事場の馬鹿力が出て、重さを感じなくなるものだ。池と遊歩道にはほぼ段差がなく、腰の高さまである金属製のフェンスが設置されているだけだった。

西川はフェンスから身を乗り出し、池の中を覗きこんでみた。フェンスの向こうがすぐ池というわけではなく、幅一メートルほどの土が剝き出しの斜面になっている。重さ二十キロほどのポリ袋を、投擲《とうてき》競技のように投げるのは難しそうだが、不可能ではない。フェンスの向こうはかなりの急傾斜になっているので、そこへ落とせば自然に池の中に転がり落ちたはずだ。重石の石を入れておけば、あっという間に沈んでしまうだろう。

犯人も必死だったと思う。ポリ袋は三つ。一つずつ車から運び出し、その都度処理する際は、冷や汗物だったに違いない。かかった時間はどれほどか……まったく躊躇《ちゅうちょ》せず、問題も起きなければ十分もかからなかったはずだが、その時間は三十分にも一時間にも感じられたのではないだろうか。

最初にポリ袋が浮き上がって遺体の一部が発見され、大騒ぎになって、ダイバーが池の中を捜索した。その結果、残る二つのポリ袋が発見されたのだが、結局頭部だけは見つかっていない。これもかなり不気味な話である。遺体をバラバラにするのもとんでもない話だが、頭部だけを別の場所に捨てるのは、妙な執念深さと猟奇性を感じさせる行動だ。あるいは捨てたのではなく、どこかに保管していたとか……犯人が、自宅の冷凍庫の中に白く凍りついた被害者の頭部をずっと入れていた様子を想像して、西川は身震いした。

事件の発覚は春、そして今は冬。季節が違うから、当時の様子を正確に想像することは難しい。だいたい当時の西川はまだ中学生で、東京に出て来たことすらなかった。あの頃は刑事になろうとは考えてもおらず、犯行現場に佇《たたず》んで犯人の気持ちを推《お》し量《はか》ろうとする自分の姿を思い描くこともなかった。

体が冷えきった。西川は公園の出入り口の方へ戻り、自販機を見つけて、温かいペットボトルのお茶を買った。この辺はだだっ広い、コンクリート敷きの広場になっている。先ほどまで木立の中にいたので、さほど風を感じることはなかったが、今は風が容赦《ようしゃ》なく吹きつけ、全身に刺されるような寒さを感じる。普通のコートではなく、ダウンジャケットを着てくるべきだった、と悔いたがもう手遅れだ。遊歩道に戻り、ベンチに腰かけて、しばらくペットボトルを両手で握りしめていた。

さて、体を内側から温めようかと思った瞬間、スマートフォンが鳴る。沖田……別に用事はないはずだがと訝《いぶか》りながら、電話に出る。

「おい、こっちの事件、上手くつながるかもしれないぞ」沖田の声は弾《はず》んでいた。

「まさか」西川は反射的につぶやいた。

「まさかって何だよ」沖田が不満をぶつける。

「言っただろう？　あの事件はとっくに冷えてる」

「ところがだ、怪しい人間が出てきたんだよ。被害者が高校生だった頃、しつこくつきまとっていた男がいた」

「ストーカーか？」西川は思わずスマートフォンを握り直した。

「ああ。地元の大学生だった。被害者、男好きがするタイプだっただろう？」

「馬鹿言うな」西川は苦笑した。「彼女も大学生だぞ？」

「いやいや、大学生だろうが高校生だろうが関係ない。男を引きつける魅力を持った女性はいるんだよ。彼女の方では特に意識してなかったみたいだけど、男の方がぞっこんだった」

ぞっこんね……死語だなと思いながら、西川は先を促した。

「被害者は、東京の大学への進学が決まってほっとしていた、という証言がある」

「面倒臭い相手から逃げられた、と思ったわけか」

「そういうことだ。ただ、この男は、用もないのに頻繁《ひんぱん》に東京へ行っていた」沖田のテンションは依然として高かった。

「当時、捜査線上に上がってなかったのか？」

「被害者の地元での捜査が不十分だった。きちんと手を広げれば、すぐに分かったはずだけどな」

「その男は今、どうしてる？」

「大学を卒業した後、大阪の会社に就職したそうだ。敢えて地元じゃなくてな――東京から距離を置くような行動じゃねえか？」

「まあ……そうも言えるな」

「これからこいつを追跡する」

「勤務先は分かってるのか？」

「それが、最初に就職した会社はすぐに辞めたみたいで、今はどこにいるか分からない。しかし、何とかするよ。解決は近いんじゃねえかな」

「そうか」

「この件、林が聴き出してきたんだ。あの娘《こ》は使えるぞ」

「そうか」

「そうかそうかって、何だよ、他人事《ひとごと》みたいに……お前も手伝え」

「いや、今、別件にかかってるんだ」

西川は、今朝からの動きを説明した。話し終えると、沖田が鼻を鳴らす。

「そんなの、無駄な仕事じゃねえか。犯人を逮捕できるわけでもないし」

「いや、それはまだ何とも言えない。お前こそ、こっちを手伝ってくれよ。上の方から、緩くプレッシャーがかかってるんだ」

「それは上の勝手な都合だろうが。お前も、そんなプレッシャーに弱いとは情けねえな」

「宮仕《みやづか》えだよ」言ってみたものの、西川は自分の言葉に自信が持てなかった。

「俺は忙しいんだ。そっちに犯人を連れて帰らなくちゃいけない」

「決めつけるなよ」

「俺の勘がビンビン刺激されてるんだ。間違いねえな」

「おいおい――」

「とにかく、時効になっちまった事件になんか、興味はない」沖田があっさり言い切った。

「そうか」沖田は波に乗っているようだ。彼の「勘」がいつも当たるわけではないが、わざわざ水を差す必要もない。失敗したら、その時はその時。麻衣にとってもいい勉強になるだろう。追跡捜査係の仕事は、百発百中とはいかないのだ。

「まあ、せいぜい頑張ってくれ。上のプレッシャーぐらい、お前が一人で受け止めろ」

「いや、それは――」

反論しようとしたら、もう電話は切れていた。沖田が暴走を始めたら、止めるのは至難の業だ。

4

夕方、岩倉が荷物をまとめて引き上げようとしていると、スマートフォンが鳴った。磯田。

「諸橋浩二《もろはしこうじ》」前置き抜きでいきなり切り出す。

「それが今回の情報提供者？」岩倉はもう一度腰を下ろした。

「そういうことです」

「連絡先は？」

「そこまで言わないといけないですかね。サービスし過ぎだと思うけど」

「名前だけだったら、中途半端じゃないですか」

「俺から出た話だと分かると、大変なことになる」

「まさか、副編集長の首を切るようなことはないでしょう」

「そんなに安定した立場じゃないんでね……住所は大田区西糀谷《にしこうじや》一丁目——そちらのすぐ近くじゃないですか」

岩倉は頭の中で、管内の地図を広げた。第一京浜《けいひん》の東側、京急《けいきゅう》空港線と呑川《のみがわ》に挟まれた住宅地である。最寄《もより》駅は空港線の糀谷。

詳しい住所を聞いた後、岩倉はさらに突っこんで電話番号を訊ねた。

「いや、それは……」磯田が抵抗する。

「ここまで言ったら、全部言わないと。中途半端な情報は、何の役にも立ちませんよ」

「岩倉さんに情報を提供する意味はないんですけどね」

「ステーキでは足《た》りなかったかな？」

「当然」

「覚醒剤《かくせいざい》では？」

　磯田が黙りこむ。先ほどの脅《おど》しを思い出したのだろう。

「とにかく、そちらには迷惑をかけないようにしますから」岩倉は保証した。

「それは当然でしょう」

「続報はあるんですか？」

「そこまでは探れませんよ。特集班は特集班で、秘密も意地もあるんだから」

　秘密も意地もある……その言い方が気になった。来週の「週刊ジャパン」にも、何か記事が出ると考えた方がいいだろう。

　結局磯田が教えてくれたのは、諸橋という男の住所だけだった。さっそく確認してみようと決めて電話を切ると、安原がすっと近づいて来る。

「ガンさん、何か不穏な話をしてませんでしたか？」疑わしげに訊ねる。

「いや、別に……」

「覚醒剤がどうとか」

「いやいや、ただの雑談ですよ」

　岩倉は早々に退散した。安原は心配性で、摑《つか》まると話が長くなる。今は、自分だけの時間がどうしても欲しかった。


　自転車で来ておけばよかった、と岩倉は悔いた。雪を予想して歩いて出てきたのだが、結局降らなかった……一日中黒い雲が低く垂れこめ、湿気も高かったのだが、どうやら夜まで天気は持ちそうだ。

南大田署の管内は、ＪＲのほかに複数の私鉄が走っていて交通の便はいいのだが、デッドスポットのような場所もある。目指す西糀谷一丁目が、まさにそういう位置にあった。環八《かんぱち》通り沿いにある南大田署から行く場合は、京急蒲田駅まで歩いて一駅だけ空港線に乗るのが普通だが、それだとロスが多い。自転車が一番早いのだ。しかしないものは仕方がない。あくまで私的な調査なのでパトカーを使うわけにもいかず、結局岩倉は歩きを選んだ。

環八通りをずっと東へ進む。寒さが厳しいせいか、背中を丸めながらも、どうしても早足になってしまう。環八通りは特に風が強い……平坦《へいたん》な広い道路の両側にビルが建ち並んで通路のようになっており、容赦《ようしゃ》なく風が吹き抜けるのだ。京急本線の高架下を抜ける時には、特に強い風に体を叩かれる。

途中で左に折れ、細い路地に入って行く。南大田署の管内で特に目立つのが、車のすれ違いも難しい、こういう細い道路だ。入り組んだ市街地の様子は「都市計画」とは縁遠く、しかしそれが独特の猥雑《わいざつ》で賑《にぎ》やかな空気感を醸《かも》し出している。

ほどなく、空港線の高架下を抜ける。この辺は本当に住宅街……一戸建ての家が多く、商店もほとんど見当たらなかった。もう少し東側、京急糀谷駅の近くには、なかなか味わい深い商店街が広がっているのだが。

スマートフォンで地図を確認しながら先を急ぐ。ほどなく見つけ出した当該住所はマンション……この辺では珍しい、低層の大型マンションだった。上階からは呑川を見下ろせるだろうが、さほど風情《ふぜい》はないはずだ。呑川は、この辺ではコンクリートの護岸壁に囲まれた味気ない小川である。

「なるほどね……」岩倉は一人つぶやいた。何がなるほどなのか、自分でも分かっていなかったが。

今のところ、諸橋浩二という人間の正体はまったく不明だ。分かっているのは住所のみ。そこから電話番号を割り出すことはできるが、いきなり電話をかけるのは、あまりにも浅《あさ》薄《はか》な作戦だ。事件について聴く前に、どういう人間なのか、きちんと調べておきたい。いざという時に圧力をかけるために。

平成になってしばらくすると、誰もがプライバシーを異常に重視するようになった。ネット社会の広がりで、個人情報が拡散しやすくなった事情が背景にあると思うのだが、警察としてはそういう状況も捜査に利用する。目星をつけた容疑者を調べる時に、相手の個人情報をずらずらと並べ立てると、「もうそこまで分かっているのか」とあっさり観念してしまう人間もいる。

諸橋浩二が本当に犯人かどうかは、まだまったく分からないが。

岩倉は、あのバラバラ殺人の犯人と知恵比べをするつもりはなかった。知恵比べというのは、高度な頭脳、策略を持った人間を相手に行うものであり、殺人事件の犯人は、まずそこまで頭が回らない。大抵はカッとなった末の犯行であり、「どうやって逃げるか」までは考えないことが多いのだ。犯人がアリバイ工作を弄《ろう》したり、証拠を隠滅したりするのは、小説や映画の中だけの話である。

事件が解決しないのは、警察が重要な手がかりを見逃しているか、単に犯人の運が良かったか、どちらかである。この事件はどちらのケースか……警察にとって最大の障害は、被害者の頭部が見つからなかったことだが、犯人が何か意図を持って、頭部だけを浮間ヶ池に遺棄しなかったのかどうかは分からない。だいたい、そこまで手間と時間をかけるなら、遺体を入れた三つのポリ袋を同じ場所に遺棄するようなことはしないだろう。遺棄場所が複数に分かれれば、それだけ発覚が遅れる可能性が高くなる。複数の県を遺棄場所に選べば、管轄権の違いで、遺体が同じ事件に関連していると分かるまでも時間がかかるのだ。

さて、諸橋浩二という人間に関する手がかりは……岩倉はスマートフォンを取り出し、この辺りのマンションの相場を調べた。新築の広いマンションだと、家賃三十万円の物件もある。分譲物件でも、五千万円超えは珍しくなかった。

何か合わないな、とふと思った。高級マンションに住む人間が必ずしも金持ちとは限らないのだが、経済事件以外の犯罪とは縁遠い感じもする。ましてや殺人事件とは……だいたい、事件を起こして逃げている人間は、仕事の上でも苦労するものだ。決して目立ってはいけないから、たとえ窃盗《せっとう》や強盗で多額の現金を手に入れても、すぐに使い始めるわけにはいかない。殺人の場合はどうか……仮に、ごく真面目《まじめ》に勤務しているサラリーマンが、人を殺してしまったとする。その後逮捕されず、つつましやかに仕事に勤《いそ》しんでいれば、何十年も後にはかなり高級なマンションを買うこともできるだろう。

とはいえ、ここは大田区だ。死体遺棄現場になった浮間公園とは、東京の南端と北端ぐらい離れている。蒲田に住む人間が、わざわざ北区――板橋区まで遺体を運ぶだろうか。蒲田なら、もっと近くに遺体を捨てる場所がある。海。

いやいや、これは三十年以上前の事件なのだ。当時、犯人がどこに住んでいたかはまったく分からない。犯人の家は、浮間公園の近くだったと考えるのが自然だろう。自宅近くで危険を冒しても構わないから、取り敢えず遺体を処理してしまいたい――遺体をバラバラにするには、執念と計画性が必要だが、その後いつまでも自分の近くに置いておくわけにはいかない。一刻も早く遺棄したいと考えるのは自然だ。

材料は少ない。諸橋浩二という人間についてはもう少し調査を進められるだろうが、その先どう攻めるか……まあ、焦るな、と自分に言い聞かせた。まずは諸橋という男を丸裸にしてやろう。

そう思って、岩倉は署に電話をかけた。既に当直体制に入っているのだが、地域課の警官を呼び出して、巡回連絡カードのデータをひっくり返してもらう。巡回連絡カードは、警察が管内の住人を把握する基本の基本であり、家族の名前、非常時連絡先として勤務先や学校、実家の電話番号などを記入してもらう。プライバシーの侵害ではないかなどと批判も多く、これを悪用した警察官の犯罪も起きているが、実際に事件が起きた際には非常に役に立つ。特に、単身世帯が多い東京では、被害者の連絡先すら分からないことが多いのだが、連絡カードに記載があれば、すぐに話ができる。

とはいえ、管内の住人を百パーセント把握するのは不可能だ。東京では一人暮らしの人間が多いが故に、何度訪問しても会えないことも少なくない。ある調査では、「訪問を受けたことがある」と答える人の割合は五割に満たないという。もちろん、警察官の訪問を受けても、カードへの記入を拒否する人もいるだろうが。

諸橋の連絡カードもなかった。

最初のハードルを飛び越え損《そこ》ねた。電話を切って舌打ちし、スマートフォンをコートのポケットに落としこむ。捜査は常に順調に行くわけではないが、最初の段階でつまずくと、後々おかしな方向へ行ってしまうパターンが多い。迷宮入りする多くの事件では、初期段階で「滑らせて」いることが多い。

俺は滑らせないけどな、と自分に言い聞かせたが、自信は蘇ってこない。俺の事件なんだと考えてみても同じだった。どだい、三十年以上前の事件を再捜査するなど、物理的に不可能ではないだろうか。

しかし、事件の関係者は今も陰で蠢《うごめ》いている。「週刊ジャパン」への告白……諸橋がこの犯行にどう関係しているかは分からないし、情報の真偽も不明だが、少なくとも犯人はまだ生きているはずだ、と岩倉は考えていた。しかしどうして、警察ではなくマスコミに駆けこんだのだろう？　そこが一番、分からない部分である。

一人で背負《せお》いこんでもいい。いや、むしろ一人でやりたいと思ったが、それには無理がある。ここはやはり、追跡捜査係に相談すべきだろう。岩倉も一時籍を置いていた部署で、「冷えて」しまった事件の再捜査に関するテクニックなら、あそこが一番だ。人の手を借りるのは、自分の力不足を認めるようで悔しいのだが、今のままではあくまで「ボランティア」になってしまう。それに、空き時間に勝手に調査を進めるのはなかなか難しい。既に正式の捜査をすることはできなくなっているが、何とかならないだろうか……追跡捜査係に相談してみるのは一つの手だ、と頭の中にメモした。

もしも上手《うま》く、捜査を軌道に乗せることができれば、自分も正式に一枚嚙《か》むことができる。重要な情報提供者が管内に住んでいるのだから、岩倉が動く十分な理由になるだろう。まあ、あくまで希望的観測だが……明日にでも、追跡捜査係に連絡してみよう。あそこには自分と同じタイプ——事件フェチの西川という刑事がいる。あの男と組んで捜査をしてみるのも面白いだろう。

何だか、ネチネチとした仕事になるような予感がする。

追跡捜査係に話を持ちこむといっても、具体的にどうやるかは難しい。岩倉自身も捜査に嚙むようにするには、当然根回しも必要だが……まず、刑事課長の安原に了承してもらわなければ、動きようがない。そのためには——やはり先に追跡捜査係に話した方がいい、と岩倉は結論づけた。上手くいけば、向こうから正式に、南大田署に協力を要請するように仕向けることができる。

　翌日の朝一番で、岩倉は追跡捜査係に電話を入れた。西川と話すことは既に決めてある。係長の鳩山はボンクラな男で、あの係を実質的に切り盛りしているのは「ツートップ」の西川と沖田である。ただし、沖田は直情径行型の男なので、理論的な話はしにくい。

　電話に出たのは若い刑事で、やたらと張り切っていた。名乗ると「お疲れ様です！」とこちらの鼓膜にダメージを与えそうな大声が飛びこんでくる。岩倉は一瞬スマートフォンを耳から離して顔をしかめてから、西川を電話に出すように頼んだ。

「西川です」

「岩倉です。南大田署の」

「ああ、ガンさん」

　変わらぬ落ち着いた口調なので、岩倉はほっとした。西川と一緒に仕事をしたことはないが、分析能力に優れ、冷静沈着な後輩がいることは昔から知っていた。

「ちょっといいかな。ややこしい話なんだが」

「何ですか」西川が露骨に警戒する。

「昨日の『週刊ジャパン』読んだか？」

「もしかしたら、浮間公園の一件ですか？」西川が声を潜める。

「お、さすがだな」岩倉は頬《ほお》が緩むのを感じた。西川のことだから、当然頭に入れているだろうとは思ったが。

「あれがどうかしたんですか?」西川は警戒するような口調だった。

「追跡捜査係としては、どうするつもりなんだ?」

「ちょっと……ガンさん、何か企《たくら》んでいるんですか?」

「まあまあ――で、どうなんだ? 追跡捜査係として調査することになったとか?」

「実は、そうなんですよ」西川が渋い口調で認める。「上からちょっと言われました。週刊誌に抜かれたのを問題視してるんです」

「それはしょうがないだろう。お前のせいじゃない」岩倉は西川を慰《なぐさ》めた。

「分かってますけど、アリバイ作りで調べることになりました……ガンさん、何であの事件に興味を持ってるんですか? 警察官になる前の事件でしょう」

「そう。ただ、俺にとっては警察官人生のベースみたいな事件でね」

岩倉は三十一年前の事情を説明した。話しながら、自分でも呆然《ぼうぜん》としてしまう。三十一年前……毒々しく赤い光を撒《ま》き散らすパトランプ、忙《せわ》しなく行き来する制服警官たち――昨日見たかのようにはっきりと覚えている。しかし冷静に考えてみれば、三十一年というのはとんでもなく長い歳月だ。元号も平成から令和に変わった。とはいえ、岩倉自身、まだまだ若いつもりでいる。それは若い恋人・実里《みのり》の存在があるからかもしれないが。

「ガンさんらしいといえばらしいですね。バラバラ殺人の現場を間近で見て、刑事になろうと思ったなんて」

「ある意味、趣味が悪いよな」岩倉は軽い口調で応じた。

「まあ……まずは、『週刊ジャパン』に情報を提供した人間が誰か、確認しないと話が進みませんね。そいつが犯人に近い人物なのか、あるいは犯人なのか、話を聴いてみないとどうしようもない。ただ、アプローチは難しいですよ」

「週刊誌の編集部も、ガードが硬いだろうからな。何か手は？」

「考えてます」

西川がむっとした口調で言った。ということは、まだ具体的な作戦を思いついていないわけか……西川は冷静な男で、感情が表に出にくい。ただ、仕事が上手くいっていない時に限っては、遠慮なく嫌な表情を浮かべるし、口調も不機嫌《ふきげん》になる。

「何者か、分かってるぞ」

「え？」

「いや、正確に言えば、何者かは分からない。だけど名前と住所は割った」

「何をしたんですか、ガンさん」西川が疑わしげに訊ねる。

「まあまあ、そこは……情報は教える。ただし、条件があるんだ」

「勘弁して下さいよ。仕事の話じゃないですか」

「賄賂《わいろ》を寄越《よこ》せと言ってるわけじゃない。俺にも一枚嚙ませて欲しいだけだ。俺も、この事件は是非捜査したいんだよ。ただし、個人的に勝手に動くわけにはいかないから、追跡捜査係から正式にヘルプの要請をして欲しいんだ。それさえあれば、俺が動く理由になるだろう？　うちの管内に住んでる人間なんだし」とんでもない幸運なのだ、と岩倉は改めて思う。

「ちょっと、上と相談させて下さい。だいたい、ガンさんからもらった情報をそういう風に使ってというのは……問題がありそうじゃないですか。ガンさん、個人的に勝手に動いたんでしょう?」

「まあな」

「俺たちには、捜査する権利はないんですよ。まあ、追跡捜査係は一課長や広報課長から非公式の命令があったから『調査』として動けますけど、ガンさんの場合、ただの趣味じゃないですか」

「その通り。そこで改めて相談なんだ」

岩倉は自分の計画を話した。西川は、他人に主導権を握られるのが嫌な様子だったが、これはしょうがない。だいたい、この件の捜査で最初のハードルを突破したのは俺なのだ。一枚嚙む権利は当然ある——いや、俺こそ、この捜査の主役だ。

結局西川は了承した。

「係長は説得できそうか?」

「言えば大丈夫ですよ。基本的に昼行灯《ひるあんどん》ですから、自分で判断したり、命令するのを避けたがる人なんです」

「おいおい、そういう悪口は——」

「今はここにいないから大丈夫です。とにかく、こっちで調整して、折り返し連絡します。

それまで、余計なことはしないで下さいね」西川が釘を刺した。

「いやあ、さっさとやってもらわないと困るよ。俺はもう、尻に火が点《つ》いたような状態なんだから」

西川が口籠《くちごも》る。何か言いたげだったが、結局「じゃあ」と言っただけで電話を切った。

さて、種は播《ま》いた。あとは西川がどうやって水をやり、育てるかだが……促成栽培してもらわなくては困る。再び明るみに出たこの事件、絶対に焦っている人間がいるはずだ。

犯人。


「ガンさん」刑事課長の安原に呼ばれ、岩倉は慎重に立ち上がった。気持ちは前のめりなのだが、焦っていると思われたくない。

「何ですか」岩倉は課長席の前で「休め」の姿勢を取って立った。

「本部──追跡捜査係から、ややこしい話を振ってきたんですけど」

「追跡捜査係？」

「ガンさんを名指しで、ヘルプが欲しいっていう話なんですよ」

「いったい何の件ですか」何だかんだ言いながら、西川は上手くやってくれたようだ。岩倉は笑みがこぼれそうになるのを我慢しながら訊ねた。

「三十年以上も前の話──昨日の『週刊ジャパン』に載ってた件です」

「ああ」

「あの件で、追跡捜査係が捜査一課長から非公式な捜査を命じられたらしい。で、手がかりを摑んだというんですよ。『週刊ジャパン』に情報をタレこんだ男が、うちの管内に住んでいるらしい」

「それはえらい飛び火ですね」この場合、飛び火という表現は合わないなと思いながら、岩倉は応じた。

「今、追跡捜査係の半分は別件に関わっていて、人手が足りないそうなんです。それで、あそこのOBでもあるガンさんに手を貸して欲しいと言ってきたみたいですね。余計な仕事でまことに申し訳ないんですが……うちは今、特に急ぎの仕事はないから、ちょっと手を貸してやってくれませんか？」

「本部からの要請なら従いますけど、どうなりますかね」

「まあ、最終的な責任は追跡捜査係が負えばいいんだから、ガンさんは気楽にやっておけばいいでしょう」

「それにしても、面倒な仕事を押しつけてきますねえ」岩倉は真剣な表情で言ってうなずいた。

「本部に恩を売れると思えば、こういう仕事もありじゃないですか。万が一にも事件の真相が明らかになればいいし、そうでなくても、こっちが仕事をちゃんと手伝ってやったという実績はできます」

「確かにそうですね」

「そういうわけで、ちょっと揉《も》んでやって下さい」

作戦は上手くいった。岩倉はにやけ顔がばれないよう、少しうつむいた。

「了解しました。じゃあ、追跡捜査係と連絡を取って動きます。しばらくこっちの通常業務からは外れますが」

「ガンさんがいないと、こっちは戦力ダウンですけど、それはしょうがないですね。とにかく、本部のご命令だから」

一礼し、踵《きびす》を返した岩倉は、胸のところで拳《こぶし》を握りしめた。西川、グッドジョブだ。

5

金曜日なのが残念だ。捜査に着手してすぐ週末に入ると、自然と勢いが削《そ》がれてしまう。西川としては週末も関係なく動きたかったが、休日出勤や超過勤務が増えると、鳩山が露骨に嫌な表情を浮かべる。捜査が一気に動いている時は別だが、これはあくまで基礎的な調査に過ぎない。

裏手回しで、岩倉が調査に参加することは決まった。しかし何となく釈然としない……岩倉に先手を取られ、捜査の方針についても、彼の思うように仕切られてしまった。岩倉はあの事件に強い思い入れがあるようだが、それも西川には今ひとつ理解できない。たまたま現場を見たからといって、大学生が刑事に憧《あこが》れるようになるものだろうか。

警察官になる人間は、だいたい三つのパターンに分けられる。一つが二世、三世——警察一家に生まれた人間。一つが安定した公務員の職を目指す人間。最後が、警察の仕事を「格好いい」と純粋に憧れる人間だ。このうち、最後がなかなか面倒臭い。「刑事になって凶悪犯を捕まえたい」「白バイ隊員になって颯爽《さっそう》と走りたい」「制服を着てみたい」——動機は様々だが、実際に警察の中に入ってみると、「格好いい」とは縁遠い仕事だとすぐに分かる。特に刑事はそうだ。閃《ひらめ》きと推理で犯人を割り出すことなど、まずあり得ない。街を這《は》いずり回る仕事に、格好いいもクソもないのだ。岩倉は、一体何を感じて刑事を目指したのだろう。

まあ、今さらそんな話をしてもしょうがない。岩倉も自分も、警察官になって長いキャリアを積み、警察の垢《あか》をたっぷり身につけてしまった。青年期の憧れや理想など、はるか過去に置き忘れている……。

余計なことを考えていて、京急蒲田駅で降り損ねるところだった。慌てて飛び出すと、暖房の効いた車内と寒風が吹き荒《すさ》ぶホームとの寒暖差に、体が一気に緊張する。

今回はちょっと変わった仕事になるが、ここは気合いを入れてやるしかない。岩倉ほどには気持ちが盛り上がらないが、この事件に惹《ひ》かれているのは間違いないのだ。

岩倉は既に、新たな調査を進めていた。といっても、署を一歩も出ない調査だったが。

「社長ですか？」

狭い会議室に通され――岩倉はここを「特捜本部」にするつもりだろう――腰を下ろした瞬間、岩倉から告《つ》げられた。

「ああ。諸橋の名前を検索したら、すぐに引っかかってきた。今は引退してるけど、社長時代のデータはある程度残ってる」

「何の会社なんですか？」

「内装――インテリアデザインの会社だな。社名はＫＳデザイン」

「ということは、諸橋もデザイナーなんですかね」

「その辺はよく分からない。二代目社長みたいだけど」

岩倉がノートパソコンの向きを変えて、西川に画面を示した。問題のＫＳデザインという会社のホームページが表示されている。インテリアデザインといっても、個人宅ではなく、オフィス専門のようだった。

「沿革のところを見てくれ」

言われるまま、ページを下にスクロールし、「会社沿革」というリンクを見つけた。クリックすると、簡単な「社史」が出てくる。設立は一九六五年で、有限会社「諸橋内装」という社名でスタートしている。美大を卒業した諸橋が、大手不動産ディベロッパー勤務を経て入社したのが、一九八五年。その直後の八六年に株式会社に改組して、今の社名「ＫＳデザイン」になった。直後、諸橋は社長に就任している。本社の所在地は最初は新《しん》宿《じゅく》、その後に赤坂《あかさか》、今は六本木《ろっぽんぎ》と変わっている。諸橋は五年前、六十歳の時に社長を退任していた。

現在の社長は今住純生《いまずみすみお》。他のデザイン会社で仕事をした後、二十年前に「KSデザイン」に入社している。現在、五十五歳。掲載されている写真は、その年齢にしては若く見えた。太い縞柄《しまがら》の派手《はで》なシャツを着ているせいかもしれない。人は、服装によって若くも老《お》いても見える。今住に関しては、派手な服が年齢を上手《うま》く隠しているようだったが、下手《へた》したら合わない「若作り」だ。

「昔の社名が諸橋内装ということは、初代社長は諸橋の父親でしょうね」西川は言った。

「だろうな」

「だけど今の社長は苗字《みょうじ》が違う。世襲じゃないんですか」

「おそらくな」

「六十歳で引退は、早くないですか」西川は素直に疑問を口にした。

「そうなんだよ」岩倉がうなずく。「元々は、個人商店みたいなものだったと思う。社長自ら内装デザインを手がけ、会社も経営するような……そういう会社の社長は、だいたい動けなくなるまで居座る」

「今は結構大きな会社みたいですけど」社員数は分からないが、取引先や施工実績を見た限り、デザイン会社としてはかなり大手に思える。

「現状については、まだ詳しく調べていないんだ」岩倉が肩をすくめた。「もしかしたら、クーデターで追い出されたのかもしれないぞ」

「病気でもなければ、個人商店みたいな会社の社長が六十歳で引退というのは、早過ぎる感じですよね。しかも今の社長は一族の人間じゃなさそうだし」

「そうなんだよ」岩倉がうなずく。

「そもそも諸橋という男が、本当にここの社長だったかどうかは……」西川は根本的な問題に戻った。同姓同名の別人という可能性も否定できない。

「まだ確定はできないな。名前が一致しているだけだから……今、取り敢《あ》えず探りを入れてる」

「何かやらかしたんですか」岩倉は明らかに暴走気味だ。気をつけないと、こっちが知らない間に勝手に捜査を進めてしまうかもしれない。

「制服警官を家に向かわせた。巡回連絡でカードに記載してもらうためだ。諸橋のデータはないんだよ」

「なるほど……」

「いないかもしれないし、拒否される可能性もある。上手くいったら、ラッキーということで」

「ですね」西川は、ノートパソコンの画面を岩倉の方に向けた。「で、我々はどうします？　制服警官の報告待ちにしますか？　それとも別の筋からもう少し周辺情報を調べる？」

「いや、ＫＳデザインに突っこもう」

「いきなり？」西川は目を剝《む》いた。「もうちょっと材料が揃《そろ》ってからの方がいいんじゃないですか?」

「俺《おれ》は、クーデター説に賭《か》けたいんだ」岩倉がうなずいた。「もしも追い出されていたら、会社の方も喋《しゃべ》るかもしれない。例えばとんでもない悪人——会社を私物化していたとかだったら、現在の社長も、前任者の悪口ぐらい言うだろう」

「まさか、もうアポを取ったんじゃないでしょうね」

「いやいや」岩倉が笑った。「お前が来るのを待ってたんだよ。とにかくここで、最初の賭けに出たいね」

「もしも今でも諸橋が会社とつながっていたら? 会社から連絡が入って、諸橋は警戒するかもしれませんよ」

「たっぷり釘《くぎ》を刺して脅かすさ。俺は……諸橋という男は、この事件に嚙《か》んでいると思うね」

「犯人だと?」

「ああ。純粋な情報提供者ではなく、犯人の可能性が高い」

「しかし、わざわざ週刊誌に情報提供しますかね? 自分で自分の首を締めるようなものでしょう」

「喋っても、時効だから罪には問われない。何の計算があってそんなことをしたかは分からないけどな」

「確かにそうですけど……じゃあ、やりますか」西川はスマートフォンを取り出した。

「会社へは、俺が電話しましょうか」

「いや、俺が――ちょっと待て」岩倉が左手を上げて、西川の動きを制した。右手で背広のポケットからスマートフォンを取り出し、応答する。「岩倉だ。ああ……そうか。分かった。それが終わったら引き上げてくれ。次の作戦はまた考えるから」

「諸橋の家へ行かせた制服警官ですか？」西川は電話を切った岩倉に訊《たず》ねた。

「ああ。返事がないそうだ。しかし住んでいるのは間違いない」

「どうして分かります？」

「どういう方法を使ったのか、郵便受けを確認したそうだ。何も入っていなかったようだけど」

無人の部屋でも郵便受けにDMは入るし、チラシも投函《とうかん》される。郵便受けが空なら、そこをきちんと整理している人がいるということだ。もちろん、管理人がまめに掃除している可能性もあるが。

「管理人にちゃんと話を聴かせた方がいいですよ」

「本人は、もうその線で動いている」

「なかなか優秀じゃないですか」西川はニヤリと笑った。「最近の若い制服組は、言われたことしかやらないもんですけどね……ガンさんが指示したんですか？」

「いや、これは本人の判断だ」

「早く本署に引き上げてやって下さいよ。いつまでも交番勤務じゃもったいない」

「そうしてやりたいところだけど、俺には人事権がないからな」岩倉が肩をすくめる。

西川は、岩倉のパソコンをもう一度確認して、KSデザインの代表番号と住所をスマートフォンに打ちこんだ。やはり事前に連絡を入れておくことにして、岩倉にも了承させる。

さて、戦闘開始——いよいよここからが本番になる。


KSデザインは、六本木通りから一本入った細い道路沿いに立つオフィスビルの、四階全体を占めていた。六本木というと、ヒルズやミッドタウンに代表される巨大な複合施設の街という印象が強いが、メーンの六本木通りや外苑東《がいえんひがし》通りを外れると、意外に静かになる。夜になるとまたがらりと変化するのだろうが、午後遅いこの時間には、普通のサラリーマンや子ども連れの主婦の姿も目立った。

ビルそのものはかなり年季が入った建物で、元々白かったらしい外壁は排気ガスや雨で灰色に汚れているが、エレベーターを降りた先にある事務所は、モダンで明るい雰囲気《ふんいき》だった。どこか和の匂《にお》いがするのは、木材を多用したインテリアのせいかもしれない。

約束していたので、社長の今住は自分の部屋で西川たちを出迎えてくれた。ホームページの写真と同じように今日も派手……濃い紫色のワイシャツにシルバーのネクタイという服装のせいだろう。一応着こなしている感じではあるが、とにかく賑《にぎ》やか過ぎて目がチカチカする。

二人は、クロムと革でできたシンプルな一人がけのソファに腰を下ろした。今住は西川の真向かいに座る。西川はちらりと横を向いて岩倉にうなずきかけ、「ここは任せろ」と合図を送った。岩倉は目の動きだけで「ＯＫ」の意思を表示する。

「先ほど秘書の方に電話でお話ししたのですが……」西川は切り出した。

「聞いています。諸橋さんが辞めたのは、クーデターです」今住があっさり認めた。

「クーデター？」

「会社の金の私的流用ですよ。それと、下請《したう》け業者との癒着《ゆちやく》。警察の人の前で言うことじゃないですが、捜査が入ってもおかしくなかった。目をつけられなかったのは、うちがそれほど大きな会社じゃないからでしょう」

皮肉っぽい口調が気になる。ずけずけ物を言うタイプなのはありがたいが、西川は冷や冷やしていた。こんなにあけすけに話して、本当に大丈夫だと思っているのだろうか。いや……もしかしたら、最初から打ち明けることで、こちらの前に一種のハードルを置いたつもりかもしれない。

「そんなことがあったんですか」

「ここは元々オーナー企業ですけど、それでも会社は社長のものじゃない。そういう風に勘違いする人も多いんですけどね」

「諸橋さんもそうだったんですね」

「そういうことです」

「流用というのは、額はどれぐらい……」

「それは勘弁して下さい。私も、今さらその話を蒸し返すのは嫌なんですよ。せっかく会社も正常化したんですから……まさか、その件で捜査してるんじゃないですよね？」

「我々は、経済事件の担当ではありません」西川ははっきり言い切った。捜査二課なら興味を持ちそうな一件ではあるが。「過去の事件を調べ直しているんです」

「ああ……」今住は西川の名刺をもう一度確認した。ついで岩倉の名刺を取り上げる。

「別なんですね。南大田署」

「私はアシスタントです。歳《とし》はいってますが」

岩倉の答えに笑っていいかどうか分からないようで、今住が微妙な表情を浮かべる。西川はちらりと岩倉の顔を見てから続けた。

「とにかく今の話は初耳ですし、我々の所管ではありません。我々が知りたいのは、諸橋さん個人のことなんです」

「何なりと」今住がさっと両手を広げた。

「今、何をしておられるんですか？」

「さあ」

「縁は切れてるんですか」

「辞められてからは――基本的に会社とはまったく関係がなくなりました。保有株も全《すべ》てこちらで買い取りました。退職金代わりですね」

「連絡も取っていない？」

「私は、ね。事務連絡のような形で話している社員はいるかもしれませんが」

「お話を聞く限り、相当ワンマンだった感じがしますが……」

「仰《おっしゃ》る通りです」今住がうなずく。「元々、諸橋さんのお父さんが始めた小さな工務店が出発点だったんですよ」

「それは、ホームページで確認しました」

「諸橋さんが社長になって、株式会社に改組してから、一気に拡大したんです。ちょうどバブルの始まりでしたからね」

「分かります」西川はその時代を直接は知らないのだが。

「うちの言い値を出すから適当にやってくれとか、取り敢えず派手に金ピカにしてくれとか、適当な注文も多かったみたいですね」今住の唇が皮肉に歪《ゆが》む。「余っていた金を、税金対策で内装工事に回すことも多かったんでしょう」

「だったら儲《もう》け放題じゃないですか」西川は思わず皮肉を吐いた。

「いやいや……うちみたいな会社は、『予算はいくらでも出すから勝手にやってくれ』と言われると困るんですよ。限られた枠の中で、向こうの要求をいかに実現するかが腕の見せ所なんです。だけど、仕事環境や使い勝手に興味がない人はいるんですよね」

「確かにバブルの頃《ころ》は、やたら豪華なだけの店や会社がありましたからね」岩倉が割って入ってきた。「店や会社の格にそぐわない、変な店舗も多かった。そういう所は、大抵潰《つぶ》れましたけどね」

岩倉はぎりぎりバブルの頃を知る世代だろうか、と西川は訝《いぶか》った。あるいは岩倉の性格からして、適当に話を合わせているのかもしれない。まったく唐突《とうとつ》に、昔彼がホラを吹いていたのを思い出す。「俺は箒《ほうき》が相手でもプロレスができるんだ」。どんな人間と話しても、それなりに話題を合わせて会話を転がせる——抜群に人当たりがいいわけではないが、確かに話は上手い。というより、人の話を聴くのが上手い。

「金持ちを相手にした商売を始めて、会社が拡大するきっかけになったんですね」西川は話を引き取った。この二人が話していると、関係ない方に話題が流れそうだ。

「一時は——株式会社化した直後にはかなり苦しい時期もあったそうですけど、乗り越えたんです。その後は基本的に、ずっと順調でした。だけど儲け過ぎて、諸橋さんは調子に乗ってしまったんでしょうけどね」今住が苦々しい表情を浮かべて言った。「まあ、いかにもバブルの頃の金の使い方っていう感じですよ。車にマンションに株——マンションは転売して、株でも上手く儲けて、さらに懐《ふところ》が潤《うるお》ったと聞いています。しかし、趣味はよくないな」

「そうですか？」

「車遍歴がねえ……諸橋さんは車好きで、フェラーリを何台も乗り継いでいたんです。しかも、フェラーリは実用性がないから、普段乗る車としては4ドア車も買って、常に二台持ちでしたからね。当時、あまりメジャーじゃなかったアルファロメオとか。その金を経費で落としていたんだから、明らかに会社の私物化です」

「4ドアの車なら社用車として認められるけど、2ドアは駄目、みたいな話を聞いたことがありますよ」西川は指摘した。

「ああ、それは私も聞いたことがありますけど、そもそもうちが仕事で使う車で、スポーツカーはあり得ません。家具や什器《じゅうき》を運ぶこともよくありますから、でかいやつばかりですよ。二トントラックも一台あります」

「要するに、会社の金で趣味の車を買い漁《あさ》っていたわけですか」

「辞めた時にも、そういう車が三台ありました。それだけじゃなくて、マンションが二部屋に、伊豆《いず》には戸建ての別荘……それは書類で確認できた分だけで、他にも貴金属類や時計などがあったと思います。そこまでは確認しませんでしたけどね」

「よく解任できましたね」

「一年ぐらい、会社は大揺れでしたけどね」

「ちなみに、この方ですか？」

岩倉が手帳から写真を抜いて渡した。免許証の写真だと西川には分かる。さすが、岩倉は用意周到だ。

「ええ」写真を受け取った今住が、嫌そうな表情を浮かべて認める。

「現住所は大田区ですね。蒲田」岩倉が確認した。

「そうですか？」今住が首を傾《かし》げる。「会社を辞める直前には、南麻布《みなみあざぶ》のマンションが自宅でした。それも会社名義の物件だったけど」

「いないはずです――少なくとも、我々は把握していない。独身貴族ってやつじゃないですか」

六十五歳で独身貴族もないだろうが、と西川は内心苦笑した。歳を取ると、いくら金があっても、一人きりではどうにもならないことが多くなるのに。

「蒲田のマンションは、当時保有していた物件の一つじゃないんですか」

「そこは把握してません……隠し財産みたいなものかな」

「可能性はありますね」岩倉がうなずく。

「それだけ会社を私物化していた人を、よく追い出せましたね」西川は訊ねた。

「そこは用意周到にね……それに、諸橋さんには味方がいなかった」

「ワンマンなのに？」

「ワンマンな経営者の周りには、奴隷《どれい》か敵しかいないんですよ。稀《まれ》にカリスマ性のある人格者が、心酔している優秀な社員に支えられていることもあるけど、大抵のワンマン経営者は嫌われています。自分にごく近い人間は金と権力で縛れるけど、社員全員にその影響力を及ぼすことはできない。ほとんどの社員はムカついているわけですから……引き摺《ず》り下ろす手はいくらでもありますよ」

「民間の会社は怖いですね」西川は肩をすくめた。

「公務員はそうはいきませんか」

「無理ですね」西川は曖昧《あいまい》な笑みを浮かべた。悪口が過ぎるあまり、話がおかしな方へ転がり出している。

「それより、諸橋さんが何かやらかしたんですか？」

「いや、単なる昔の事件の関連調査です。大したことじゃありません」そう、「捜査」ではなく「調査」なのだ。

「本当に？」今住が疑わしげに念押しする。

「どういうことかは申し上げられませんが、とにかく現在には関係ない調査です」

嘘《うそ》はついていない。時効――今さらどうしようもないのだから。

「諸橋さんを一言で言うと、どんな感じですか？」岩倉が急に、ラフな質問を発した。

「バブルオヤジですかね」今住が苦笑する。「昔は、ああいう人はたくさんいたんですよね。金の転がし方が上手い。持ってる金がさらに新しい金を生む。だからかどうか、妙にギラギラしてますよね。五十代、六十代になっても、まだまだやる気満々という感じで。昔から、女性関係も相当派手だったみたいですよ」

「そうなんですか？」岩倉が少し身を乗り出す。

「いや、それはあくまで噂《うわさ》です。会社には直接関係ないと思ったので、裏も取ってませんし」

「相手はどんな人たちですか？」

「基本的に、水商売の人だと思います。素人には手を出してなかったんじゃないかな。何かそれも、昔の遊び方って感じですよね……それで？　諸橋さんを逮捕するんですか？」

今住の目が、期待できらきらと輝いた。

六本木の会社を辞して、二人は東京メトロの駅へ向かって歩き出した。午後四時……既に今週は終わりつつある。調査は上手く転がり出したと言っていいが、週末は動けないだろう。

本部や南大田署で話すと、移動の時間だけでももったいないので、六本木交差点近くの喫茶店に入って軽く打ち合わせすることにした。しかし……西川は「本部は遠いから」という岩倉の言い分を訝った。六本木から警視庁の最寄《もより》駅である霞《かすみ》ケ関《せき》までは、日比谷《ひびや》線で一本、五分ほどしかかからない。

それぞれコーヒーを頼むと、西川は岩倉に斬《き》りこんだ。

「本部に行きたくない理由でもあるんですか」

「俺は、希望して所轄へ出たんだよ」岩倉が渋い声で答える。

「捜査一課で何かあったんですか？」

「一課じゃない。サイバー犯罪対策課に追い回されたんだ。実は、今でもしつこく追い回されている」

事情を聞いて、西川は呆然《ぼうぜん》とした。岩倉は異様な記憶力の持ち主で、こと事件に関しては、自分が関《かか》わったこと以外も細かく覚えている。一種の特殊能力なのだが、サイバー犯罪対策課がそれに目をつけ、「科学的に分析させろ」と迫ってきたらしい。しかも、大学の専門家と協力して。人間の記憶力を、捜査のＡＩ化に生かしたい、というのが狙《ねら》いのようだ。岩倉はそれを嫌って——彼の感覚では「人体実験」だ——本部から距離を置いて所轄に異動したのだという。

「本部で誰《だれ》かと会うと面倒だからさ」岩倉がさらりと言って、コーヒーを飲んだ。

「仕事と引き換えでも、そういう目に遭《あ》いたくなかったんですか？」

「そりゃそうだよ。それに仕事は、本部でも署でもそんなに変わらないだろう」

「まあ、そうですけど……」

「俺は俺で上手くやってるから、気にするな。それより、次はどうする」岩倉は前のめりだった。

「とにかく、周辺調査ですね」

「ああ。しかし、こんなバブル野郎だとは思わなかったな。バラバラ殺人事件とは縁がなさそうな感じがするけど」

「確かにそうですね」西川はうなずいて同意した。

「もちろん、犯人と知り合い、あるいはたまたま事実を知った、ということもあり得るけどな」

「イマイチぴんときませんね」

「胡散臭《うさんくさ》い人間なのは間違いなさそうだ。調べていけば、ボロが出るんじゃないか？」

「週明けから巻き直しですね。土日で何か作戦を考えますよ」

「そうしてくれ。しかしお前は、参謀役が似合うよな」

参謀役と言われても……西川は苦笑した。

「ガンさんはどうするんですか？」

「俺も考える。ま、奴《やつ》の顔ぐらい拝《おが》みにいくかもしれないけど」

「一人で暴走しないで下さいよ」西川は釘を刺した。

「俺が暴走？　誰かさんと一緒にするなよ……沖田はどうしてる？」

「今、名古屋に出張中です。週末も動く気満々ですよ」

「あいつに荒らされたら、名古屋もいい迷惑だ」

「……ですね」

しかし岩倉も、沖田と似たようなものではないか。しかもこの事件に関しては、異様に思い入れが強い。余計なことをしないといいのだが、と西川は心配になった。先輩をコントロールするのは本当に難しい。

6

土曜の朝、岩倉は諸橋のマンションの前にいた。制服警官は結局、諸橋本人とは接触できていない。この段階で自分が顔を晒《さら》すのもよくない……ぎりぎりまで会わないようにしたかったが、どうしても気になった。本人の顔だけは直接拝んでおきたい。

諸橋に関しては、まず所有している車が分かった。ポルシェ・ボクスター。オープンツーシーターの本格的なスポーツカーである。ポルシェのモデルとしては安価とはいえ、気軽に手を出せる車種でもない。

六十五歳でツーシーターのオープンカーか……枯《か》れていないな、と岩倉は呆《あき》れた。バブル期にいい思いをした人は、金が続く限り、同じようなライフスタイルを貫こうとするものだろうか。とはいえ、今の諸橋の収入源は何だろう。

インタフォンを鳴らすわけにもいかず、車も直接調べられない——駐車場は地下で、鍵《かぎ》を持っている住人以外が入るには管理人の手を煩《わずら》わせるしかなかった。そして今の岩倉には、「駐車場を見せてくれ」と頼む正当な権利がない。適当な理由をでっちあげることもできるが、それも気が進まなかった。

午前九時……マンションの前に立ってはみたものの、何の手もない。我ながら間抜けなことをしているなと苦笑したが、週末を一人暮らしの家に籠《こも》り、掃除と洗濯《せんたく》に費《つい》やすのは馬鹿馬鹿しかった。

取り敢えず、近所の聞き込みをしてみようと決めた。一人暮らしの六十五歳にも日々の生活はあるはずで、近所の店などを頻繁《ひんぱん》に利用している可能性は高い。そういうところで話を聴けば、普段どういう風に暮らしているのか、どんな人間なのか、ある程度は分かるのではないか。

しかし、そういう聞き込みをするには、まだ時間が早い。一時間ぐらいはここで張り込もうかと思った瞬間、地下の駐車場の出入り口のシャッターが開き始める。シャッターのすぐ正面にいたので、岩倉は少し歩いて離れ、電柱の陰に身を隠した。

ボクスターだ。ひと目でポルシェと分かる、大きな吊り目《つめ》のヘッドライト。ボディは鮮烈なオレンジ色で、黒いソフトトップは閉まっていた。しかし、運転席に座っているのは、間違いなく諸橋だと分かる。免許証の写真に比べて少し白髪が増えているが、顔つきは同じだ。

諸橋は駐車場から道路に出ると、ボクスターを路肩に停《と》めた。シャッターが閉まり始めると同時に、ボクスターのトップが開く。一月、最低気温が二度の日に、オープンにしてドライブ? いや、オープンカーは「冬こそ醍醐味《だいごみ》」と言う。最近のオープンカーは、トップを下げていても風の吹きこみは少ないし、シートがヒーターで温まるなど車内は快適だから、冬こそ開けるべきだ——まあ、言い分は分からないでもないが、そこまでしても屋根を開けたがる気持ちが理解できない。そもそも、屋根を開けているとドライバー本人が丸見えではないか。よほど自己顕示欲《じこけんじよく》の強い人だけが、オープンカーを所有しようと思うのかもしれない。諸橋はマスクをつけて、首元にはマフラーではなく洒落《しやれ》たスカーフを巻きつけている。車の中でマスクはいらないような気もするが……。

太い排気音を残して、ボクスターが走り去る。岩倉は、彼から強い印象を受けた。何となく気に食わない……バブルの残滓《ざんし》を残したような六十五歳。先入観や偏見を持つのはよくないが、どうしても引っかかってしまう。

「オッサン、いい歳して勘弁してくれよ」

誰も聞く人がいない捨て台詞《ぜりふ》を吐いて、岩倉は歩き出した。さあ——この街に、諸橋がどんな感じで馴染《なじ》んでいるか、確かめてやろう。


意気ごんで聞き込みを始めたものの、最初からつまずいた。土曜日の午前九時は、まだ街が寝ている時間で、ほとんどの店は開いていない。取り敢えず、マンションのすぐ近くのコンビニエンスストアに入ってみたのだが、店員はアジアのどこかの国からの留学生らしく、ややこしい話がまったく通じなかった。写真を提示してみると「見たことがない」という答えが速攻で返ってきた。他には……中華料理屋は暖簾《のれん》を引っこめたまま。スーパーさえまだ開店していない。もっとも、スーパーでの聞き込みには期待できないだろう。コンビニエンスストアと同じで、こういう店では客も多いし店員もシフトで頻繁に交代するから、よほど目立つ人間でないと記憶に残らないはずだ。

ふと、一軒の喫茶店を見つけた。こんな住宅街で喫茶店は珍しい。これはいいチャンス——朝から開いているこういう店は、常連の溜《た》まり場になっている可能性がある。

狭い店内は、そこそこ埋まっていた。客は高齢者ばかり。土曜の朝に、ここでコーヒーを一杯楽しむのが習慣になっている人も多いのだろう。引退後の生活としては悪くない。

岩倉もカウンターについて、コーヒーを飲んでいくことにした。コーヒーの種類も豊富で目移りしたが、モカを選び、メニューをさらに精査する。ランチの料理も様々で、しかも凝《こ》っている。夜には酒も出すようで、もしも近所にあったら、休日は朝昼晩と通ってしまうかもしれない。

マスクを外し、出されたコーヒーを一口飲むと、しっとりと落ち着いた味で雑味がなく、確かに美味《うま》かった。蒲田は飲食店の密集度が極めて高い街だが、岩倉は自宅近くにこういう店がないのを恨めしく思った。

コーヒーを半分ほど飲んだタイミングで、岩倉はカウンターの中にいるマスターに声をかけた。ちょうどコーヒーを淹《い》れ終えたところで、手持ち無沙汰《ぶさた》にぼんやりと宙を見つめている。

「すみません」バッジを見せても、七十歳ぐらいのマスターはまったく動じない。

「警察の方ですか？」

「ええ」

「何か問題でも？」訊ねる口調にも乱れはない。

「この写真の男性に見覚えはありませんか？」

岩倉は免許証の写真を彼の前にかざした。マスターがすぐに「ええ、知ってますよ」と言ってうなずく。

「ご存じなんですね？」岩倉は念押しした。

「よくおいでになりますよ」

「名前はご存じですか」

「いや、それは……」

「常連なら、名前ぐらいは知っているものじゃないですか」

「ご自分から名乗らない方には、特に名前を聞くこともありませんので」

「礼儀みたいなものですか？」

「いや、面倒なだけです」

白い口髭《くちひげ》がかすかに動く。笑ったのだ、と岩倉は気づいた。泰然自若《たいぜんじじゃく》——あるいは細かいことはどうでもいいタイプなのかもしれない。見た目はきちんとしているのだが、人生にも仕事にも飽き飽きして、余計なことは一切見ない、口を出さないようにしている可能性もある。この店をやっているのも、コーヒーと料理に情熱を傾けているわけではなく、単なる惰性《だせい》とか……店内の様子から見ると、十年、二十年の歴史ではなさそうだ。昭和から続いている可能性が高い。それだけ長く続けていたら、どんなに人当たりのいい人間でも、いい加減飽きてくるのではないか。

「よく来られていたのは間違いないですか？」岩倉はさらに押した。

「そうですね」

「毎日とか？　同じ時間に？」

「毎日ではないですね」マスターが否定する。「時間もまちまちです」

「ここでモーニングコーヒーを飲んでいたわけじゃないんですね」

「朝来る時もありますけど、特に決まってはいないですね」マスターはよく喋るが、熱は入っていない。必要なことを聞いたら、さっさと帰ってくれとでも言いたげだった。

しかし岩倉は、むしろ腰を据《す》えることにした。悠然としているマスターも、そのうち苛々《いらいら》し出すだろう。そうなると逆に、本音を語り出す可能性もある。

「コーヒーだけですか？　夜は酒とか」

「いや、コーヒーだけですね。夜にいらっしゃることはないですよ」

「近所の人なんですが……」

「ああ、そうですか」関心なさそうに、マスターが反射的に相槌《あいづち》を打つ。「うちは基本的に、近所の常連さんばかりの店なんですよ」

「どんな人ですか？」

「どんな、と言われましても」

「どんな話をしますか」岩倉は微妙に話を変えた。

「どんなと言われましても」マスターが繰り返す。表情が微妙に変わっている——眉根《まゆね》がわずかに寄って機嫌が悪くなりつつあるのが分かった。「天気のこととか、プロ野球の話とか、そんなものですよ」

「喫茶店の会話の定番ですね」

「ええ」

「個人的なことを話したりはしませんか？」

「それはないですね……いや、巨人《きよじん》ファンなのは知ってますけどね。巨人の話になると、熱が入りますから」

「それ以外には？」

「特にないですね」

このマスターは、客との会話をほとんど覚えていないのかもしれない。自動的に反応し、適当に言葉を返しているだけではないか？

「羽振りはよかったですか？」

「はい？」

「見た感じや立ち居振る舞い……そういうことから分かりませんか」

「いや、私はそういうのはよく見ていないので」

だったら何を見ているのか、と岩倉は少しかちんときた。しかし文句を言うわけにもいかず、この聞き込みは失敗だったと諦《あきら》めかけた時、ふいに声をかけられる。

「諸橋さんだろう？　あの人は昔の金持ちだね」

振り向くと、シアトル・マリナーズの帽子を被《かぶ》った六十歳ぐらいの男が、自分のコーヒーカップを持って岩倉の隣に腰を下ろしたところだった。

「諸橋さんのことを知りたいの？」

「ええ」岩倉は少し警戒しながら認めた。「あなたは？　常連さんですか？」

「俺は毎朝、ここでコーヒーを飲まないと目が覚《さ》めないんでね。週に一回か二回は諸橋さんとも会うよ」

「失礼ですが、お名前は……」

「村井《むらい》。そういうあなたは？」

「岩倉と言います」岩倉は、掌《てのひら》で隠すようにしてバッジを示した。できれば警察官であることはマスターだけに明かしておきたかったのだが……警察が嗅《か》ぎ回っていることが広く分かると、諸橋の耳にも入ってしまうだろう。「内密でお願いできますか？」

「内密ね」村井が馬鹿にしたように言った。「相手がよく来る場所に直接顔を出して内密でと言われても……」

「あなたが喋ればすぐに分かります」村井の顔がすっと青くなったのを見て、岩倉は「情報漏洩《ろうえい》は勘弁して下さい」とつけ加えた。

これだけ脅したら、話は転がらなくなるだろうと岩倉は覚悟していたが、村井の話は止まらない。元来、お喋りな男のようだ。聞くと――いや、岩倉が何も聞いていないのに勝手に喋った――去年の夏に大手鉄鋼メーカーを定年で辞めて、それから自宅近くのこの店に毎日通うようになったのだという。煙草《たばこ》もやめたし、ここで飲む一杯のコーヒーだけが楽しみだね……岩倉には、何だか侘《わび》しい暮らしに思えてならなかった。

「諸橋さんとは、ここで知り合いになったんですね？」

「ああ、俺も巨人ファンでね」

「なるほど……」東京のこの辺だと、やはり圧倒的に巨人ファンが多いのだろう。「それで、昔の金持ちというのはどういう意味ですか？」

「諸橋さん、持ってるものが全部高級なんだよね。財布はヴィトン、ライターはダンヒル、時計はロレックス……ただ、それが皆古いんだ」

「物持ちがいいんじゃないんですか」ブランド品の群にポルシェも加えるべきか、と岩倉は考えた。

「物持ちがいい人は、長く使い続けるためにメンテナンスするでしょう。時計なんて、メンテに出せば新品同然に磨いて戻してくれるからね。諸橋さんの場合は、ただ使い続けてる感じかな。ろくにメンテもしてないから、古くなってボロボロなんですよ。あれは実にもったいない」

「昔の金持ち……なるほど」

「でも、実際に羽振りはよかったと思いますよ。今もポルシェに乗ってるそうだし。それが本当ならね」

岩倉は無言でうなずいた。こちらから余計な情報を与えてやる必要はないが、反応しないのも不自然だ。

「車にだけ金をかけるようにしたのかねえ」村井が首を捻《ひね》る。「一生金持ちでいるのは難しいのかもしれない」

「そういうことで、何か愚痴《ぐち》をこぼしてませんでしたか？」

「聞いたことはないけど、何となく態度でね。そういうの、見れば分かるんですよ」

「諸橋さんは、元々この辺の人じゃないと思いますが」

「そうそう」村井が勢いよくうなずく。「ここへ来る前は、港《みなと》区に住んでたって言ってましたよ。狭い中古マンションだったそうだけど、それにしたって港区だからね」

実際には「狭く」も「古く」もなく、十年前に完成したタワーマンションの十五階だった。昨夜、不動産サイトで調べてみたら、同じような広さの部屋の中古販売価格は、二億円を超えていた。ただしそれは会社名義の物件であり、解任された直後に追い出されたことは確認している。

「都落ちしたみたいな感じですか？」

「おいおい、蒲田をそんな風に田舎《いなか》扱いされると困るよ」村井が真顔で言った。「都心に近いし、いい店は多いし、住めば都だ」

「私も蒲田の住人ですから、分かりますよ」実際には、岩倉のマンションは東急池上《とうきゅういけがみ》線の蓮沼《はすぬま》駅近くなのだが、住所は「西蒲田」だから、蒲田の住人と言っていいだろう。「でも、港区に住んでいた人から見れば都落ちじゃないですか？　都心部から遠くなるのは間違いないし――どうして蒲田に越してきたかは言ってましたか？」

「それは知らないけど、都落ち――本人が確かにそう言ってたけどね」村井がふいに真顔になった。「あれは、本当だったのかねえ」

そうかもしれない。会社を追い出され、収入源を失って、急に経済状況が厳しくなったのは間違いあるまい。財産を整理して、ポルシェ・ボクスターだけを相棒に蒲田の安いマンション——あそこもそれほど安いわけではないが——に引っ越してきたとしたら……それにしては、先ほどの諸橋は颯爽《さっそう》としていた。ソフトトップを下げ、寒風をむしろ楽しむように走り去っていったではないか。週末は、箱根《はこね》辺りでワインディングロードを楽しんでいるのかもしれない。

村井は、諸橋とはこの店でしか会わないという。連絡先も知らない。いわば「カフェ友」とでも言うべき存在のようだ。それはそれで、大人のつき合いとして楽しいかもしれないが、岩倉にとっては大きなメリットにはならなかった。諸橋の生活ぶりに関しては、まだぼんやりとしか分からない。しかし岩倉の頭の中には「悠々自適」という言葉が浮かんでいた。経済的には、KSデザインの社長を務めていた頃よりもはるかに苦しくなったかもしれないが……あの会社は、諸橋にとって打ち出の小槌《こづち》のようなものだったのかもしれない。

岩倉はその後、諸橋のマンションの中で賃貸《ちんたい》物件を扱っている地元の不動産業者を割り出し、話を聴きに行った。諸橋があそこを借りているのか、購入したのか、それが分かれば懐具合が何となく推測できる。所有していたら、会社を辞めた時にはそれなりに懐に余裕があったことになるはずだ。

その不動産屋は、諸橋に部屋を仲介していなかった。「あの部屋は、所有者がそのまま住んでいるのではないか」という推測を聞いたので、後で確認することにする。ネットで登記簿を閲覧《えつらん》すれば、所有者はすぐに分かるのだ。

そのまま近所の聞き込みを続行して、あっという間に昼過ぎ。腹も減っていたが、もう一頑張りと思って、新聞販売店を訪ねることにした。ここは……以前、一度だけ捜査で訪れたことがある。殺人事件で、犯行がいつ行われたのか、時間帯を絞りこむのに、店主の証言が役に立ったのだ。

今回応対してくれたのは、中年――とはいえ岩倉よりもだいぶ若い男性だった。

「以前、こちらに協力していただいたことがありました」岩倉は打ち明けた。

「ああ……もしかして親父《おやじ》ですか？」

「あなた、息子さんですか？」

「ええ。親父は去年、亡くなりました」

「そうでしたか……ご愁傷様《しゅうしょうさま》です。病気か何かで？」店主は大柄で、しかもでっぷり太っていた。赤ら顔で、いかにも酒が好きそうなタイプに見えた。

「心筋梗塞《しんきんこうそく》で、あっという間でした。本人は苦しまなかったから、それだけが救いでしたね」

「それで、あなたが店を引き継いだんですか」

「会社を辞めてね」店主が苦々しげな表情を浮かべる。「お袋も体が弱いし、従業員のこともあるから、店を放《ほう》り出すわけにはいかなかったんですよ」

「それはいろいろと大変でした……今回は、お客さんの情報で確認したいことがあります」

「何でしょう」あまり嫌そうな顔つきではなかった。

「ある人が、こちらから新聞を取っているかどうか、確認したいんです」

「そういうことですか」店主がタブレット端末を取り上げた。指先を動かしていたが、ふと顔を上げて岩倉の目をまじまじと見る。「この件、表には出ませんよね」

「出ません。問題の人の暮らしぶりを知りたいだけなんです」岩倉は保証した。

「ならいいですけど」

新聞販売店とタクシーの運転手は、概して警察に対して協力的だ。それに警察としても、両者を非常に頼りにしている。配達員もタクシーの運転手も、毛細血管のような道を走り回り、街の隅々まで知っている。何かおかしなこと、普通と違うことがあれば、すぐに気づくものだ。

「諸橋浩二さん、六十五歳、ですね」住所も告げた。「取ってますよ」

「ずっとですか？」

「ええと……五年前ですね。五年前の五月から」

諸橋が、クーデターでKSデザインを追い出されたのは、五年前の二月だ。それから南麻布のマンションを出て蒲田へ引っ越してきたとしたら、五月ぐらいに新しく新聞を定期購読し始めるのは不自然ではない。

「毎月の講読料は、きちんと払われていましたか？」

「銀行引き落としなんで……特に問題はないですよ」

「銀行の口座、教えてもらえます？」

「いや、それはちょっと」店主が引いた。「個人情報ですからね」

「令状を取って、改めてお願いに来ることもできるんですが」

「令状？　そんなに大変なことなんですか？」店主が目を剝いた。

「大変なことになるかもしれません」岩倉は深刻な表情でうなずいた。「場合によっては、緊急に動く必要が生じるかもしれません。そういう状態になってからこのお店に話を聴きに来るとなると、あまり丁寧にはやれないかもしれませんね」

「じゃあ……」

「今教えていただければ、今後ご迷惑はおかけしませんよ」

「あの……俺は会ったことはないですけど、諸橋さん、何かしたんですか？」

「まだ申し上げられませんが、今後どこかで諸橋さんの名前を見ることがあるかもしれませんね」

もしかしたら「週刊ジャパン」の誌面で。

土曜日という、捜査に不利な日の成果としてはこれで十分かもしれない。諸橋の銀行口座が分かったのは、ある程度大きな収穫だ。金の出入りが分かれば、彼の財政状況はより明らかになるだろう。

しかしそれはできない。

ここまでは、会った人たちの好意に頼って情報を仕入れてきた。しかし銀行が相手となると、口座を調べるために正式な捜査が必要になる。そしてこの件は「捜査」ではない。あくまでプライベートな「調査」だ。

今日はここまでか。

岩倉は午後半《なか》ば、署に寄った。仕事用のパソコンを使い、問題のマンションの所有者を探す……不動産屋の推測と違い、諸橋ではなかった。部屋の所有者に当たって、どういう経緯で諸橋に部屋を貸したか、家賃がいくらなのかを調べておくべきかもしれない。

しかしそれは、急いでやらなくてもいい。岩倉は、夜になってもう一度出撃し、諸橋のマンションの様子を見てみることにして、一度自宅へ戻った。一月後半の寒空の下を自転車で走り回っていたので、体がすっかり冷えている。しかしもう一度外へ出るから風呂《ふろ》で温まるわけにもいかず、部屋に入ってもダウンジャケットを脱がずに、エアコンの設定温度を二度上げた。

監視をつけておけば、諸橋の動きは分かるが、余計な人手を割《さ》くわけにはいかないからどうしようもない。今朝は運良く顔を拝めたが、夜はどうなるか分からない。仮に帰ってきても声をかけるわけにはいかないし……西川に電話をかけて、今日一日の動きを説明しようかとも思った。しかしあの男は、土日はきっちり休みそうなタイプだ。そんな時に、面倒な先輩から電話がかかってきたら、いい思いはしないだろう。

自分が面倒な人間だという意識はある。自覚しているだけましだろうと、岩倉は都合よく考えた。

少し昼寝でもするか……ダウンジャケットを着たままソファに横になれば、寝袋に包まれているようなもので、意外に快適かもしれない。

さて、と思った瞬間、電話が鳴る。娘の千夏だった。ふと嫌な予感が膨《ふく》らむ。離れて暮らす千夏は、最近は用事がある時にもLINEしか使わない。どうもあの世代は、通信手段として電話よりもLINEの方がデフォルトのようだ。同世代同士なら、インスタグラムのメッセージでやりとり……電話がかかってくるとなると、非常事態の匂いがする。

「どうした」何かあったのではと心配になり、岩倉は思わず勢いよく訊ねた。

「城東大、ヤバいかも」

「ああ?」来年大学を受験する千夏は、城東大の理工学部を第一希望にしている。理工学部としては、都内の私立大学でトップレベルだ。

「模試の成績、最悪だったの」

「そうなのか?」模試はしょっちゅうあるものだろう。一年前からその結果に一喜一憂していたら、精神的にまいってしまう。

「マジで駄目かも」

「おいおい」

「滑り止めも考えておかないと」

千夏は中学受験で、名門私立校に合格した。高校まで一貫、しかるべき成績を挙げて希望すれば、そのまま系列の大学にまで進める。しかし千夏は、敢えてワンランク上の城東大を目指すことにしたのだった。

「何かあったのか？」

「ちょっと風邪《かぜ》気味だったのよ」

「お前にしては用心が足りないな」

「しょうがないでしょう。今、流行《はや》ってるから。今年の冬は寒いし」

「だけど、お母さんがついててそれは……」

「ママは医者じゃないわよ。脳科学者」千夏がぴしりと言った。

だからこそ厄介《やっかい》なことになっている……サイバー犯罪対策課と共同で岩倉の記憶力を分析しようとしている相手こそ、妻なのだ。

「愚痴ならいくらでも聞くけど……一回ぐらい模試の成績が悪くても、気にすることないだろう。受験本番は来年なんだし。飯でも食うか？」

「いい。そんな気になれないから」

「その気になったら、何か美味《うま》いものを奢《おご》るよ」

「次の模試が上手くいけばね……」

千夏にしては珍しく弱気な態度だった。基本的に自信家というか、城東大の入試に関しても冷静に分析して、志望校に定めたのだ。ただ、試験に関しては運もある。

「パパも受験の時、大変だった？」

「大変じゃない受験はないよ」

「こんなに面倒だと思わなかった。短い期間に、いろいろなことを決めなくちゃいけないし。こんなことで人生が決まるの、何だか嫌なんだけど」

「あのな、受験本番までまだ一年もあるんだぞ。それに未成年の時に自分で人生を決めるチャンスなんか、何回もない。はっきり言えば受験ぐらいだ。いい機会だと思えばいいじゃないか」

「でも、その責任は自分で取らないといけないんでしょう？」

「選択と責任は表裏一体だよ」

「だよね……」千夏が溜息《ためいき》をついた。「少子化とか言ってさ、受験生の数が減ってるのに、全然広き門にならないのって、何かおかしくない？」

「城東大レベルになると、どんな時代だって受験者は殺到するよ。記念受験だってあるだろうし」

「そういうの、本当に迷惑なんだけど」

「だったら、教育の道に進めばいい」

「先生ってこと？」

「違うよ。文科省に入って、教育行政を一から変えればいいんだ」

「文系にも公務員にも興味ないから……じゃあね」

「おい――」

勝手に喋って勝手に切ってしまった。岩倉は苦笑しながら、スマートフォンをテーブルに置いた。こういうのは、あの年頃の女の子に共通した態度だろうか。それとも千夏だけなのか？

7

西川は、窮屈《きゅうくつ》な思いで週末を過ごした。

現在、妻の美也子《みやこ》の母親が都内の家で同居している。夫を亡くして以来、メンタル的に急に弱くなり、一人暮らしが心配だというので引き取ることに決めたのだが、いざ同居してみると、今度は静岡《しずおか》の実家のことがどうしても気になるようだ。夫婦二人で丹精《たんせい》こめてガーデニングをしていたのだが、それを放っておくのが辛《つら》いらしい。今のところ、実家近くに住む美也子の兄夫婦が時々様子を見に行っているのだが、本人も月に一度は実家へ戻って、庭の手入れをするのが恒例になっている。だいたい美也子がつき添っていくのだが、西川が車を出すこともあった。いつも義母の世話を任せてしまっているのが申し訳ない……運転手を務めていると多少は罪悪感が薄れるのだが、妻の実家に一泊するとなると、それはそれで気が重い。ただし、東京の家では何となくぼんやりしている義母が、実家では生き生きして庭の手入れをしているのを見ると安心する。一人暮らしは心配だが、何かちゃんと目的があるなら生活に張りが出て、安心して暮らしていけるのではないだろうか。

こういう問題に直面する年齢になったのか、と西川は一人溜息をつくことも多くなった。いつまで続くのだろうかと不安にもなる。

岩倉から連絡があるかもしれないとスマートフォンに注意していたのだが、結局夜までまったく鳴らなかった。岩倉のことだから、自分を無視して一人でさっさと調べを進めているかもしれない。五十を過ぎたベテランなのに、若手に任せておけばいいような雑用まで一人でこなしてしまうタイプなのだ。

夕飯を終え、風呂を使ってから、少し迷った末にビールを飲む。一月とはいえ、静岡は東京より少しだけ暖かく、風呂で温まった体に冷たいビールが美味かった。

「明日、昼過ぎぐらいにこっちを出ようと思うけど、いい？」美也子が遠慮がちに聞いてきた。

「ああ」

「何か気になることがあるんじゃない？」

「いや」

「あるでしょう」美也子がさらに突っこんだ。

「どうしてそう思う？」

「そういう時、すぐに分かるから」

「そんなに顔に出やすいかな」西川は両手で顔を擦《こす》った。

「分かりやすいわよ」美也子が笑った。「また忙しくなるの？」

「いや、今回は……ならないな」正式な捜査ができない以上、慌てて取り組む必要もないのだ。心配なのは岩倉の動き――暴走だけである。

いつも組んで仕事をしている沖田は、ラグビーで言えばフォワードのようなものだ。最短距離でディフェンスラインを突破するために、ひたすら真《ま》っ直《す》ぐ突き進む。対して岩倉は、巧みなステップを使うバックスだ。糸が切れた凧《たこ》のように、思わぬところから攻撃をしかけてくる。その動きを読めないのは周りの人間で、岩倉本人は分かっているのにきちんと説明しないから、余計始末が悪い。その割に妙に慎重なところもあり、時々捜査の大筋に逆らって「待った」をかけることがある。それがだいたい当たっているから――そのまま突き進めば誤認逮捕というケースもあった――また面倒なのだ。どうもあの人は、自分の中だけで完結しがちなようだ。基本的に一匹 狼《おおかみ》タイプと言っていい。やたら前のめりになっている岩倉に全てを任せておく手もあるのだが、西川には直接命令が降りている。最終的に、捜査一課長と広報課長に状況を説明するのは、自分でなくてはならない。

何だかな……不安ばかりだった。どう転んでも警察の責任にはならない――とにかく正式に捜査できないのだから仕方がない――とはいえ、ヘマしたら問題になるのは間違いない。

問題は、何が「ヘマ」なのかもはっきりしないことだった。

東京までの帰途は、必ず渋滞に悩まされるので、西川は体力温存で朝寝を決めこむつもりだった。西川は、とにかく規則正しくやらないと気が済まない男なのだが、その気になれば十二時間ぶっ続けで眠れる。まだ若い証拠でもあるんだと密《ひそ》かに胸を張っていたが、日曜の朝は、午前八時に鳴ったスマートフォンの呼び出し音で眠りから引きずり出された。

岩倉。

クソ、どうせ連絡してくるなら、昨夜のうちにしてくれればいいのに。日曜の朝八時に電話してくるなど、嫌がらせ以外の何ものでもない。西川は布団から素早く抜け出して眼《め》鏡《がね》をかけ、電話に出た。

「朝から悪いな」岩倉の声は妙に快活だった。

「いえ……」

「寝てたか？」

「寝てましたよ。日曜じゃないですか」

「俺は、休みの日でも普通に目が覚めちまう。歳は取りたくないな」岩倉がやけに上機嫌に笑った。「諸橋の周辺捜査を進めてるぞ」

「週末なのに？」予想通りだ、と西川は額を揉《も》んだ。

「近所の聞き込みぐらいはできる。まあ、悠々自適というか、経済的にはそれほど困窮していないようだな」

岩倉は、聞き込みの成果を延々と説明した。さすがというべきか、わずか一日動いただけで、諸橋の人となりがある程度浮かび上がってくる。

「しかし、事件に関係がある感じじゃないんですよね？」西川は駄目出しした。

「そうだけど、まだ諸橋の人生を丸裸にしたわけじゃない」

「周辺捜査、続行ですか？」

「それも続けるけど、本人の動向を監視したいな。動きを見張っていれば、何かボロを出すかもしれない。犯人と接触するとかさ」

「張り込みですか……二人だときついですよ」

「その辺は何か手を考える。本部直々の御指名での仕事だから、若い刑事を二人ばかり投入するぐらいはできると思うんだ。うちの刑事課は今、暇だしな」

「ガンさん……」西川は額を揉んだ。「そう張り切らないで下さい。あまり大人数をかけてやるものじゃないですよ」

「じゃあ、二人だけでやるか？」岩倉がねちっこい声で反論した。「それじゃ、いつまで経《た》っても終わらないぞ」

「いや、まあ、それは……」西川は口籠《くちごも》った。気をつけないと、岩倉のペースに巻きこまれてしまう。

「俺は取り敢えず、周辺捜査を進める。諸橋は、結構普通にあの街で生活してるんだよ。あちこちに足跡を残してる」

「そうですか」

「お前もその気なら――」

「申し訳ないですけど、今、静岡にいるんです」

「静岡？　別件か？」

「いや」西川は一瞬言葉を切った。正直に言うしかないのだが、言えば何か説教――因縁とも言える――されそうで面倒臭い。「嫁の実家です。いろいろ問題がありまして」

「そうか」岩倉はあっさり引き下がった。「ま、実家との関係はいろいろあるよな。人間、常に身軽でいるわけにはいかないんだから」

そういうあなたも――西川は続く言葉を呑《の》んだ。彼が、離婚を前提に家族と別居している話は西川も聞いている。刑事というのは噂話《うわさばなし》が大好きで、一番人気なのが人事の話、次がプライベートなトラブルだ。もっとも西川は、そういう話に乗っかることはまずない。聞いても胸の中にしまっておくだけだ。

「ま、明日から頑張ってくれよ」

「ガンさん、働き過ぎですよ」

「別に働いているつもりはないけどな。正式な捜査じゃないんだから、これはあくまで趣味だよ」

まあ……彼がそう言う気持ちは分からないでもない。西川も古い事件の分析は趣味で、基本的に追跡捜査係の仕事を楽しんでやっているのだが、岩倉も同じようなものだ。彼の場合、事件に関しては異様な記憶力を持っており、ことあるごとに昔の事件の詳細をベラベラと語り出す。

「じゃあな」

「ええ」

電話を切ったが、澱《おり》のようなものが気持ちの底に残る。この事件に関する自分たちの温度差が、後々面倒な事態を引き起こしそうな気がしてならなかった。

週末は、何となくモヤモヤしたまま……休みに家族サービスをしていたのだから、誰からも文句を言われる筋合いはないのだが、岩倉が一人で動いていたと考えると、どうも落ち着かない。月曜も、出勤した瞬間に岩倉から電話がかかってくるのではないかと思ったが、彼は今朝は電話ではなく、メールを送ってきていた。週末に近所の聞き込みをした結果をまとめたもの――その中に、自分にもフォローできることがあると気づいた。例えば、あの部屋の持ち主をチェックすること。岩倉は既に所有者を割り出していたが、まだ直当たりしていなかった。

その旨《むね》告げようかと思って受話器に手を伸ばした途端に、電話が鳴った。びくりとして一瞬手を引っこめたが、次の瞬間には気を取り直して受話器を摑《つか》む。

岩倉ではなく沖田だった。

「大阪《おおさか》なんだけどな」

「そっちへ転身したのか」

「ああ……ただ、行き詰まった」

「何だ、泣き言かよ」西川はついからかった。

「いや。まだ諦めてない」沖田が気を持ち直したように言った。「とにかく、手がかりを摑むまではこっちにいるから。本人に会うまでは粘《ねば》るぜ」

「別に、わざわざ俺に宣言しなくてもいいよ」

「無駄な仕事をしてるお前に、本当の仕事ってのがどんなものか、教えてやろうと思ってさ……鳩山さんに代わってくれ」

むっとしながら、西川は係長席に電話を転送した。鳩山は渋い表情で「ああ」「うん」しか言わない。出張が長引くのを嫌がっているのだろう。一人ならともかく二人……金を握る係長としては、頭が痛いはずだ。確実に容疑者に近づけるならともかく、大阪の人混みの中に消えてしまっているようだし。

西川は淡々と仕事をした。岩倉と電話で打ち合わせしてから、諸橋が住むマンションのオーナーに話を聞き、家賃が十八万円であることを割り出した。かなり高値だが、諸橋の家計は家賃に圧迫されているわけではあるまい。その証拠が彼の愛車、ポルシェ・ボクスターだ。海外の高性能スポーツカーは何かと金がかかるもので、懐に余裕がないと乗り回せない。

その事実を岩倉に報告してから、西川は自分も彼のマンションを見てみることにした。隠れるように暮らしているわけではないようだから、顔を拝めるかもしれない。今のところは、直接会って話を聴くにはまだ時期尚早《しようそう》な感じがしたが……本人に会うのは、まず、今週木曜日に出る「週刊ジャパン」を確認してからでいい。続報が出れば、それを頭に入れて対応を考えるべきだ。

初めて見る諸橋の自宅は、比較的新しく、かなりグレードの高いマンションだった。以前住んでいた南麻布のマンションに比較すれば安いだろうが、それでも六十五歳の一人暮らしにしては十分過ぎる広さがあるはずだ。

岩倉が張り込んでいるのではないかと思ったが、いなかった。おそらく周辺の聞き込み中……マンションを観察しているうちに、ふいに嫌な思いが湧《わ》き上がる。岩倉がバラバラ殺人事件に興味を持つのは、何となく理解できる。刑事なら誰でも、強烈な印象を植えつけられた事件があるものだ。岩倉の場合、それが警察官になる前だっただけである。しかしその思い入れ故か、今回の彼は明らかに暴走気味だ。自分は、彼の思いのためにまんまと利用されたに過ぎない。西川としては、時間をかけて淡々と調査をし——諸橋の存在もいずれ割り出していただろう——最終的には諸橋に非公式に話を聴いて、メモを閉じたはずだ。それ以上のことは何もできないのだから。

そして問題の諸橋は、既に成功者のルートから外れてこれから報《むく》いを受けるのではないか？　会社側の言い分を全面的に信用するとすれば、諸橋は背任や業務上横領で逮捕されてもおかしくないほど、会社を私物化していた。その結果自分の会社を失ったのだから、「落ちた」と言えるだろう。

ふと景色が変わる。西川はマンション正面の出入り口から少し離れて観察していたが、ドアが開いたのだと気づく。出てきたのは——諸橋。

あっさり姿を見せたのが少し意外だった。六十五歳という年齢の割には若々しく、すらりと背が高く痩《や》せている。濃紺《のうこん》のダンガリーのシャツに黄土《おうど》色のダウンベスト、それにほっそりしたジーンズという格好だった。こういうのは、彼が若い頃……それこそ四十年以上前に流行《はや》ったようなファッションではないだろうか。男の私服は、年齢を重ねるに従って地味なものになりがちで、誰でもいつかは「オッサン」になってしまうのだが、稀《まれ》に若い頃のスタイルを意地になって続ける人もいる。「見苦しい若作り」になるか「若々しく」見えるかは、本人の努力次第だ。主に体型がポイントになる。

諸橋は努力しているのだろうか。髪は黒々として豊かで、顔にも皺《しわ》がない。何というか……よく稼《かせ》いでよく遊んできた男が、楽しいままに年齢を重ねたように見える。それに比べて自分は——いつも渋い表情を浮かべているせいか、年齢よりも老《ふ》けて見えるはずだ。美也子は「眼鏡を変えてみたら」とアドバイスしてくれるのだが、西川の感覚では、そんな小手先の技に走るのは無意味だ。男は黙って年齢を受け入れるべき……しかし最近、白髪が目立ち始めたのが気になっている。

諸橋は一人ではなかった。背広姿で、右腕にコートを引っかけ、薄い鞄《かばん》を持った若い男が一緒だった。男はぴょこぴょこと何度か頭を下げると、離れた場所にいる西川にもはっきり聞こえる声で「失礼します」と言って踵《きびす》を返した。

何だろう……不動産屋か、車のディーラーという感じがする。愛車のポルシェの関係で、何か話があったのだろうか。西川は無意識のうちに、若い男を尾行し始めた。小柄な男だが、大股《おおまた》で歩き始めたので、遅れないように気をつける。

呑川沿いの細い道を歩いて、京急蒲田駅の方へ向かっているようだ。商談を終えて店に戻り、上司に報告、という感じだろうか。このまま尾行を続け、何をしている人間か把握してから事情聴取する手もあったが、西川は一気に話を進めることにした。前方に、川沿いにある細長い公園が見えてきたので、タイミングだと判断した。

「すみません」

西川は追いつき、男の背中に声をかけた。最初、自分が呼ばれたと思わなかったようで、男はペースを崩さない。もう一度、今度は少し声を大きくして「すみません」と繰り返した。男が歩きながら振り返り、怪訝《けげん》そうな表情を浮かべた。

「私ですか？」童顔に似合わぬ太い声。

「そうです」西川は素早くバッジを提示した。「警察です。ちょっと話を聴かせてもらっていいですか？」

「警察……」男の顔に疑念が浮かぶ。ガードするつもりか、顎《あご》に引っかけていたマスクを口元まで引き上げる。「警察に話を聴かれるようなことはありませんよ」

「あなたのことじゃないです。今、諸橋浩二さんと話してましたよね」

「お客さんのことなら尚更《なおさら》……」

「諸橋さんは、お客さんなんですね」揚げ足取りだなと思いながら西川は続けた。

「いや……」男が渋い表情を浮かべる。

「時間はかかりません。あなたから話を聴いたことも表には出ません」

「でも、こんな場所で……」男が周囲を見回した。右側が呑川、左側は一戸建てやアパートが建ち並ぶ住宅街である。

「警察署へ行ってもいいんですが、時間がかかりますよ。それに、近くには誰もいませんから、人に聞かれる心配はないでしょう」月曜日の昼前なので、公園で遊んでいる子どももいない。

男はなおも嫌がっていたが、結局は折れた。公園の中に入ると、西川は丁寧に名刺を差し出した。

「捜査一課……」

「殺人事件などの捜査を専門にする部署です」追跡捜査係は独立性が高い組織だが、捜査一課の一部署なのは間違いない。説明するのが面倒なので、「捜査一課」とだけ名乗ることも多かった。

「殺人事件って、何ですか」男の顔からすっと血の気が引いた。

「あくまで参考として調査しているだけです。あなたにはまったく関係ありません」関係ない人間に話を聴く必要はないのだが……西川は、取り敢えず男を安心させるために繰り返すしかなかった。「お名前、教えていただけますか？　名刺をいただけると助かりますけど」

「ああ……」男が渋々名刺を差し出した。春口学《はるぐちまなぶ》、予想していた通り、カーディーラーだった。ただしメーカー系列の販売店ではない。

「座りましょう。立ったまま話すのもなんですから」

西川はベンチを指さした。この公園は川に沿って細長く作られ、二段構造になっている。川に面した部分は遊歩道のような格好で整備され、そこから一段高いところに、遊具やベンチなどが設置されている。

春口は、ベンチの左端に尻《しり》を引っかけるようにして座った。西川も、少し距離を置いて腰かける。呑川から吹きつけてくる風は冷たく、西川はコートの前のボタンを止めた。コートを着ていない春口は平気なのだろうか。

「諸橋さんとは、車の売買の話ですか?」

「ええ」春口が認めた。「諸橋さんが売る方です」

「ポルシェ・ボクスター?」

「そうです。五年落ちなので、なかなか厳しいですね」

嫌がっていた割によく喋る——客のプライバシーを守るよりも、さっさと喋って解放されようと考えを変えたのかもしれない。

「免許返納とか?」

「いいえ、まだそういうお年じゃないですよ」

「諸橋さん、昔から車が趣味だったようですね」

「そうですね。うちも何度か——先輩社員がお世話になったそうです」

「昔はフェラーリとかにも乗ってたそうですけど」

「そういうこともあったようです」

「それで今はポルシェ——今回は、どうして手放すことになったんですか？」

「詳しい事情は聞いていませんけど、取り敢えず現金が必要だとは仰ってましたね」

「金ですか……」やはり、当面の生活費に困っていたのだろうか。岩倉の聞き込みでも、本当の懐具合が分かったとは言えない。

「いくら提示したんですか」

「三百五十万円」

「それは、相場からして高いんですか？　安いんですか？」

「平均的ですね。ポルシェは基本的に値落ちしない車で、資産価値も高いんです。諸橋さんは綺麗《きれい》に乗られていますし、整備も完璧《かんぺき》なんですけど、距離が少し出ているので、その辺を加味して、この値段で見積もりを出させていただいています」

諸橋は基本的に暇だったのだろうか。クーデターのような形で会社を追い出されれば、精神的なダメージも大きくなるだろう。新しい仕事に取り組むどころか、何もやる気が起きず、ただ趣味の車で走るのみ……侘しい老後という感じだが、家に閉じこもってネットゲームだけで時間を潰しているよりはましかもしれない。

「それで、商談は成立したんですか？」

「一度持ち帰ります」春口が苦笑する。「諸橋さんの希望金額と開きがありますので……私が即答できかねるぐらいの額なんです」

「向こうの言い分は？　四百万とか？」

「四百五十万円」

　提示額と百万円の開きか……確かに、営業マンの一存では決められないだろう。もっとも会社に持ち帰っても、上司がＯＫを出すとも思えない。どんなに車に詳しい人でも、自分が長年乗ってきた愛車に関しては、相場よりも価値が高いと思ってしまうのではないだろうか。

「話がまとまらなかった割には、諸橋さん、あまり厳しい顔じゃなかったですね」

「見てたんですか？」春口がさっと険しい表情を浮かべる。

「たまたまですよ」

「別に、普通でしたよ」

「その状態が普通だと分かるぐらいには、親しいわけですよね」

「ええ、あの……諸橋さんとビジネスをするのはこれが初めてではないので」

「そうなんですか？」

「一年前にも、諸橋さんの車を買い取りました」

「それは？」

「ベンツのSLです」

ツーシーターのフラッグシップモデルか……長い歴史のある車名で、ベンツファンにとっては特別な車だろう。

「そちらはいくらで？」

「三百五十万円です。そちらも結構距離が出ていたので……綺麗に乗られていましたけどね」

「当然、諸橋さんの方から話が来たわけですよね？」

「ええ」

「どういう理由で？」

「売りたい、とだけです。そう言われれば、うちは査定しますから」

西川はさらに突っこみ続けたが、春口は諸橋の懐具合をはっきりとは知らないようだった。

「今日、部屋に上がりましたよね？」

「ええ」

「中の様子はどうでしたか？　生活に困っている人とそうじゃない人だと、違いがあるでしょう。あなたは、人の家に上がりこむ機会も多いはずですから――」

「普通ですよ」次第に会話に熱をなくしてきたようで、春口が淡々と言った。そろそろ解放して欲しいと思っているのだろう。

話はそこから進まなくなった。西川は春口を解放し、彼の背中が細い路地の向こうに消えるのを見届けてからスマートフォンを取り出した。今の情報に、岩倉は昼飯代を出してくれるだろうか。

8

「餃子《ギョーザ》つきを試してくれよ。二百五十円高くなるだけだし」打ち合わせを兼《か》ねた昼食。岩倉は西川を中華料理屋に誘った。

「ガンさん、いつも昼からこんなに食べるんですか？」西川が怪訝そうな声で訊ねる。

「所轄にいる時には、所轄の名物を食べないとな」

西川はザーサイと豚肉の炒《いた》め物、岩倉は鶏肉《とりにく》の黒胡椒《くろこしょう》炒めを頼み、それぞれ餃子をつけた。この店にも何回来たことか……羽根つき餃子の名店として知られているが、店の雰囲気は気楽な街の中華料理屋と、高級中華料理店の中間という感じである。どっちつかずとも言えるが、味は確か――庶民的な中華寄りで、それが岩倉の口に合った。

「で――要するに、諸橋は金に困ってるわけだ」岩倉はあっさりと結論を口に出した。

「生活をダウンサイジングしているのかもしれませんよ」

「なるほどね」岩倉はうなずいた。「元々外車の二台持ちか……マンションの駐車場じゃなくて、外にもう一台分借りたら、結構高くついたんじゃないかな。高級外車だから、セキュリティのしっかりした場所じゃないと不安だろう」

「そういう金に困ってきたんじゃないですかね」

「ああ」

　高級外車は資産でもある。手放せばそれなりの金が手に入るし、駐車場代だって節約できる。諸橋はやはり、経済的に困窮し始めているのだろうか。六十五歳、年金ももらえる年齢なのだが。

　岩倉は、諸橋の持ち物がことごとく古びていることを説明した。

「ああ……」西川が納得したようにうなずく。「金があった頃に買いまくったブランド品を、ボロボロになるまで使うしかない、ということですかね。新しいものが買えないし、メンテナンスもできない」

「そういうことじゃないかと俺は読んでるんだが」

「これが例の件とどう結びつくかは分からないけど、気にはなりますね」

「そうだな。もう少し外堀を埋めよう。署の方で、監視の手配をしたから」

「やり過ぎですよ」昨日も出ていた話だが、西川は批判した。「正式な捜査じゃないんですから、署の戦力を投入するのはやっぱり筋違いです」

「まあまあ……暇だと、若い刑事はろくなことをしないだろう。これも教育だよ」

　西川は納得していない表情だったが、そこで料理が運ばれてきたので、会話は途切れた。味は濃い目……鶏の炒め物はしっかり胡椒が効《き》いていて、いつも通りにご飯が進む。餃子はごく薄い羽根のパリパリした食感と、皮のモチモチ感の対比も楽しく、サイズも小さいので、ランチのプラスアルファとしてはちょうどいい。西川も満足そうだった。

食べ終えて、署に移動する。岩倉は、西川を刑事課長の安原や同僚に引き合わせると、これから監視に入る若い刑事たちと打ち合わせを始めた。

「二十四時間は物理的に難しいから、夜中までにする。相馬《そうま》はこれから午後五時まで、鮎《あゆ》川《かわ》は五時から十時まで。そこから先は俺が引き継ぐ」

「一人だとまずいんじゃないですか」西川が疑義を呈する。

「張り込みも二人一組が原則だけど、これは正式な捜査じゃないから」岩倉は言った。「そこまで真剣にやることじゃない――もちろん、緊急事態になったら別だけど、あくまで動向監視の一環だ」

二人の若い刑事はあっさり了解して、会議室を出て行った。残された岩倉は、西川に向かって「乗ってないな」と言った。

「上から押しつけられた話ですからね」西川が肩をすくめる。「広報課長も一課長も、マスコミ対策しか考えていない」

「まあ、そう言うなよ」

「一つだけはっきりしてます」西川が人差し指を立てた。「この事件を正式に再捜査することだけはない――できない」

「何か新しい事実が出てくるかもしれないじゃないか」

「出てきても捜査はできない。それが法律っていうものでしょう」

「時効の撤廃《てっぱい》が、もう少し早かったらな」岩倉はそれが本気で悔しかった。そもそも、人を殺してもある程度の期間逃げ切ったら訴追されないというのは、人権にもとる考え方ではないだろうか。もちろん犯人も苦しむだろう。法的に裁かれることがなくても、一生暗い思いを背負い続けることは間違いない。苦しみは誰かに打ち明け、分かち合わないと、時が経つに連れてさらに大きくなる。それこそ犯人が背負う「罰」かもしれないが……。

「捜査じゃなくて調査だと思うと、なかなか気合いが入りませんよ」

「純粋に、事件として面白くないか？」

「もしも俺が警察官じゃなかったら——例えばジャーナリストだったら、面白がって取材していたかもしれません」

「しかし、あの連中には捜査の権限はないぞ。やれることには限界がある」

「今の俺たちも同じようなものでしょう。正式に捜査はできないんだから。あくまで人の善意に頼って話を聴いてるだけです」

「なかなか斬新《ざんしん》な経験だよな」

西川が溜息をついた。捜査一課で一番の理論派と言われる男だから、逆に融通《ゆうずう》も利かないのかもしれない。警察官としてできないことならやらない——公務員としては当たり前だが、岩倉の感覚だと少し食い足りない。

「じゃあ、家の関係をもう少し調べてみますよ。諸橋の財産リストでも作れればいいですけどね」

「そして最終的に、本人に確認する」

「そうですね……じゃあ、取り敢えず本部に戻ります。向こうで仕事しますから」

「うちでやってもいいんじゃないか？　移動するだけ時間の無駄だろう」

「慣れた場所の方が仕事しやすいんですよ」

西川が立ち上がり、さっと頭を下げて会議室を出て行った。

使える男なんだけどな……岩倉は腕組みして、唸《うな》った。どんなに能力の高い人間でも、モチベーションが上がらないと仕事はできない。若手を動かす術《すべ》は知っているつもりだが、西川ほどのベテランを乗せていく方法は、岩倉にも分からない。五十を過ぎても、まだ知らないことはいくらでもあるものだ。

午後九時五十分、岩倉は諸橋のマンションに到着した。十時までの当番の鮎川が、素早く一礼する。

「異常なし？」

「八時に歩いて帰宅してから、外へは出ていません」

それは間違いないだろう。このマンションには裏口がなく、住人は正面の出入り口か駐車場——車で出入りするしかない。

「帰って来た時の様子は？」

「少し呑《の》んでたようですね」

ご機嫌でご帰還か……諸橋の行きつけの店は、何軒か調べ上げている。そのうち夜に訪ねて、普段の様子を聴いてみるつもりであった。

「分かった。変な時間の張り込みで悪いな。飯も食ってないんだろう？」

「軽く食べましたよ」

「シリアルバーか？」

鮎川が渋い表情でうなずく。張り込みが長引き、交代要員がなかなか来ないこともよくあるので、大抵の刑事――特に体力勝負の若い刑事は、だいたいバッグに軽い食べ物を忍ばせているものだ。最近時に人気なのが、手軽に食べられるシリアルバーやチョコレートバーである。岩倉も試したことがあって、確かに手軽に腹は膨れるのだが、何故《なぜ》か侘しくなって、今はバッグに食べ物は入れていない。だいたい、そんなに腹が減ることもなくなった。

「何か美味いものでも食って帰ってくれ。明日は少し遅めでいいからな」

「課長にも言われました」

岩倉は苦笑してうなずいた。安原という男は、暇な時間を嫌う。管理職というより現場の刑事に感覚が近いのだ。こういう仕事――急なダイヤの組み替えであっても、とにかくバタバタした状況になると、それだけで嬉《うれ》しそうにしている。

「あ」鮎川が軽い声を上げた。

マンションに人が入って行く――いや、入ったわけではなく、ロビーの前に立って、インタフォンを鳴らしたのだ。そのまま何か話していたようだが、中には入らない。黒いダウンジャケットで完全防寒して、寒風の中、立ち尽くしている。

誰かに客か……十時前だからと言って別におかしくはないのだが、何故か気になる。男の格好のせいだろうか、と岩倉は想像した。黒いダウンジャケットはごく普通だが、ジーンズもニットキャップも黒だ。いかにも夜の闇《やみ》に溶けこもうとするような格好ではないか。年齢は五十代――六十歳には見えないが、暗がりの中なので確信はない。

「どうします？」鮎川も岩倉と同じ疑念を抱いたようで、低い声で訊ねた。

「ちょっと待とう」証拠も何もないが、諸橋の客ではないかと岩倉は想像していた。

五分ほどして、岩倉は自分の勘が当たっていたことを知った。ロビーの自動ドアが開き、諸橋が出て来る。こちらもダウンジャケットで完全防寒。確か今夜は、零《れい》度近くまで気温が下がるはずだ。どこかへ遠出でもしようというのだろうか。

二人は、二言三言言葉を交わした後、東へ向かって歩き出した。そちらには何もない――いや、諸橋が何度か顔を出したことがある焼き鳥屋があったはずだ。遅い時間だが、まだ開いているかもしれない。

岩倉は鮎川に目配せし、先に行かせた。自分は道路の反対側に渡り、斜《なな》め後ろから二人を監視できるポジションを取る。二人で尾行する際のフォーメーションだが、実際はそれほど用心は必要ないようだった。諸橋は、千鳥足《ちどりあし》とまではいかないが、少し危なっかしい……一旦《いったん》帰宅した時も酔っていた様子だったというが、その後自宅でさらに呑んだのかもしれない。もう一人の男の方は、酒が入っている様子はなく、しっかりした足取りだった。分厚いダウンジャケットを着ていても寒さが身に沁《し》みるのか、少し背中を丸めている。

「まずいな」岩倉は一人つぶやいた。この近くに待機用の覆面《ふくめん》パトカーを停めてあるのだ。午前零時……あるいは午前一時まで監視を続けた後、岩倉が署に返すことになっている。鋭い人間なら——あるいは警察の事情に少しでも通じている人間なら、覆面パトカーだと気づいてしまうだろう。人が乗っていればともかく、無人なのもいかにも怪しく感じられるのではないだろうか。

しかし二人は、覆面パトカーをスルーした。道路の反対側に駐車してあったので、視界に入らなかったのかもしれない。

見ると、少し先にミニヴァンが停まっている。岩倉が来た時にはなかった車で、もしかしたら黒ずくめの男がこれに乗ってきたのかもしれない。ふと嫌な予感に襲われ、岩倉は覆面パトカーのドアを静かに開けて乗りこんだ。キーは先ほど、鮎川から受け取ってある。

エンジンをかけないまま、監視を続ける。街灯の灯《あか》りも乏《とぼ》しい闇の中、目を凝らしていると、黒ずくめの男がミニヴァンに近づいて行くのが見えた。立ち止まった諸橋が、何か言っている。どうもおかしい……二人で車に乗っていくはずが、諸橋が抵抗しているようにも見えた。実際、身を引こうとしたのを、黒ずくめの男が腕を摑んで引き戻す。その直後、どういう訳か諸橋の動きが止まり、その場に崩れ落ちそうになった。黒ずくめの男が、片腕だけで諸橋の体を支え、後部座席のドアを開けて——いや、最初から開いていたドアの向こうに放りこんだ。自分はすぐに運転席に飛びこみ、車を発進させる。鮎川がダッシュしてミニヴァンに追いすがろうとしたが、間に合わない。

岩倉はすぐにエンジンをかけて、車をスタートさせた。この辺の道路は細いので、ミニヴァンも猛スピードで走り去ることはできない。途中、一瞬車を停めて鮎川を拾った。車内に飛びこんできた彼の息は荒く、目は血走っている。

「クソ！」鮎川が吐き捨てる。

「焦るなよ。逃さないさ」

慰めて、岩倉はアクセルを床まで踏みこんだ。体がぐっとシートに押しつけられ、ハンドルを握る両手に緊張感が走る。

「何者ですかね」鮎川が呼吸を整えながら言った。

「分からない。それより、諸橋は何をされた？」

「当て身か、薬かもしれません」

「相手は素人じゃないのかな」ショートレンジの拳《こぶし》の一撃で相手を気絶させたり、隙《すき》を狙って毒物を盛るのは、素人には不可能だ。そういうことに慣れたプロとは、どういう人間だろう。

岩倉はあまり運転が好きではないし、この辺は道路が細いので走りにくい。しかしそれはミニヴァンも同じことだ。向こうの方が図体《ずうたい》がでかい分、アクセルを思い切り踏めないようだ。

ミニヴァンは細い道路で右左折を繰り返し、産業道路にぶつかった。交差点の信号は青から黄色に変わるところ……右折しようとするミニヴァンのテールランプを見つめながら、岩倉は一瞬躊躇《ちゅうちょ》した。このまま慌てて突っこめば、ミニヴァンを運転している黒ずくめの男は、鋭く気づくかもしれない。人を拉致《らち》するような男は、何かと神経質になっているはずだ。

岩倉は思い切りアクセルを踏んだ。勝負——ここで見逃すと、後で厄介なことになる。

「ナンバーは？」

「照会中です」助手席の鮎川が答える。

「盗難車かもしれないな」

「ですね」鮎川の声は緊張していた。

さて……片側三車線の広い産業道路は、このまま南へ走るとすぐに環八にぶつかる。右折すれば南大田署の方へ、左折すれば羽田《はねだ》空港、真《ま》っ直《す》ぐ行けば大師橋《だいしばし》で多摩川《たまがわ》を越え、川崎《かわさき》に入ってしまう。そうなると面倒……神奈川《かながわ》県警の管内で追跡を続けていると、問題になりそうだ。

悪い予感は当たり、ミニヴァンは信号に引っかからないまま環八を渡り、川崎方面へ走り続けた。

「署に報告しておいてくれ。簡単に」

岩倉の指示に、鮎川が無線を取り上げる。しかし話がどうしても長くなってしまう……この件は、刑事課の一部だけが了解してやっている作戦で、署全体が知るところではない。特に今は当直に入っており、事情を知っている人間は一人もいないはずだ。

「クソ！」ミニヴァンの突然の動きに、岩倉は思わず毒づいた。

ミニヴァンはずっと左端の車線を走っていたのだが、交差点の手前でいきなり二つの車線を斜めに突っ切って、右折車線に飛びこんだのだ。信号は青だが、交通量は多い――気づかれた、と焦ったが、隣の車線をトラックに塞《ふさ》がれており、すぐには車線変更できない。岩倉はきつくブレーキを踏んでトラックの背後に回り、強引に車線変更した。

「パトランプだ！」

指示すると、鮎川がすぐにパトランプを鳴らした。今のは明らかな車線変更違反――いや、目の前で諸橋を拉致《らち》したのだから、そもそも監禁罪で緊急逮捕できる。

次の瞬間、岩倉は失敗を悟《さと》り、交差点に入りかけたところで急停車した。背後から激しいクラクションの連打が響き、車がぎりぎりで左側をすり抜けていく。

ミニヴァンは、交差点の右奥にあるファミリーレストランの看板に突っこみ、その勢いで横転した。交差点の中央では、ボンネットが大きく歪《ゆが》んだセダンが停まっている。「その瞬間」は見なかったが、どうやらミニヴァンが強引に右折しようとして、直進してきたセダンとぶつかり、その勢いでコントロールを失って、道路脇《わき》のファミレスに突っこんでしまったようだ。その辺りにはガードレールがなく、歩道の段差も小さいようで、途中で停まれなかったのだろう。

岩倉は、車の流れが途切れたタイミングで、ハンドルを思い切り右へ切り、交差点を右折した。途中、何かを踏んだ軽い衝撃が突き上げてくる。コントロールを失ったミニヴァンが、パーツを撒《ま》き散らしながら吹っ飛んでいった名残《なごり》だろう。

歩道の上で、バス停の小さな看板が横倒しになっていた。岩倉はその先に車を停めるとすぐ、ドアを蹴飛《けと》ばす勢いで飛び出した。ミニヴァンは運転席側を下にして横倒しになり、ちょうど駐車場の出入り口を塞いでいる。タイヤが空転し、ガソリンの臭《にお》いが鼻を突いた。

後から出て来た鮎川に向かって「救急車！」と叫ぶ。火が出るようなことはないだろうが、車が横倒しになっているので、一人や二人では救出は無理だ。

岩倉はミニヴァンの前に回りこんだ。クソ……フロントガラスが大きく破損している。ファミレスの建物の柱のところで、一人の——黒ずくめの男が頭を下にする格好で倒れていた。高いところから落ちて、頭から地面に衝突したような——首は、あり得ない方向にねじ曲がっている。

「馬鹿野郎が……」岩倉は思わず小声で吐き捨てた。

「始末書ですかね」

「辞表を用意しておいた方がいいかもしれないぞ」

「マジですか……」岩倉が脅すと、鮎川の顔面が真っ青になった。

「冗談だよ。とにかく、この件は俺が責任を負う。お前はただ助手席に乗ってただけだ。俺に不利な証言をしなければ、絶対に悪い目には遭《あ》わせない」

「ドラレコを見れば、全部分かっちゃうじゃないですか」

「それこそいい証拠だよ。俺はスピード違反もしてないんだぜ」

問われるべきは、刑事としてのテクニックの稚拙《ちせつ》さだ。おそらく黒ずくめの男は、どこかで岩倉たちが追跡していることに気づき、逃げにかかった。そうなることは当然予想しておくべきだったのだ。もっと距離を詰めて尾行するとか、早い段階で停車させるとか、やれることはあった。

当直責任者は交通課長。自ら現場に乗り出してきて、事故処理の指揮を執《と》っていた。白い息を吐きながら岩倉に近づいて来て、「シートベルトは大事だな」と唐突に告げる。

「ええ」黒ずくめの男はシートベルトをしていなかったようで、看板――近くで見ると高さ三メートルほどもある頑丈な鉄製だった――に正面衝突したショックでフロントガラスを突き破って放り出され、十メートル近くも飛んで柱に激突したのだ。どんなに鍛《きた》えている人間でも、これではどうしようもあるまい。

「即死だな」交通課長が淡々と言った。「あとで、覆面パトカーのドラレコを確認させてくれ」

「他の車はどうですか？」

「交差点の中で衝突したカローラが、ドラレコを積んでいた。あれで事故前後の状況が分かるだろう——いずれにせよ、対向車がいるのに無理に突っこんで右折したのは間違いない。で？」

「で、とは？」岩倉はとぼけた。

「何で追跡してたんだ？」

「参考人ですよ」岩倉は肩をすくめた。

「参考人ねえ……まあ、その辺の事情は署でゆっくり聴かせてもらうよ」

彼の口ぶりから、この事故をさほど問題視していないことは明らかだった。パトカーの追跡が事故につながることは時々あり、追跡のやり方が批判されることもあるのだが、大抵の場合「問題はなかった」という結論が出て終わる。今回の場合、岩倉は追跡を気づかせないように追っていたわけで、相手が勝手に勘づいて焦り、運転ミスしたという結論になるだろう。いい気はしないが、こちらに責任を押しつけられることはないはずだ。

「諸橋はどうですか？」

「よくないね」交通課長の顔が渋くなった。「今、病院の方へ若いのをやって確認させてるが、まだ処置中で話が聴けない」

救急隊員が車の中から引っ張り出した時、諸橋は完全に気絶していた。額がざっくり切れて顔面は血で赤く染まり、右腕がおかしな方向へねじ曲がっていた。バイタルも危険な状態……しかし諸橋は痛みを感じていないのでは、と岩倉は思った。車に引きずりこまれた時に気を失っていたら、事故の衝撃を感じる暇もなかったはずだ。

逆に、よく即死しなかったと思う。黒ずくめの男は、諸橋を乱暴に車に放りこんだだけで、シートベルトなど当然締めていないはずだ。シートに座ってさえいなかったかもしれない。それがよかったのか悪かったのか。

「まあ、そこは俺らが焦ってもしょうがないからな」

「それだと困るんですよ」岩倉は顔をしかめた。「絶対に話を聴きたい相手なので」

「そう焦るなって」交通課長が岩倉の肩を叩《たた》いた。「治療するのは医者なんだから。今は任せるしかないだろう」

「それは分かってますけど……運転していた男の方はどうですか？」

「身元が分からないんだよな。車の中に何かあるかもしれないけど、調べるのはこれからだ」

「免許証は持ってなかったんですか？」

「財布も持ってない。つまり、これは確実に計画的犯行だな。身元が分かるものを敢えて持っていなかったわけだから」

「その割に素人臭い結末ですけどね」

「まあまあ……」交通課長が苦笑した。「事故処理はこっちに任せて、あんたは署で待機していてくれ」

「遺体はどこですか？」

「まだ病院だろう」

顔でも拝んでおくか……顔を見れば何かが分かるわけでもあるまいが、こんなことをするのはいったいどういう人間なのか、興味はあった。

とはいえ、その前にやることがある。西川に、今日の一連の動きを知らせておかないと。

腕時計を見ると、まだ十一時にもなっていない。一時間ほど前には、単に見張りを交代するためだけに諸橋の家の前にいたのに……事件は、あっという間に人生を変える。岩倉の人生が変わったわけではないが、少なくとも諸橋ともう一人、彼を拉致した人間の運命は変わってしまった。

一時間。一時間で、事態は取り返しがつかないことになる。

岩倉は覆面パトカーに籠った。しばらく外に立っていただけで、体は完全に冷えてしまっている。このダウンジャケットも役に立たない……そろそろ、もっと防寒性能の高いものに買い換えるべきかもしれない。かじかんだ両手をきつく握り合わせ、揉みこんできちんと動くようにする。それからやっとスマートフォンを取り出し、西川の番号を呼び出した。

毎日日課がきっちり決まっていそうな西川のことだから、もう寝ているのではないかと思ったのだが、呼び出し音が一回鳴っただけで電話に出た。

「何かありましたか？」西川が警戒した口調で訊ねる。

「諸橋が死にそうだ」

「え？」

「事故だ」

岩倉は事情を説明した。話しているうちに、自分の失敗が身に染みてくる。その傷口に塩をすりこむように、西川が「完璧なヘマですね」と厳しく評した。

「分かってるよ」岩倉は唇を歪ませた。

「監視するならもっと人数を増やして徹底するか、やらないか、どっちかです。中途半端なんですよ」

「自分でやらないで批判するだけなら楽だよな」岩倉も皮肉で応酬《おうしゅう》してしまった。

「まあ……取り敢えずそっちへ行きますよ」

「今夜はやれることはないぞ」

「早く現場の空気を吸っておかないと、出遅れる感じがするんで。そうやってると、ヘマがなくなるんです」

「ああ、そうかい」

クソ……当たっているだけに反論ができない。岩倉は電話を切って、スマートフォンを助手席に放り投げた。

第二章　別件

1

「宮城陽介《みやぎようすけ》?」大急ぎで南大田署にやって来た西川は、何のことかと首を捻《ひね》った。まったく聞き覚えがない名前だった。

「知らないのか?」岩倉が非難するように言った。

「記憶にないですね」

「おいおい、マジかよ」岩倉は心底驚いている様子だった。

西川は黙りこんだ。たぶんこれから、岩倉得意のワンマンショーが始まる。南大田署の刑事課が、彼のステージとして相応《ふさわ》しい場所かどうかは分からないが。

「三十一年前に起きた現金輸送車襲撃事件の犯人だよ」

「三十一年前って、銀座《ぎんざ》の街中で二億円が奪われた事件ですか?」

西川が指摘すると、岩倉が一瞬悔しそうな表情を浮かべた。独演会を邪魔されたと思ったのかもしれない。先輩に対して何だか申し訳なくなり、西川はうなずいて岩倉に説明を譲った。

「支店から回収した金を運ぶ銀行の輸送車が襲われた事件だ。発生時刻は午後三時半。信号待ちで停止した輸送車にいきなり二人組が乗りこんで、運転手を道路に叩《たた》き落として車を奪った。途中、新橋《しんばし》でもう一人の警備員も車から下ろされ、犯人は輸送車をそのまま運転して逃走した。車は芝浦《しばうら》ふ頭で発見されたが、積んでいた現金二億円はなくなっていた」

「その犯人が宮城陽介ですか……」西川が警察官になる以前の事件なのだが、警察学校でも、現金輸送車襲撃事件の典型的なケースとして教わっていた。ただし、岩倉ほどはっきり覚えていたわけではない。

「どういう経緯で逮捕されたんでしたっけ？」

「それが、必死の捜査の結果じゃなくて、単なる偶然だったんだ。輸送車が発見された直後に、芝浦ふ頭近くをパトロールしていた交通機動隊のパトカーが、不審な車を発見して職質した。左のブレーキランプが壊れていただけなんだけどな」

「その程度でよく停《と》めますね」

「年度末だったから、交通違反摘発の数字合わせをしたかったんだろう」岩倉が皮肉を吐いた。「とにかく、その車両の後部座席で、目出し帽とバイクのヘルメットが発見された。この交機隊員は、それなりにいい目の持ち主だったんだと思うよ。直前に発生した強奪事件のことは知っていて、目出し帽とヘルメットについて運転手を追及した。それで自供したのが、宮城陽介だ。当時二十五歳、無職」

ということは、今は五十六歳……次第に記憶がはっきりしてきた。

「判決は、強盗致傷で懲役《ちようえき》十四年じゃなかったですか?」

「正解」岩倉が西川に人差し指を突きつけた。

四十歳近くまで服役《ふくえき》して、その後の人生はどうなったのだろう。貴重な青年時代を無駄にし、今は還暦《かんれき》間近になっている……ろくな人生を送ってこなかったのは間違いないだろうが、こんな死に方をするとは、本人も想像もしていなかったに違いない。

「この事件の最大の問題は、宮城が共犯について一言も喋《しやべ》らなかったことだ」岩倉が指摘した。「奪った金も出てこなかった」

「ということは、共犯の男は二億円を独《ひと》り占めしたまま、闇《やみ》に消えたわけですか」

「そういうことになるだろうな」岩倉がうなずく。「しかし、こういう事件には被害者がいないんだ——怪我《けが》した警備員は別だけど」

「奪われた金額は、保険で補償されるでしょうしね」それ故、被害者である銀行にはあまり同情が集まらなかったはず……勝手な大衆心理だが。

「とはいえ、警備員は怪我を負わされているわけだし、悪質な犯罪だったのは間違いない。だから当時の捜査員も相当厳しく攻めたはずなんだけど、結局共犯については一切喋らなかった」

「そこまでして庇《かば》った理由は何なんですかね」

「俺《おれ》もいろいろ考えてみた。事前に何か密約ができていたとか……例えば、どちらかが逮捕されても、後で金は山分けにする、というような。しかし実際には、そういう密約を交《か》わす犯人はいないだろうな」

「でしょうね」

「犯行後の時間経過を考えれば、襲撃の後で打ち合わせをしているような余裕もなかったと思う。二億円だから、命を賭《か》けるほどの金額なのは間違いないけどな」

「親分子分の関係だったとか」

「宮城は暴力団員じゃない。杯《さかずき》を交わした相手がいたわけじゃないと思うんだ」

「そうですか……」西川は顎《あご》を撫《な》でた。慌てて飛び出して来てしまったので、髭《ひげ》も剃《そ》っていない。「それでガンさん、何で今回の犯人が宮城陽介だと分かったんですか?」

「病院で死体の顔を拝《おが》んできた。すっかりオッサンになってたけど、間違いない」

まさか、と言いかけて西川は言葉を呑《の》んだ。一瞬、岩倉の記憶に疑念を抱いたのだが、彼の記憶力は常人とはまったく違う。二十代の若者が五十代になっても、三十一年前の面《おも》影《かげ》を見つけられるのかもしれない。警視庁では、加齢による顔の変化をシミュレートするソフトを独自開発したのだが、岩倉の頭の中にはそれが自然な形で組みこまれているのかもしれない。

「もちろん、しっかり裏は取らないといけないけどな」

「それはできるでしょう……それより、諸橋はどうなんですか」

「ようやく治療が終わったそうだ。右肘《みぎひじ》の骨折が一番重傷で、頭も打っている。頭の方は、朝になってから詳しく検査をするそうだけど、取り敢《あ》えず命に別状はなさそうだ」

「死人が出た事故だったのに、よくそれぐらいで済みましたね」岩倉の連絡は大袈裟《おおげさ》だった。もしかしたら、夜中に西川を引っ張り出すための方便だったのかもしれない。

「諸橋は、ちょうどシートと床の隙間《すきま》に入りこんでいたみたいなんだ。前のシートが緩衝材になった——でも、奇跡だよ。衝突した時、諸橋は気を失っていたはずだから、受け身は取れない」

「結局、こういうことですね」西川は話をまとめにかかった。「諸橋が、宮城と見られる男に拉致《らち》された。宮城と見られる男は、途中でガンさんたちの追跡に気づいて慌てて逃げようとして自爆した——OKですか？」

「お前にかかると、百ページの供述書が三行でまとまりそうだな」岩倉が苦笑した。「しかし、そんなところだ。問題は、諸橋と宮城の関係だ」

「知り合いなのは間違いないですよね」

「ああ。俺が見た限りでは、宮城が古馴染《ふるなじ》みの諸橋を迎えに来て、一緒に呑みに行くような感じだった」

「なるほど」

「ところが宮城は、諸橋の気を失わせて、無理に車に押しこんだ。計画的に拉致しようとしたのは間違いないけど、それにしても動機がまったく分からない」

「元会社社長と強盗犯ですか……」西川はまた顎を撫でた。数分前に比べて、さらに手触りが鬱陶《うっとう》しく感じられる。

「関係はなさそうだな」

「そうですね」もちろん、人と人との関係は、どこでどうつながっていてもおかしくない。誰《だれ》でも知っている著名人が、まったく無名の一般人と親友だったりする。

「それで……悪いんだけどさ」岩倉が本当に申し訳なさそうに言った。「俺はこれからしばらく、署を離れられないんだ。この事故の関係で、交通課と話をしなくちゃいけない」

「査問ですか」西川はつい皮肉を吐いた。

「いや、通常の事故処理だよ。一番近くにいた目撃者だし」岩倉が表情を硬くしながら言った。「病院にいる諸橋への事情聴取、お前に頼めないか？　若い連中には任せられないんだ」

「いいですよ」結局、警察官の中で最初に諸橋と話をするのは自分になるわけだ。「一応、きちんと事情聴取する理由はできましたね」

「ああ」岩倉がうなずいた。「これで諸橋は被害者になった訳だからな。せいぜい丁寧に、同情的に事情聴取してくれよ」

　病院側に電話で確認すると、やはり朝までは諸橋と話せないと言われた。その時点で午前二時……西川はこの後の行動に迷った。一度家に帰って寝ようかとも思ったが、それでは翌朝、出遅れるかもしれない。諸橋が話せる状況になったらすぐに対応したい——結局、病院へ向かった。このチャンスを逃さないためには、病室の前で待っているしかない。ベンチはあるはずだから、座ったまま仮眠が取れるだろう。いい加減、そういうことをする歳《とし》でもないのだが、この件は自分一人に任されているから仕方がない。

この事件は、どういう方向へ向かっていくのだろう。見当がつかない不安が、眠気を削り取っていく。


病院に着いたのは、午前二時半。当直の医師に話を聴き、諸橋の容態を確認してから、病室の前のベンチに腰かける。所轄の若い刑事・鮎川が待機していたので、少し話をした後、足を組み、浅く腰かけ直して目を閉じた。中途半端な時間に呼び出されて現場に出ると、アドレナリンが噴き出して眠れなくなるものだが、何故《なぜ》か今夜は急激に眠りに引きこまれた。肝心の諸橋は絶対に逃げられない、という安心感からだろう。

何度も目が覚め、その都度腕時計をちらりと見て時刻を確認する。最後に時計を見たのは午前四時で、それから六時まで目が覚めなかった。緊急事態だというのに、予想以上によく眠れたものだと驚く。

ゆっくり立ち上がり、そろそろと体を伸ばしてやる。鮎川は隣のベンチで横になって、軽いいびきをかいていた。緊張感が足りないなと思ったが、自分も同じようなものだし、責めるわけにはいかない。彼は現場で緊張しきって疲れているはずだから、もう少し寝かせておこう。

足音を忍ばせて待合室に降りる。病院全体が、もう眠りから覚めようとしていた。朝の検温が始まる時間で、看護師たちが廊下を行き来し始めている。待合室で缶コーヒーを買い、両手を少し温めた後で飲んだ。美也子が淹《い》れるコーヒーに比べたら雲泥《うんでい》の差……西川が世界で一番好きな飲み物は、妻のコーヒーだ。本格的な喫茶店が出せるぐらいの腕前で、将来は自分の店を持ったらどうだと言ってみたこともあるのだが、美也子は笑って「儲《もう》けなんか考えると上手《うま》くいきませんよ」とあっさり却下した。

コーヒーを飲み干すと、少しだけ気分がすっきりした。意外なほど眠気もない。これで、今日は何とか頑張れそうだ。

鮎川にもコーヒーを奢《おご》ってやろうと、もう一本買って病室の前に戻る。鮎川も目覚めていて、眠そうに目を擦《こす》っていた。

「ほら」

缶コーヒーを放《ほう》ってやると、鮎川が右手を伸ばしてキャッチする。

「いいんですか？」

「奢りだ」

ぺこりと頭を下げ、鮎川がすぐにタブを引き上げた。一口飲んで、ほっと息を漏らす。

「君、この件に関してはどれぐらい知ってる？」西川は探りを入れた。

「あまり知らないです。昨日の打ち合わせで初めて聞いて……昔の事件の関係者、ということですよね」

「ああ。ガンさんはどうだ？　やけに張り切ってないか？」

「いつもあんな感じですけどね。マイペースでやる人ですし」

「マイペースっていうと、のんびりしたイメージがあるけどな」

「そのペースが勝手に上がる時もあるんですよ」

「そうか」まあ、彼ぐらいのベテランになれば、多少自分勝手に動いても、誰からも文句を言われることはないはずだ。「あのオッサンは……」と陰口を叩かれているかもしれないが。

あまり事情を知らない鮎川と話しても、話は前へ進まないだろう。黙って待つか——そこへ当直の医師がやって来た。五十歳ぐらいのベテランで、小柄だが態度には妙に自信が滲《にじ》み出ている。

「何かありましたか？」西川は立ち上がった。

「いや、朝の回診です。まだ寝てると思いますよ」

「薬を使ってるんですよね？」

「麻酔ではないですから、普通に目が覚めます」

医師がドアを引いて病室に入った。看護師二人が続く。中を覗《のぞ》きこんでやろうと思ったが、ドアは自然に、静かに閉まってしまった。

「本当に大丈夫ですかね」鮎川が心配そうに言った。

「君は本人を見たんだろう？　どんな様子だった？」

「意識を失ってましたからね……正直言って、死んでると思いました」

「そうか」きちんと話を聴けるようになるまでに、どれぐらいかかるだろう。西川は、諸橋が拉致された時の様子を心配していた。突然意識を失ってぐったりし、倒れかかった――殴《なぐ》られたか、あるいは薬物を使われたか。薬物の方が怖い。後遺症が残ると、まともに話ができなくなる恐れもある。

「どうなりますかね」

不安げに鮎川がつぶやいた瞬間、ドアが開いて医師が出て来た。

「どうですか？」西川はすぐに歩み寄って訊《たず》ねた。

「バイタルは安定しています」

「意識は？」

「話ができるようになるまでには、あと一時間か二時間かかるでしょう」

「病室の中で待っていていいですか？」

「駄目です」医師がすぐにきつい口調で言った。「話せるかどうかはこちらで判断します。いつまでもここで待っていても無駄ですよ。連絡しますから、一度引き上げたらどうですか」

西川は鮎川と顔を見合わせた。鮎川はすぐに「署に報告します」と言って、疲れた様子で病室の前から立ち去った。すぐに戻って来ると、「一度引き上げます」と宣言する。

「そうか」

「近くで朝飯でも食ってから戻るよ」

「上に言われました。西川さんはどうしますか？」

「俺は……」西川は腕時計を見た。六時十五分。

「じゃあ……」

「ああ。また一緒になるかもしれないけど、もしもこの後意識が戻ったら、君を待たずに事情聴取を始めるから」

西川は、病院の最寄《もより》駅であるJR大井町《おおいまち》駅へ向かって歩き出した。ここだと自宅も近いので、一度家へ戻って朝飯だけ食べてこようかと思ったが、やはりできるだけ病院の近くにいたい。スマートフォンで検索して、朝の六時から開いているファミリーレストランを見つけたので、そこへ向かった。

ファミリーレストランは頻繁《ひんぱん》に使うのだが、こんな時間に入ることは滅多にない。当然ガラガラだろうと思っていたら、席は半分ほど埋まっていた。夜勤を終えた様子のタクシーの運転手、それに早朝からぼんやりと時間潰《つぶ》しをしている高齢者。ファミレスにも様々な人間模様があるのだと思いながらメニューを眺め渡し、目玉焼きとパンのモーニングセットを選んだ。ドリンクバーつきで五百九十円。最近、家では基本、朝食は和食なので、たまには「洋」の朝食が食べたくなる。

こういうところで食べる食事には、美味《うま》いも不味《まず》いもない。西川は淡々と、皿と口の間でフォークを往復させた。目玉焼き、ソーセージ、ベーコンに、ちょっとしたつけ合わせの生野菜。パンはごく小さな丸パンだったが、予想していたよりも腹が膨れた。最初に飲んでいたオレンジジュースのグラスは、食事を終えると同時に空になってしまったので、今度はコーヒーを持ってくる。焦げ臭いだけでコクはまったくないが、それでも眠気覚ましにはなった。

テーブルの上に出しっぱなしにしてあるスマートフォンを、ついチラチラと見てしまう。連絡はなし……諸橋は本当に意識を取り戻すのだろうか。

呼ばれるまでここでぐだぐだしていてもよかったが、やはり気が急《せ》く。西川はさっさと会計を済ませ、冷たく凍りついた街へ歩み出た。何故か、ここへ来た時よりも冷えている感じがする。早めに出勤するサラリーマンの姿が目立つ。始業時間よりも前に会社に出て、静かなうちに雑用を片づけてしまおうというのだろうか。

スマートフォンが鳴った。登録のない番号だが、病院からだろうと見当をつけて出る。予想通りだった。諸橋が意識を回復したので、取り敢えず戻って待機していて欲しい――了解して、西川は歩みを早めた。

さて、これからが本番だ。諸橋の身にいったい何が起こったのか、絶対に聞き出してやる。

病院へ戻ったものの、すぐには事情聴取を始められなかった。さらに綿密な診断中……ようやく病室から出て来た医師――先ほど会った当直の医師ではなく、まだ三十代に見える女性だった――の表情は渋い。

「意識は戻りましたが、痛みがひどいようですね」

「頭ですか？　肘ですか？」

「両方です。痛み止めを投与したいんですが」

「それだと、また意識が混濁《こんだく》するんじゃないですか」西川は懸念《けねん》した。

「そうですね。でも、治療第一です」

「急いでいます。事件は動いているんです」厳密に言えば動いていない――容疑者は死んでいる――のだが、西川は急かした。「三分で済ませますから、何とかなりませんか」

「だったら、私も同席します。何かあったらそこで中止にして下さい」

「分かりました」

三分でしっかり状況を把握できるとは思えなかったが、仕方がない。ここはまず、話をしてみるべきだ。

病室に入り、急いで丸椅子《まるいす》を引いて腰かける。諸橋は、一目で重傷と分かった。頭にはネット型の包帯。体につながった何本もの管で、何とか生かされているようにも見える。目を閉じ、生きている証《あかし》といえば、微《かす》かに胸が上下していることだけだった。

「諸橋さん」西川はマスクをして、静かに声をかけた。

諸橋がゆっくりと目を開ける。しかし完全には目覚めずに、薄目を開けているだけという感じだった。こちらをきちんと認識しているかどうかも分からない。

「諸橋さん、話せますか？　警察です」

諸橋がゆっくりと首を傾《かし》げて、西川の方に顔を向けた。相変わらず、目は完全には開いていない。唇がわずかに動いたが、言葉は出てこなかった。

「諸橋さん」西川は少しだけ声を大きくした。「警視庁の西川です。大丈夫ですか？」

「ああ……」かすれ声が漏れた。

「話せますね？」

「……何とか」諸橋の目がようやく開いた。それでも西川を認識しているかどうかは分からない。

「あなたは昨夜、自宅を出たところで拉致され、その後交通事故に遭いました。覚えていますか？」

「いや……ここは？」

「大井町の病院です。事故に遭って、運びこまれてきたんですよ」

「事故……」

「交通事故です」意識が混濁しているのか、記憶があやふやになっているのか。西川は早くも、この事情聴取は上手くいかないと諦《あきら》めかけた。

「交通事故……覚えてない」諸橋の声は頼りなく小さい。

「自宅を訪ねて来た人がいたのは分かっていますね」

「いや」

「覚えていないんですか？」

「昨夜は家にいた」

そこまで記憶がはっきりしないのか……頭の怪我は大丈夫だろうかと思いながら、西川は一歩突っこんだ。

「あなたは昨夜、八時ぐらいに一度帰宅したはずです」

「いや」

「違うんですか？」

「何のことだ？」

「今日が何日か分かりますか？」もしかしたら本当に記憶喪失になっているかもしれない。不安になって、西川は質問を変えた。

答えは……諸橋は昨日の日付を答えた。それならむしろ、記憶は確かと言えるかもしれない。諸橋は日付が変わる前に拉致され、意識を失ったはずだ。それから数時間が経過したことを認識している方がおかしい。

「今、何月ですか」

「一月」

「あなたの名前は？」

「諸橋浩二」

「年齢は？」

「六十五歳。今年六十六歳になる」

合っている。ということは、記憶喪失ではないだろう。もっとも、特定の出来事――例えば昨日拉致されてから今日覚めるまでの記憶だけが抜け落ちてしまうようなこともあるようだが。

「あなたは、『週刊ジャパン』に三十一年前の事件のネタを提供しましたね？」西川は思い切って突っこんだ。

「何の話だ」諸橋がさらに大きく目を見開く。「事故と関係あるのか？」

「バラバラ殺人事件ですよ。あなたはその件を『週刊ジャパン』に話した」

「何を言ってるのか分からない」

「宮城陽介という名前に心当たりは？」

「誰？」

「宮城陽介」

「知らない」

全面否定か……西川はなおも質問を重ねようとしたが、諸橋が急に目をきつく閉じて呻《うめ》き出した。

「ちょっと待って下さい」

医師に鋭く注意を飛ばされ、西川は思わず立ち上がった。医師はモニターの画面を確認して、諸橋に「大丈夫ですか？」と訊ねた。

「頭が……」諸橋がかすれた声で答える。

それを聞いた医師が、「すぐに出て下さい」と西川に指示した。

「しかし――」

「今は、これ以上は無理です」

丁寧だが、有無を言わさぬ態度。仕方なく西川は引き下がった。閉まったドアに耳をくっつけ、中の様子を音で確認しようとしたが、何も聞こえない。結局、病室の前のベンチに腰かけ、医師が出て来るのを待った。

五分ほどしてドアを開けた医師は、平然としていた。諸橋は重篤《じゅうとく》な状態ではないようだ、と西川は自分を安心させようとした。

「どうですか？」

「興奮したんだと思います」

「興奮するような質問はしていませんよ」西川は反論した。

「質問のことは私には分かりませんが、とにかく血圧が急に上がったので、頭痛が激しくなったようです」

「この後は、どうでしょう。次はいつ話ができますか？」

「それは何とも言えません」医師が首を横に振った。

「どうしたらいいですか？　ここで待機していますけど」

「待たれても困りますから、連絡させるようにします。だけど、どうしてそんなに焦っているんですか？」

彼女は、先ほどの病室での会話を聞いていなかったのだろうか？　いや、あんな風に途切れ途切れの会話だと、何のことか分からないのか。

「重大な事件の証人なんです」

「そうであっても、無理はできませんよ」医師が釘《くぎ》を刺した。

「記憶喪失ということはありませんか？　当然覚えているはずのことを覚えていないようなんです」

「それは、意識が完全に戻ったところで、きちんと検査をしないと分かりません。ＭＲＩの検査では、脳には深刻なダメージはありませんでしたけど、記憶喪失については分からないことも多いんです」

「あるタイミングから後の記憶を失うこともあるんですよね？」

「あります。事故に遭った後のことを、まったく覚えていないとか」

「事故直前までは覚えているものですか？」

「私はそういう専門家ではないので何とも言えません。記憶喪失については、分からないこともまだ多いんです」医師が繰り返した。「事故の直前まで、あるいは事故の瞬間の記憶はあっても、その後のことを覚えていない場合もあるし、事故の数時間前、あるいは数日前からの記憶が曖昧《あいまい》になることもあります。もちろん、自分の名前も含めて完全に忘れてしまうことも……諸橋さんの場合、仮に記憶喪失だったとしても、完全な記憶喪失ではないですね」

「自分の名前や日付は分かっています」

「いずれにせよ、もう少し時間を下さい。事故から数時間しか経《た》っていない現段階では、正確な診断を下すには早過ぎます」

「そうですか……」

このまま待機していても、時間の無駄になる可能性が高い。西川は医師の指示通りに一度引き上げ、病院からの連絡を待つことにした。警戒用に誰かここに置いておく必要はあるか——ないだろうと判断する。諸橋が重傷を負っているのは間違いなく、勝手に病院を抜け出すのは不可能だ。

しかし、やはり一人にしておくのはまずい。そもそも諸橋は、拉致されてこんな目に遭ったのだ。諸橋に危害を加えようとしている人間がいたわけだし、共犯者の存在も否定できない。諸橋も何となく胡散臭《うさんくさ》い人間なのだが、今は犯罪被害者でもある。もしもまだ彼を狙《ねら》っている人間がいたら……警備は必要だ、と西川は判断した。

2

拉致事件の容疑者は、死亡した宮城陽介。その線で人定の調査が進められたが、これが意外に難渋した。

「ガンさん、間違いなく宮城陽介なんですか?」安原が疑わしげに言った。

「そう……ですね」

　時間が経つに連れ、自信が薄れていく。念のため、科捜研が開発した加齢シミュレーションソフトで、若い頃《ころ》の宮城の顔写真に三十一年の歳月を加えてみた。今の顔と似ている感じはしたが、それでも確信は持てない。岩倉が見たのは死者の顔である。しかも激しい苦痛を味わいながら死んだ人間の顔。普段の表情は分からない。

「傍証をしっかり集めないと、確定はできませんね。今、指紋の照合をしています」

「それが一番確実か……しかし、いったい何をやってたんですか？　その、諸橋とかいう男との関係は？」

「まだまったく分かっていません」

「ガンさんにしては出足が遅いですね」

　岩倉はひょこりと頭を下げて言葉を呑みこんだ。若い頃なら、後輩にからかわれたら必ずやり返していたが、そういう時期はとうに過ぎた。今は無益な争いは避ける――スルーする技術が身についている。

「急ぎの調査ではありませんでしたから……とにかく宮城に関する調査を進めて、奴《やつ》が何をしようとしていたのか、探ります」

「ああ、それと、一つご報告が」安原が周囲を見回した。刑事課には二人以外にはいない――話しにくい話題だと分かった。

「課長からわざわざ？」

「実は、間もなく異動のようです」

「どこへ？」

「管理官で、捜査一課へ戻るようです」

「それはおめでとうございます」後輩が順調に出世の階段を登っているのは、喜ばしい限りだ。またどこかで一緒になれば、自分の「守護神」として使える。

「ですから、立つ鳥跡を濁《にご》さず、ではないですけど……」

「ああ、了解」岩倉は先輩の口調になった。「要するに、ミスなく本部に戻りたいわけだ」

「ええ」

「心配するな。この件はきっちり片づけて、お前が本部に帰る時の土産《みやげ》にするよ」

「まあ……無理しないようにお願いします」

心配性の安原のことも気になったが、この捜査を途中で停滞させるわけにはいかない。

岩倉はまず、宮城に対する年表を作り始めた。普通なら、事件の関係者に関するデータも頭の中に入っている。しかしこの現金強奪事件は、岩倉が警察官になる前に発生したものだから、さすがに情報は乏《とぼ》しい。当時捜査を担当した刑事を割り出そうとしたが、それも一苦労だった。追跡捜査係の方がきちんとデータを持っているかもしれないと考えたが、あそこに蓄積されているデータは、あくまで未解決事件のみである。綺麗《きれい》に片づいた事件の情報はないはずだ。

決して、綺麗に片づいたとは言えないのだが。何しろ、共犯は逮捕されなかったままなのだ。いわば「半分解決」と言っていい。稀《まれ》にこういう事件もある。暴力団や薬物絡みの事件で顕著《けんちょ》なのだが……暴力団の場合は誰かに義理を通すこともある。薬物関係では、今後自分のところに薬物が回ってこなくなる可能性を恐れて、売人の名前を明かさないことも珍しくない。罰《ばつ》を受けても、なお利益を守ろうとするわけだ。

結局、一番確実な方法を取ることにした。裁判の記録は、判決確定後は地検に保存されている。こういう時、正規のルートで調べるとやたらと時間がかかるが、岩倉は裏から手を回すことにして、東京地検に電話をかけた。

「城戸《きど》です」

「岩倉です」

「ああ、ガンさん……どうした？　あんたにはずいぶん貸しがあるはずだけど、また負債を増やしたいのか？」

思わず苦笑してしまった。地検公判部の検事・城戸南《みなみ》とはつき合いが長いが、こちらから頼み事をする場合が圧倒的に多い。立場的には自分より上の存在だが、何故か気安く頼めるのだ。岩倉は、端的に用件を告げた。

「古い事件の被告が死亡しました」

「ほう」

「三十一年前の、銀座の現金強奪事件です。被害額は二億円」

「ああ、分かるよ。あれはでかい事件だったな。白昼の銀座で堂々と現金輸送車が襲われた事件だから、ずいぶん話題にもなった。その被告が死んだのか？」

「ええ」岩倉は、短く状況を説明した。

「あんたの目の前で？　そいつは気分が悪いだろう」

「いえ——基本的に、今でもワルなんだと思います。そういう人間が死んでも……」

「世の中のためには、ワルが一人減った方がいいか」

「正直に言えば、そんなところです。とはいえ、これは拉致事件なので、ちゃんと調べなければなりません。本当に宮城かどうかは指紋の鑑定で分かると思いますが、最近——出所後何をしていたか、調べる必要があります」

「必要なのは、担当弁護士の名前だな」城戸はさすがに鋭い。

「ええ。そこを手始めにしたいんです」

「しかし、話が古いなあ……まだ資料が電子化される前の事件だから、事務官に倉庫をひっくり返してもらわないといけない」

「俺がそこへ行くまでには、見つかりますよね」

「相変わらず強引だな」城戸が苦笑した。「ここでしばらく待ってもらうことになるかもしれないけど、まあ、いいよ。探させておく。それで、どうする？　この辺で一回、負債を返しておいた方がいいんじゃないか？」

「もう少しゆっくりできる時にしましょう。今は……焦ってます」

「あんたは、いつもそう言って逃げるよな」

反論できない。岩倉は「すみません」と謝って電話を切った。城戸には、高級な中華料理か、ミシュランで星がつくようなフレンチの名店で何回も奢らなければならないぐらいの借りがある。本当は経費で落としたいぐらいだが、城戸とのつき合いは基本的にプライベートなものだから、それもできない。

まあ、それほど遠くない将来には、どちらかが暇になる。城戸にも、ほどなく検事を辞める日が来るのだ。二人のうち一人が暇ならば、飯ぐらいはゆっくり食べられる。

そういう日が確実に近づいているのだと思うと、少しだけ侘《わび》しくなった。


地検に赴《おもむ》くと、城戸はすぐに必要なデータを渡してくれた。彼からもう少し情報を仕入れたいところだったが、これから、今抱えている裁判に関して重要な打ち合わせがあるというので諦める。地検の廊下を歩きながら、少しだけ話した。

「中途半端な事件だったんだな」城戸が感想を漏らす。

「ええ。共犯が逮捕されていませんからね」

「当時の捜査官は必死にやったはずだ。でも力及ばず――というところか」

「でしょうね」

「捜査官は悔しかったと思うけど、とにかく三十年以上前の事件だ。どんなに悔しくても、それだけの歳月が流れれば、思いも薄れるよ」

その辺りは、刑事と検事の感覚の違いかもしれない。刑事は、一つの事件に長く取り組む。一方検事は、警察から送られてくる大量の事件を、次々に処理しなければならない。どうしても流れ作業的になるわけで、「一々思い入れを持つ余裕はないんだよ」と城戸が正直に打ち明けたことがあった。

「懲役十四年だったな」

「ええ」

「出てきた時は……三十九？」

「そうですね」

「何と」城戸が大袈裟に両手を広げてみせた。「平成のほとんどを大人しくしていて、令和でまた事件を起こしたわけか」

「そうなりますね」

「あんたが言う通り、結局今でもワルだった、ということか」

「偏見はよくないですけど、俺の経験では……立ち直った人間に関しては、本当に尊敬しますよ」

「あんたの歳になっても、素直に人を尊敬できるっていうのはいいことだよな」

「そういう相手は滅多にいないんですけどね」岩倉は肩をすくめた。

さて、ここからはできるだけ飛ばして行こう。弁護士に当たって何か情報が出てくれば、そこからさらに調査を広げていける。しかし……岩倉には、少し引っかかっていることがあった。事故を起こしたミニヴァンは、宮城の名義ではなかった。車に関する捜査は進められているはずで、とうに分かっていてもおかしくないのだが、どうなっているのだろう。この件は、特捜にはならないことが決まっていた。殺しではないので、徹底的に人と金を割《さ》いて捜査する事件でもないという、上の判断なのだろう。それ故、刑事たちもイマイチ気合いが入らないのかもしれない。

東京地検を出てすぐ、岩倉は南大田署の刑事課に電話を入れた。昨夜、早番で諸橋のマンションを張っていた相馬が電話に出る。

「例のミニヴァンの件、どうなった？」

「やっと持ち主と連絡が取れました。今、本人がこっちへ来る途中です」

「何者だ？」

「室井吾郎《むろいごろう》さん、港区在住で、洋食店を経営しています」

「本人は何と言ってる？」

「車は貸しただけだ、と。驚いてました」

「そりゃそうだろうな。貸した車が事故に遭って、しかも全損だ」

「ええ」

「宮城との関係は？」

「知り合い――店の客だと言ってましたけど、それ以上は……事故に遭ったと聞いた途端、『すぐに行きます』とだけ言って、電話を切ってしまったんですよ」

そこまで大事な車なのか、と岩倉は呆《あき》れた。ほんの少し電話で話をする時間も惜しいとは。まあ、確かに安い車ではないから、慌てるのも理解できないではない。

とにかくこれで、少しは捜査が進むだろう。少なくとも宮城には、車を貸してくれる知り合いがいたわけだ。人間関係が分かれば、そこから最近の暮らしぶり、何をやっていたかは分かってくるはずだ。

弁護士に当たるよりも話が早いかもしれない。自分がやっていることが無駄になる可能性があると考えると不安になるが、ここは焦ってもしょうがない。目の前の仕事を一つずつ片づけていくしかないのだ。

三十一年前、宮城の弁護を担当していたのは、小沢昌英《おざわしょうえい》という大ベテランだった――いや、大ベテランは今の話で、当時は脂の乗り切った中堅という感じだっただろう。新橋の雑居ビルに入った小さな事務所で面会すると、「そろそろ七十歳が見えてきたから、仕事を整理中ですよ」といきなり打ち明けた。

「当時は……」岩倉は遠慮がちに訊ねた。

「三十七歳」

「ずっと刑事事件専門なんですか？」事務所の古さ、それに乱雑な感じを見ると、それも不思議ではない。弁護士と言えば金持ちのイメージがあるが、本当に儲《もう》かっているのは企業相手の弁護士ぐらいだ。刑事事件の弁護は儲からないとよく言われている。

「それが多いね。警察とはいろいろあったけど……」小沢が苦笑する。

だいぶ衝突したんだろうな、と岩倉は想像したが、あまり突っこまないことにした。小沢は、すっかり脂が抜け切った感じがする。昔は本気で警察と事を構えるのを厭《いと》わなかったかもしれないが、今はそういうのも単なる想《おも》い出《で》になっているのではないか。

「しかし、宮城さんがね……」小沢が渋い表情を浮かべ、お茶を啜《すす》った。「本当に亡くなったんですか」

「私の目の前で――ほぼ即死でした」

「交通事故？」

「そうなんですが、その前に彼は、拉致事件を起こしていたんです」

「彼が拉致されたわけじゃなくて、誰かを拉致した？」小沢が目を見開いた。

「ええ」

「そんなことがねえ……」

「あり得ませんか？　彼は完全に更生《こうせい》したんですか？」

「責任を持ってそうだとは言えない。最近は連絡も取ってなかったしね」

「昔は？」

「出所した直後に、彼から連絡が来たのが最後ですよ」

「電話ですか？」

「葉書でした」

「内容は？」

「お世話になりましたということと、今後は日本を離れる予定だと」

「海外？　どこですか？」

「確か、シンガポール」首を傾げながら小沢が答える。

「向こうに何か伝手《つて》でもあったんでしょうか」釣られて岩倉も首を傾げた。

「それは分からないけどね」

「小沢先生の方から連絡は取らなかったんですか」

「まあ……」小沢が短く肯定した。

「裁判が終われば関係ない、ということですか」

「そういうわけじゃない。ただ、彼にはいい印象がないのでね」

「そうなんですか？」

「弁護士は裁判官じゃない。基本的には被告の言い分を全面的に信じて、その人がどうしたいかに沿って弁護をする……しかし実際には、逮捕された人も、何をどうしていいか分からないんですよ」

「そうですよね。普通の人は法律のことなんか知らないわけですし」岩倉は話を合わせた。

「逮捕後に初めて接見した時に、共犯がいるならちゃんと喋った方がいい、とアドバイスしました。彼は、自分で計画を立ててあんな事件を起こせる人間じゃなかったし」

「下っ端、ですか」

「はっきり言えば」小沢がうなずく。「何も、自分で全《すべ》て罪を背負う意味はない。共犯者

──主犯の命令に従ってやっただけだと言えば、情状酌量《しやくりよう》の余地はあると言ったんですけどね」

「理に適《かな》ってます」

「ところが彼は、私のアドバイスを完全に無視した。この件になると、首を横に振るばかりでね……結局取り調べでも裁判でも共犯については一言も喋らず、十四年も刑務所に入る羽目《はめ》になった」

「先生は、彼がどうして共犯者を庇《かば》ったと思ったんですか？」

「想像ですけどね、親兄弟かもしれない」

「ああ……なるほど」そこでふと、岩倉は思い出した。「ちょうど十年前ですが、清瀬《きよせ》で強盗事件があって、家に一人でいた七十八歳の女性が重傷を負いました」

「記憶にないですね」小沢が首を捻る。

「犯人は二人組で、兄弟だったんですよ。近所の防犯カメラに残っていた映像で、前科のあった兄が犯人の一人だと、すぐに判明した。しかし逮捕されても、共犯の名前は頑として明かさなかったんです。ところが、ひょんなことから弟の犯行がばれましてね」

「ほう」小沢が少しだけ身を乗り出す。わずかながら興味を惹《ひ》かれたようだった。

「弟が、うっかり友だちに喋ってしまったんです。はっきりとではないですが、ほのめかす感じで、『楽に金が手に入った』と……酒が入って気が緩んだのかもしれません。不審に思ったその友だちが、知り合いの警察官に話して、共犯者として逮捕されたんです。弟の方は初犯でしたが、有罪判決を受けたそうです——こういう事件はあまり例がありません」

「複数の人間が組んで悪事を働くなら、親兄弟はいいパートナーかもしれないけどね。血がつながった相手なら、信用できるでしょう」

「実際、強盗事件の兄も、共犯の名前を喋らなかった……宮城の共犯者も、親兄弟なんでしょうか」

「いや、それはないでしょう。彼は山梨《やまなし》の出身だが、兄弟と言えばお姉さんがいただけだ。あんな事件に女性が絡むとは思えない。ご両親もそうです。父親は確か、公務員だった」

「公務員が強盗をしないというわけじゃないですけどね」

「机上《きじょう》の空論ですね……ちょっと待ってもらえますか」

小沢が立ち上がり、背後にある自分のデスクに向かった。スマートフォンを取り上げると、すぐに話し始める。

「ああ、ちょっと申し訳ないんだが、葉書を見てくれないか？　いや、二十年ぐらい前のものなんだ。差出人は宮城。宮城陽介。そう、元の依頼人だ。分かったら電話してくれ」

小沢がスマートフォンを摑《つか》んだまま岩倉の前のソファに座り、またお茶を飲む。

「宮城から来た葉書を確認していただいているんですか？」

「私は整理魔でしてね。最近は手紙もすっかり減りましたが、差出人のあいうえお順に整理して残してあります。見ればすぐに分かりますよ」

「お手数おかけします」岩倉はさっと頭を下げた。

「しかし、宮城さんがねえ……因果応報とは言わないけど、結局立ち直れなかったんだろうか」

「残念ながら、一度罪を犯すと、立ち直れない人間は多いですよ」岩倉は認めた。「もう三十年以上も前ですが……宮城というのは、どういう男でした？」

「ギラギラしてましたよ。飢《う》えてるというか、金が欲しい、社会的承認が欲しい――昔はそういうのも普通だったけど、今の若者にはあまりいないタイプですね」

　宮城は岩倉より少しだけ年上だが、感じは分かる。確かにあの頃――岩倉が大学生の頃は、誰もがもっとギラギラして金に飢えていた。時はまさにバブル全盛期。証券、銀行が大学生の就職先の人気ツートップで、岩倉のように公務員を目指す人間は少数派だった。地元へのUターン就職で公務員を選ぶ人間はいたし、同じ公務員でも都庁職員は人気だった。しかし岩倉のように、警視庁の警官を目指す人間は、少なくとも大学の同じ学部には一人もいなかったはずだ。友人たちに「刑事になる」と宣言した時には、呆れるというより驚かれた。要するに「もったいない」。完全に売り手市場で、その気になればもっと条件のいいところで働けるのに、どうして地味な警察官を目指すのか――事件が好きだからと言っても、誰も納得してくれなかった。

　もっとも「金儲けしてやる」と鼻息荒く金融業界に乗りこんだ友人たちは、その後苦労した。バブル崩壊で証券業界も銀行も大混乱し、貸し剝《は》がしを始めた銀行は悪役になった。

に、家族はバラバラになってしまった。

友人の一人など、勤めていた証券会社が自主廃業してしまい、一年ほど仕事が見つからずギラギラしていた彼らの目の輝きは失われ、死んだような目つきになった。今の若者は、目を輝かせないのがデフォルト、という感じだろう。岩倉たちの世代が失敗し、それをリカバリーできない状態のままだった時代に育った若者は、夢を見ない。とにかく落ちないよう、自分の体と気持ちを安定させておくことにしか興味がないのだろう。

「元々、あちこちに首を突っこんでいたんですよね。今ならフリーターだ」逮捕時の職業は「無職」だった。

「そうです。ただ、あの時代だと、あまり不運な感じには思えなかったんですな。ガソリンスタンドの店員、カーディーラー、電話での営業……その時々の都合で、適当に仕事を渡り歩いていた感じです。腰を落ち着けたくなったら正式に就職するつもりだった、と言ってました」

「何か、やりたいことでもあったんですかね」夢を追う若者はいつの時代にも――夢を持ちにくい現代にもいるだろう。

「俺はビッグになってやるって言ってましたけどね」小沢が苦笑した。

「それは何というか……七〇年代か八〇年代風ですね」

「昔はよくいましたね。根拠もない、特に努力もしていないのに、自分は成功するに決まってると思いこんでる人が。大抵どこかで目が覚めるんですが」

「宮城は、どんな世界でビッグになろうとしていたんでしょうね」犯罪の世界かもしれない。もしかしたら、二億円を奪ったのは、その第一歩だった？

犯罪の世界にも、もちろん「プロ」はいる。しかし強盗や窃盗《せっとう》など乱暴な犯罪を重ねて、悠々自適な生活を送っている人間はいない。薬物関係も同様だ。常に周りに目を配ってオドオドしているので、いつかは疲れ切って精神的に破綻《はたん》してしまう。唯一儲けるチャンスがあるのは詐欺《さぎ》だろう。金を転がし、人から騙《だま》し取る——上手く逃げ切れば、それこそ「ビッグ」になれるかもしれない。問題は、一度でも美味《おい》しい思いをした犯罪者は、自分は天才だと思いこんで、必ず同じような犯罪を繰り返すことだ。そしていつかは発覚して逮捕され、せっかくぼろ儲けした金を使うこともできなくなる。

小沢の手の中で、スマートフォンが鳴った。着信音がやけに大きいのは、少し耳が遠くなっているからかもしれない。

「はい……ああ、見つかった……なるほど。じゃあ、ファックスしてくれないかな。直《じか》に見てみたい。うん、頼むよ」

電話を切った小沢に、岩倉はすぐに「どういう内容だったんですか」と訊ねた。

「ご自分で直接確認された方がいいんじゃないですかね。ああ——きましたよ」

机の奥の方から、電話の呼び出し音が聞こえてくる。小沢はゆっくりと立ち上がり、ほどなくA4サイズの紙を持って戻って来て、無言で岩倉に差し出した。

古い葉書をファックスしたせいか、そもそも筆圧が弱いのか、字はかすれて読みにくい。

しかも字は小さく、びっしりと書かれているので、完全に解読するのは不可能だと岩倉は判断した。それでも、小沢に大して丁寧に礼を尽くそうとしていたのは分かる。

問題は最後のところだった。

「今後はシンガポールに渡り、心機一転して新しくビジネスを始めたいと思います」

やはりシンガポールか。しかし、いったい何の話だ？

「このシンガポールというのは、何なんでしょうね？」

「さあ……私も意味が分からなかった」

「シンガポールに、何か伝手でもあったんでしょうか」

「聞いたことがないですね」

「となると、手がかりは……」

「気になったんで、私も確認しようとしたんですよ。ただ、その葉書には電話番号が書かれていなかった。住所に手紙を出してみたんですが、返事はなかったですね。後で調べたら、知り合いの家に、ほんの短時間世話になっていたらしい」

「その人物は？」

「詳しくは分かりませんでした。正直、弁護士としては、服役を終えて出所した後のことまでは、なかなか面倒をみられないものです。でも調べたければ……住所は末尾に書いてあるでしょう」

渋谷《しぶや》か……この住所も、ずいぶん前のものだ。渋谷はここ数年、東京オリンピックへ向けて再開発が進み、街の表情が一気に変わった。この住所――名前からするとマンションのようだ――の建物が、既になくなってしまっている可能性もある。

まあ、こういう場合には、聞くべき相手もいる。岩倉も、捜査二課や組織犯罪対策部の連中ほどではないが、夜の世界には多少顔がきくのだ。

3

夕方、簡単な捜査会議が南大田署で開かれることになった。その直前、西川は岩倉から袖《そで》を引かれ、耳打ちされた。

「うちの課長に余計なことを喋らせないように、お前、一気に喋れよ」

「何ですか、それ」

「主導権を取っておけっていうことだ。お前はゲストだし、本部の人間だから、お前が仕切って喋っている分には、安原も余計な口出しはできない」

「嫌ってるんですか？」

「嫌ってない。ただ、こういうシビアな仕事になったら、お前の力が必要だ」

「……そういうことなら」西川はうなずいた。

会議には刑事課、それに交通課の面々が参加した。西川は、岩倉の指示通りに手を上げようとしたが、いきなり安原からこの場の仕切りを任された。本部の人間に対しては敬意を払う、ということだろう。

西川はまず、交通課に事故の状況説明を求めた。

「ハンドル操作のミスですね」交通捜査係の係長、小野田《おのだ》が淡々と告げた。立ち上がると、ホワイトボードの前に立ち、素早く現場の見取り図を描《か》き始める。交通課の連中は、こういう風に図で説明するのが上手い。「おそらくですが、宮城はガンさんたちが尾行しているのに気づき、逃げようとして、一番左の車線から右折斜線まで一気に車線変更しました。進行方向の信号は青。そのまま右折を試みて、対向車線を走って来たセダンと正面衝突、そこでコントロールを失って、道路左側にあるファミリーレストランの駐車場の看板に突っこんだ」

話しながら、太いペンで車の動きをなぞるように描いていく。

「ちなみにこの交差点には、右折信号がありますから、信号無視も間違いないですね。事故を起こしたミニヴァン、他の通行車両、それに追跡していた覆面パトのドラレコを確認しましたが、追跡方法には問題がないと判断しています」

それを聞いて西川はほっとした。岩倉が無理な追跡をしたのが事故の原因になったのではは、と懸念していたのだ。岩倉はというと、自分の「無罪」をとうに確信していたようで、足を組み、目を閉じてじっとしている。

「車の持ち主はどうなりましたか？」既に情報は回ってきているが、西川は確認した。

「室井吾郎さん、ですよね」

「宮城は、室井さんが経営している洋食店の常連ですね。三日前に『ゴルフに行くので車を貸して欲しい』と頼まれて、その場で鍵《かぎ》を渡したそうです」小野田が説明した。

「洋食屋ねえ……」西川は顎を撫でた。

「問題はないですよ」小野田がうなずく。「この件に関しては、不審な点はありません。室井という人は、宮城とは自分の店でしか会わない関係だそうです。電話番号の交換はしていましたが、実際に電話がかかって来たのは今回が初めて、ということでした」

「一応、事件からは排除しておいていいですか？」西川は念押しした。今のところは「善意の第三者」という感じだ。

「問題ないと思います」小野田が自信ありげに言った。

「宮城がどういう人間だったか、室井という人は知っているんですか」

「株のディーラーだと聞いていたそうですが、あまり突っこんで話をしたことはないそうです。会うとだいたい、ゴルフの話ばかりで」

「自宅は？」

「……すみません、それは未確認です」

西川は苛《いら》ついたが、岩倉はまったく気にしていないようで、ぼそりとつぶやくように言った。

「シンガポール――シンガポールに住んでいて、たまに帰国していたのかもしれない」

「ガンさん、それは何ですか？」安原が身を乗り出した。「初耳ですよ」

西川も初耳だった。いったいどういうことか——ちらりと岩倉の顔を見ると目が合う。岩倉が素早くうなずいた。先に必要なことを話せ、と言いたいのだとすぐに分かった。シンガポールの話は西川も聞きたかったが、岩倉は劇的な効果を狙っているのかもしれない。話が尽きたところでドカン——全員が目を剝《む》くような爆弾を落とす。

「その前に私の方から、諸橋の件を」西川は話を継いだ。「本日、諸橋から事情聴取しました。時間は三分。昨日の拉致と事故について聴きましたが、本人は覚えていないと主張しています。家を連れ出されたこと、それ以前に、午後八時頃に酔って一人で帰宅したことも記憶にないと」

「記憶喪失ですか？」安原が訊ねる。

「病院側もそれを疑っていますが、確定させるには入念な検査が必要です」

「西川さんの判断は？」

「嘘《うそ》をついていると思います」西川が言うと、会議室にざわついた空気が流れる。

「根拠は」

「勘です」

安原が、力なく首を横に振った。西川としても居心地が悪い。基本的に、「勘」には頼りたくないのだ。

「頭を打っていますから記憶喪失の可能性もありますが、そこは検査ではっきりすると思います。実際に嘘かどうか、今後もタイミングを見て事情聴取を継続します」

「それは、そちらに任せていいんですね？」

「そのつもりです」

「うちとしては、いつまでも見張りをつけておくわけにはいかないんです。所轄も人手が余ってるわけじゃない」

「すみませんが、そこは状況を見て考えるということで……しばらくよろしくお願いします」

「それでガンさん、シンガポールというのは何なんですか？」安原が話を戻す。

「宮城は出所後、シンガポールに渡った可能性があります。弁護士に、そういう趣旨《しゅし》の葉書を送っていました。実際にシンガポールに行ったのか、今も住んでいるのかは、現在問い合わせ中です」岩倉が淡々と説明した。

出入りは入管が、在外邦人の情報は外務省が握っている。しかし、在外邦人に関しては、きちんと把握できているかどうか怪しい。海外で、当局の目が届かない闇の中に消えてしまうことは、不可能ではないのだ。本人に覚悟さえあれば。

「シンガポールの正確な情報は、いつ頃分かりますか？」西川は岩倉に訊ねた。

「早くても、明日。ご存じの通り、ああいう役所は仕事が遅くてね」岩倉は肩をすくめた。

「シンガポールに住んでいて、時々日本に顔を出して、知り合いと酒を呑んでいた、ということですか」

「向こうに永住しているわけじゃないかもしれないな」岩倉がうなずく。「それこそ、行ったり来たりとか」

「向こうで何をやってるんですかね」西川は首を傾げた。

「宮城は、逮捕される前、周りの人間に『ビッグになる』と言っていたそうだ」

刑事たちの間に失笑が漏れた。ビッグって……そのホラの正体が、二億円の現金強奪事件だったのか。犯罪の世界で「ビッグになる」のが目標だった？　ヤクザでも、そんなことは言わない。

「仮に、シンガポールに住んでいるとして、どうやって調べますかね」

西川は岩倉に問いかけたのだが、すぐに安原が割って入った。

「海外出張は駄目ですよ。特捜でもないんだから、予算に余裕はありません。それこそ、本部でやってくれる分には構いませんけどね」西川に困ったような視線を向ける。

「それはもう少し調べてから決めないと」そこでふと、西川はある事実に思い至った。手はある……ただし、実際にこのカードを切るべきかどうかは判断が難しいところだ。公式にはできないし、後でばれたら問題になりかねない。

「西川、どうかしたか？」岩倉が素早く気づいて声をかけてきた。

「いえ」まだアイディアだけの話だから、はっきり言いたくない。西川は話を誤魔化《ごまか》した。

「ガンさん、宮城が本当にシンガポールに住んでいるかどうか、確認を急がせてくれませんか」

「何か考えがあるのか？」

「いや……そこをはっきりさせないと、方針が決められないじゃないですか。だいたい――」

突然会議室のドアが開き「失礼します」の声と同時に広報課の里見が入って来た。「会議中だ！」と安原が吠《ほ》えたので、西川は「広報課の里見君です」とフォローした。

「どうかしたか？」西川は里見に訊ねた。

「広報課からちょっとお願いがありまして……今、副署長には話したんですが」

「ああ」西川にはすぐに合点がいった。「諸橋の件を隠すつもりだな？」

「隠してはいませんよ」里見が反論した。「広報課の基本原則は、発生した事件は隠さない、ということです。むしろ一刻も早くマスコミの連中に知らせる――それより先にSNSで流れてしまうと、面倒ですから」

「クレームをつける時だけは一丁前だからな、あの連中は」岩倉が皮肉を吐いた。

「で？　夕刊では、拉致事件、その後に交通事故と出ていた――そのままでしょう」安原が先を急かす。

「ただし、諸橋の名前は出していません。死んだ宮城については名前を出さざるを得なかったんですが、それで、既に騒ぎ始めているマスコミがいます」

「前科者として？」

「今時の記者は、容疑者の名前を知ったら、まずググりますよ。自社データベースなら当然、三十一年前の強盗事件も引っかかってくるでしょうし」

「そんな昔の話を聞かれても、警察の中には答えられる人間がいないでしょう」西川が指摘した。

「マスコミはそんなことは気にしませんよ。だから、諸橋の名前まで出ると混乱します。今後も広報課としては名前を出さないことを確認していますので、所轄にも徹底をお願いしたい。諸橋の名前が出ると、そちらの調査に支障が出るかもしれません」

「確かに……」西川はうなずいて認めた。

「皆さんも、どうぞお気をつけ下さい」里見が忠告した。「当然こんなことはお分かりかと思いますが、迂闊《うかつ》に外で喋らないように……電車の中、呑み屋、そういう場所で気楽に喋っていると、情報が漏れてしまう恐れがあります」

そういうことは普段から散々言われている。人目がある場所では事件の具体的な話はするな——これは刑事の鉄則である。

「打ち合わせ中、失礼しました」里見がひょこりと頭を下げ、会議室を出て行った。

「広報はああ言ってるけど、いつまでマスコミに隠しておけるかね」隣に座る岩倉が、疑わしげに言った。

「時間の問題でしょうね。宮城の名前でピンとくる記者はいるはずだ」

「ピンときても、実際に調べるかどうかは分からないけどな」岩倉が皮肉を吐いた。「最近の記者は、そんなに熱心じゃないよ」

確かに……西川が警察官になった頃は、新聞の社会面はもっと賑《にぎ》やかだった気がする。

事件・事故の記事は扱いが大きく、事件取材を専門にする警視庁記者クラブのメンバーには、社会部の有望な若手が投入されていたはずである。しかしいつの間にか、事件記事の扱いは地味になり、各社とも事件担当の記者を減らしている。

その後会議はすぐに終わり、西川は即座にコートを摑んで立ち上がった。安原ではなく岩倉に告げる。

「もう一回病院へ行ってみますよ」

「話せそうか？」

「分かりません。ただ……何となくですけど、諸橋は本当のことを言っていない気がする」

「嘘をついていると？」

「記憶が混乱しているだけかもしれないけど、ちょっと気になります」

「だから、連続攻撃か」

「それが通用するかどうか……何となく、タフな相手じゃないかと思うんですが」

犯罪に関係する人間――容疑者も刑事も含めてだが――には二種類しかいないと西川は思っている。タフか、タフではないか。犯罪者でタフなタイプと言えば、徹底して嘘をつき通す人間である。諸橋が犯罪者と決まったわけではないが。

一方で刑事は、嘘を見抜かなければならない。今回、西川から話を聴かれたのは、諸橋の感覚では「急襲」だっただろう。慌てて嘘をついたら、後々まで辻褄《つじつま》を合わせて嘘をつき続けねばならない。しかし諸橋はベストコンディションにはなく、論理的に考えて嘘を構築するのは不可能に思える。

落とせる——連続攻撃で矛盾《むじゅん》を見抜けるはずだと西川は思った。

「何だったら、頭の傷に塩を塗りこむとか、骨折した肘を鉛筆で突《つつ》いてやるとか……病室には監視カメラはないぞ」

「ガンさんは、そういうことをやらない人かと思ってました」

「俺はやらないよ」岩倉が澄《す》ました表情で言った。「ただ、誰かがそうやって証言を引き出したとしても、何も言わないけどな。聞かなかった振りをする」

それは責任回避ではないか、と西川はかすかに憤《いきどお》った。だいたい、暴力や各種の拷問《ごうもん》によって容疑者に自供を迫るなど、何十年も前に消えたやり口だ。

「それより西川、さっきはシンガポールに反応してたけど、どうしたんだ？」

「ああ……」西川はもう一度椅子に座った。「ちょっと思いついたんですけど、やっぱりやらない方がいいかな」

「シンガポール航空に知り合いでもいて、ただで航空券を融通してくれるとか？」

「まさか」話すべきかどうか、迷った。警察官にもワークライフバランスは必要だ。休みの日にわざわざ呼び出すなど、最近ではよほどのことがないとあり得ない。ましてやあの二人は、今は自分の部下でもないのだし……しかし、話すと岩倉はすぐに飛びつきそうだった。この男のスタンスは、基本的に「立っているものは親でも使え」なのだ。

「勿体《もったい》ぶるなって」岩倉が揺さぶりにかかった。「上手い手があるなら、さっさと出せよ」

「話を整理しますけど」勢いでここまで絡んできたのだが、一抹《いちまつ》の不安と疑問は残る。係長の鳩山にも、まだきちんと報告・相談していない。「我々は、諸橋が三十一年前のバラバラ殺人に関《かか》わっているんじゃないかと疑って、非公式な調査をしています。彼が拉致されたことは、それとは別に考えるべきじゃないですか？」

「いいんだよ」岩倉が面倒臭そうに言った。「疑わしき人物が事件に巻きこまれた。当然、この件はきちんと捜査しないといけない。お前も諸橋の一件に絡んでいるんだから、今回の事件にも関係がある」

「動いている事件の捜査は、うちの仕事じゃないんですけどね」

「ついでだ、ついで」岩倉が西川の肩を叩いた。「そんなに細かく、管轄権の問題にこだわるなよ。だいたいお前も今まで、相当はみ出して仕事してるじゃないか」

「まあ……そうですけど」

「しかし諸橋の件については、最初から乗りはイマイチだったな」

「降って湧《わ》いた話ですからね。それに、ガンさんみたいに特別な思い入れはないですよ」

「それは分かるけど、お前の作戦って何なんだ？」

しつこく繰り返して聞かれ、結局、話さざるを得なくなる。今、警視庁で取り調べが一番上手いのは、捜査一課の強行犯係にいる大友鉄《おおともてつ》と言われているが、岩倉も別の意味で取り調べは上手い。大友の場合、彼が前に座るだけで何故か容疑者が話し出してしまうという特殊能力の持ち主なのだが、岩倉はとにかくしつこいのだ。最終的には、相手が根負けして喋ってしまうパターンが多く、西川は彼のペースに巻きこまれてしまったと意識した。

「そういうことなら、速攻で話をすべきだな」岩倉はやはり前のめりだった。

「だけど、邪魔したくないんですよ。一生に一度のことですから」

岩倉の表情が微妙に変わる。岩倉が家を出て家族と別居しているのは、近い人間なら誰でも知っている。結婚は生涯《しょうがい》に一度などと断言されたくないだろう。誰でも知っている。

「とにかく、うちだけの問題じゃないので——今は追跡捜査係の人間でもないですからね」

「そんなの、何とでもなるよ。俺が話してもいいけど、お前がやった方がいいんじゃないか？」

「ちょっと時間をもらいます——取り敢えずこれから、諸橋に話を聴いてきますから」

西川は慌てて立ち上がって逃げ出した。このまま岩倉に押されたら、結局「イエス」と言ってしまいそうだった。この段階で、とてもそんなことはできない。

病院の面会時間は午後八時までなので、七時になってもまだざわついている。しかし、諸橋の病室は静まり返っていた。所轄の若い刑事が張りついていたので、これまでの様子を確かめる。

「特に異常はないです」

「訪ねて来た人もいないか」

「ええ……家族はいないんですかね」

「少なくとも東京にはいないな」それに、拉致事件に関しても、「被害者」である諸橋の名前は出ていないから、気づく人もいないだろう。

「今日は徹夜で張りつきなのか？」

「そうなるでしょうね。念のためです」

「まあ……こういうのも修行だから、頑張ってくれ」

西川は若い刑事の肩をぽん、と叩いて病室のドアを引いた。ナースステーションに寄った時に、「本人が起きていれば話はできる」と言われたので、今回は少し粘るつもりでいた。寝ていたら、起きるまで待てばいい。こちらにはいくらでも時間があるのだ。ついでに、岩倉に言われたように、額の傷に塩でも塗りこんでやろうか……いやいや、そんなことで彼の指示に従う必要はない。

病室の明かりは落とされ、ベッドの足元の非常灯だけがぼんやりと点《とも》っていた。かすかに諸橋の顔が見えるぐらいの明るさである。諸橋は静かに寝ていた。もしかしたら、寝た振りをしているだけかもしれないが……西川は「諸橋さん」と声をかけた。諸橋のまぶたがひくひくと動く。起きかけているのだろうか。もう一度呼びかけると、今度は薄《うっす》らと目を開ける。

「起きましたか」

「ああ……」しわがれた声で返事をしたが、完全に意識が戻った感じはしない。

「警視庁の西川です。今日、一度話しました」

「……あんたか」無礼な口調で言って、諸橋が目を細める。寝ようとしているのではなく、明らかに西川を睨《にら》んでいた。それから無事な左腕を使って体を起こそうとしたが、上手くいかない。西川は、ベッドを起こすスウィッチを見つけて押した。諸橋がベッドに背中を預けたまま目を閉じる。上体が斜めになって落ち着くと、震える腕を伸ばして、サイドテーブルに置いたペットボトルを摑んだ。何とかキャップを外して水を一口飲む。それだけで疲れ切ってしまった様子で、ボトルをテーブルに戻さず、両手で抱えこんだ。

「体調はどうですか」

「最悪だね」

「話はできますか」

「したくないが、あんたはしつこいんだろう」

「残念ながら、その通りです」

諸橋が顔を歪《ゆが》める。苦笑したのだ、とすぐに分かった。

「事故前後の記憶が曖昧なようですが、今でもそうですか?」

「ああ」

西川は、昨日の午後八時——諸橋が帰宅してから事故に遭うまでの出来事を、時間軸に沿って説明した。諸橋は黙って聞いていたが、やはり「覚えていない」と言うだけだった。

「最後に覚えているのは何ですか？」

「最後？」

「昨日、何時に帰宅したかは覚えていないんですよね。その前に何をしていたかは覚えていますか？」

「飯だよ」

「場所は？」

「家の近くの喫茶店」

「喫茶店で夕飯ですか？」

「そこは飯が美味いんだ」

「店名は？」

諸橋が告げた店名を、西川はメモに落とした。これはすぐに確認できるだろう。

「何を食べました？」

「カレー」

「食事だけでなく、呑みましたね？」

「ああ。カレーを肴《さかな》にビールをね」

「その後はどうしたんですか？」

諸橋が黙りこむ。真剣に考えこんでいる感じではなく、ただ時間が過ぎ去るのを待っているだけのようだった。

「喫茶店でカレーを食べてビールを飲んだ——それ以降の記憶がないわけですね」西川は念押しした。

「ああ」

「夕飯を食べる前のことは覚えていますか?」

「もちろん」

そこで西川は、少しだけ突っこんで勝負に出た。

「車を売るそうですね」

「何だって?」

「そういう話を聴きました。いい車でしょう」愛車はポルシェのボクスターだそうですね。私は乗ったことはないですけど、

「何の話だ」諸橋が怪訝《けげん》そうな表情を浮かべた。

「車を売るんじゃないんですか?」

「何でそんなことを言うかは分からないけど、事実無根だね」

「商談してなかったんですか?」

「商談? まさか」

「覚えていない、ではなく?」

「そんなことはしていない」はっきりした断言だった。

嘘。

　諸橋がボクスターを売ろうとしていたことは、西川自身がディーラーに聴いて確認している。嘘をつく必要もないはずだが……もしかしたら諸橋は、全てを嘘で塗り固めようとしているのかもしれない。しかし、何のために？

　疲れが見えてきた諸橋への事情聴取を打ち切り、西川はすぐに岩倉に電話を入れた。彼はまだ署にいた。

「車の件を話した？　そいつはまずいな」

「こっちが身辺調査していることがバレるからですか？　それは問題ないでしょう。どうして調べているかは言ってませんし」

「しかしな……」

「それより、ちょっと考えたことがあるんです。ガンさんに動いてもらわないといけないんですけどね」

「何だ？」

「諸橋の写真を、『週刊ジャパン』の編集部に見せて、確認してもらうことはできないですかね」

「なるほど……編集部が確認すれば、『何を言ってるのか分からない』という諸橋の言い分が嘘だと分かるわけだ」

「そういうことです」

「もっと早くやっておくべきだったな。すぐに手配するよ」

「お願いします」

電話を切り、西川はほっと息を吐いた。さて、後は……シンガポールの一件をどうするかだ。声をかければ、あの二人だから動いてくれるのは間違いない。しかし、せっかくの新婚旅行を邪魔するのは、いかにも野暮《やぼ》だ。

しかし、自分たちでシンガポールに出張するのは、あまりにもハードルが高い。結局この方法に頼るしかないだろう、と西川は気持ちを固めつつあった。

4

「こんな時間に申し訳ないんだけど、確認したいことがあるんですよ」岩倉は電話の向こうの磯田に告げた。

「またですか?」磯田が、心底面倒臭そうな声を出した。

「ネタになるかもしれないよ」

「ネタねえ」

「あなたに迷惑をかけるのは申し訳ないから、担当者を紹介してもらえるとありがたい」

「まあ……ネタになる可能性があるなら、紹介ぐらいはしますけどね」

「助かりますよ。じゃあ、今夜で」

「今夜？」磯田が声を張り上げる。「えらく急ですね」

「警察の仕事は基本的に、常に急ぎなんですよ」

「折り返します」磯田が折れた。

「じゃあ、待ってますから」

電話を切り、岩倉は食事を取るために署を出た。この時間でも賑わう商店街の「あすと」ではなく、郵便局の脇《わき》から入る三軒通りに向かう。雑色《ぞうしき》駅の方まで続くこの商店街は、「あすと」ほど賑やかではないが、地方の渋い商店街の趣《おもむき》があり、岩倉はここで食事をすることが多かった。

最近はすっかり少なくなった昔ながらの定食屋に入り、生姜《しょうが》焼き定食を注文した。全く何の特徴もない店——料理も定食屋の定番の焼き魚や肉料理などで、オプションで小皿をつけられる。ありがたいのは、肉料理には必ずたっぷりの量の生野菜がついてくることだった。そして何より、米が美味い。食堂でも上手く炊《た》けていない飯を平然と出す店はあるが、ここは誠実だ。硬めに炊き上がった米は岩倉の好みで、味つけが濃い生姜焼きと抜群に合う。

残ったキャベツの千切りを生姜焼きのタレにからめて食べ終えたところで、スマートフォンが鳴った。見知らぬ電話番号……磯田が担当者に直接電話するように指示したのだろうと判断した。

岩倉は財布から千円を抜いてテーブルに置き「ごちそうさまでした」と店員に声をかけ

て店を出た。コートを腕に抱えたままなので、寒さが急に身に染みる。

「岩倉です」

電話に応じながら、何とかコートに腕を通した。

「『週刊ジャパン』編集部の上島《うえじま》です」

「磯田さんの紹介ですね？」

「ええ」上島は、特に疑わしげな様子でも、面倒臭そうな態度でもなかった。ニュートラルに岩倉と話そうとしている様子である。「何か、お話があるとか」

「ちょっと協力してもらえませんか？　これからでも、指定された場所に伺います」

「急いでいるんですね？」

「急いでます」

「諸橋さんのことで、何か動きがあったんですか？」

「いやいや」岩倉は話を誤魔化した。「ご存じでしょうが、警察はこの件では動けません。動く権利もありません」

「それで？」

「諸橋さんの顔を確認させてもらいたいんです」

「顔写真ですか？」

「ええ」

「結構本格的に捜査してるじゃないですか」そこで上島は初めて、疑わしげな声を出した。

「あくまで単なる調査です。とはいえ、警察は手抜きはできないので」

「そうですか」

「単なる免許証の写真ですけどね」

「ああ、そうか……警察はそれができるんですね。我々は、顔写真でいつも悩みます」急に機嫌がよくなった——少なくとも、岩倉の言葉に対して怒りを滲ませることはない。

「しかし、写真だったらメールでもいいんじゃないですか」

「せっかくですから、少し話もしたいんです」

「まあ……いいですよ」上島が了承した。「こっちの方へ来られます？」

「編集部にお邪魔してもいいですよ」

「それはちょっと……うちの会社の近くまで来たら、この番号にかけ直して下さい。場所を探しておきます」

「では、後ほど」

岩倉は早歩きで署に戻った。覆面パトカーを借り出し、すぐに都心に向かう。本当は誰かと一緒に行ったほうがいいのだが、一々声をかけるのも面倒臭い。そしてこの件について、捜査する権利があるのかないのか、状況は複雑になる一方だった。

「週刊ジャパン」の編集部は、神保町《じんぼうちょう》にある。神保町といえば出版の街で、「週刊ジャパン」を発行している出版社も、この街にいくつかのビルを持っていた。「週刊ジャパン」

が入っているのは、比較的古いビル——地震がきたら危ないというほどではないが、できればそういうタイミングでは中にいたくない。

ビルの前の道路に覆面パトカーを停め、岩倉はスマートフォンを取り出した。先ほどかかってきた番号を呼び出すと、上島はすぐに反応した。

「早いですね……まさか、パトカーのサイレンを鳴らしてきたわけじゃないですよね？」

「そんな目立つことはしませんよ」

「今、どこですか？」

「御社の前です」

「その先——信号のある交差点の向こうに、洋食レストランがあります」

「食事しながら話せることではないですよ」そもそも胃の中には、まだ生姜焼きとご飯がたっぷり入っている。

「大丈夫です。その店は、うちの編集部の行きつけなので、お茶だけでも平気ですよ」

「どこかに車を置いてきます」

「コイン式の駐車場なら、その店のすぐ先にあります」

てきぱきした説明を聞くうちに、相手の庭に入りこんでいることを意識する。何だか窮《きゅう》屈《くつ》な感じがしたが、こういうこともあるだろう。常に取調室に入れて事情聴取するわけにはいかないのだ。

覆面パトカーを駐車場に入れ——さすがに都心部という高値だった——少し戻って店へ

向かう。一人の男が立って待っていて、岩倉に向かってひょこりと頭を下げた。

想像していたよりもずっと若い。まだ三十代前半だろうか、小柄でひょろりとしており、何とも頼りない。童顔で、ほとんど髭を剃らずに済むタイプではないかと岩倉は思った。

「上島さんですね？」

「岩倉さん」

「ええ」

「入りましょうか」上島が、両腕で体を抱えた。近いから油断していたのだろうか、一月なのにシャツにジャケットを羽織っただけの軽装である。

上島に続いて店に入る。上島が、カウンターのところで店員に声をかけると、すぐに奥の席に案内された。店内は複雑に入り組んだ造りで、何故か店の中央は一段高くなっていて、階段を五段だけ上がっていかねばならない。客はぽつぽつ……夕飯の時間帯を少し過ぎている。上島は、その一段高くなった場所を通り過ぎ、さらに奥に向かった。壁かと思ったら、その奥が小さな個室になっている。実際にはドアがあるわけではないので、半個室という感じだが、密《ひそ》かに話をするにはいかにも適していた。

二人が席につくと、間髪《かんはつ》を入《い》れずコーヒーが運ばれてきた。先ほどカウンターで話した時に、上島がもう注文していたのだろう。何とも手回しがいい……いや、自分のペースでことを運ぼうとしているのだろうと、岩倉は警戒した。

何も無理に対抗することはない。この男に聴きたいことはいくらでもあるが、無理をせずに淡々といこう。こちらの手の内を明かす必要もない。

「さっそくですが」

岩倉は手帳を取り出し、諸橋の免許証の写真を抜いた。テーブルに置いて、そのまま上島の方へ押しやる。

「この人に見覚えがありますね？」

「ええ」上島があっさり認める。「これ、免許証の写真ですね」

「そうです」

「何だか老けて見えるな」

「実際は違う？」

「何か……若作りしてました」上島が苦笑する。「別にいいんですけど、あまり似合ってなかったんですよね」

「この人が、あの記事のネタ元ですね」

「それは言えません」

話が急にひっくり返ってしまった。ネタ元だったことは、磯田の情報でもう分かっているのだが。

「会ったんですか？」

「会いましたよ」

「でも、ネタ元かどうかは言えない？」

「それとこれとは別の話です」

「そうですか……まあ、分かりますよ」何があってもネタ元は守れか……この辺は、いくら突っこんでも譲らないだろう。法律に違反していることでもあれば別だが、ここでは厳しく追及するだけ無駄だ。「若作りはいいですけど、話をしてみてどんな感じの人だと思いました？」

「それも差し控えさせて下さい」上島がひょいと頭を下げた。「会ったかどうかも、本当は言うべきじゃないので」

「なるほど……ちなみにあなたは、特集班で事件・事故やスキャンダルを担当している」

「まあ、そんなところです」

「バラバラ殺人事件に関しては、ネタは切れたわけですか」

「どうしてそう思いますか？」

「余裕たっぷりだから。本当なら今は、今週号の締め切りぎりぎりで、私のような人間と会っている時間はないはずだ」

上島の頰《ほお》が一瞬引き攣《つ》る。しかしすぐに、何の感情も感じさせない表情に戻った。

「私は下っ端ですからね。そんなに忙しいわけじゃない」

「どんな職場でも、下っ端ほど忙しいものですよ。私もそうだ」

「あなたのようなベテランが？」上島が目を見開く。

「ご存じの通り、警察官は歳を取っているから偉いわけじゃない。試験に弱い人間は、いつまで経っても下っ端ですよ」岩倉は試験に弱いわけではなく――記憶力が重視される昇任試験ではそれほど難儀しなかっただろう――単に受験するのが面倒なだけだったが。階級が上がって、責任を負わされるようになるのも嫌だった。

「ま、どういう状況だったかは、ご想像にお任せします。でも、警察も無駄な動きをしてるんじゃないですか」

「まったくその通り」

岩倉があっさり認めたからか、上島の目に困惑の色が浮かんだ。

「警察には、この件について捜査する権利はありません。義務もない」

「時効が成立している事件ですからね。そもそも、どうして調べようとしてるんですか？　実際には、警察として何かやろうとしているのでは？」

「やったら問題になりますよ。でも、やらないわけにもいかない」岩倉は正直に打ち明けた。「実際には、容疑者が分かれば、一応話を聴くでしょう。ただし厳しく突っこむわけにはいかないし、あとは放免です。話を聴いたという記録だけを残して、それで終わりになる」

「その割には、ずいぶん熱心に調べていますね」

「『週刊ジャパン』の後塵《こうじん》を拝しましたからね」岩倉は皮肉に言った。「個人的な興味もあります」

「そうですか……まあ、うちとしてはこれが精一杯のサービスですよ」

「近々、諸橋さんと会う予定はないんですか」

「それも言えませんね」

「なるほど」会おうとしても会えないだろうが。諸橋が退院して、普通に話ができるようになるまでには、まだまだ時間がかかりそうだ。

「ところで、昔強盗事件を起こした犯人が、今度は拉致事件を起こしたんですね……あの事件、岩倉さんの管内じゃないですか？」

「ありましたね」

「あれ、どうなってるんですか？　誰を拉致しようとしたか分からない……被害者は六十代の男性と発表されてるけど、隠す意味は何かあるんですか？」

「それは、広報課に聞いてもらわないと、分かりませんね」岩倉は話を誤魔化した。「所轄が発表することでも、広報課が必ず目を通しているんだから」

「そうですか……しかし、奇妙ですね」

「それを書くんですか？」

「見送ります。何か変だけど、今のところは週刊誌が取り上げるような事件とは思えない」

「まあ、そこはそちらの判断ですね」食えない奴め……岩倉は諸橋の写真を回収し、手帳に挟みこんだ。「お忙しいところ、ありがとうございました。この時間でも、まだ仕事してるんですね」

「取材相手は待ってくれませんからね」上島が皮肉に笑った。

「長生きできそうにありませんね」

「それは岩倉さんも同じじゃないですか？」

嫌なことを……上島のように若い人間と、岩倉のように五十を過ぎた人間では「寿命」の意味がまったく違う。

署へ戻る。特捜ではないので、遅くまで刑事たちがフル回転しているわけではなく、刑事課は既に無人だった。話す相手もいないので、わざわざ戻って来たのは失敗だった……直帰すれば、時間の節約になったのに。

自席に浅く腰を下ろし、頭の後ろで両手を組んで天井を見上げる。

ここにも結構長くいたな、とふと思う。既に二年。警察官は二年から三年で異動するのが普通で、岩倉もそろそろ次の職場を考えなければならない。本部へ戻るのはあり得ないから、別の所轄へ動くことになるだろう。年明けに、人事二課の担当者から「希望先を考えておいてくれ」と言われて、八方面がいいかな、とぼんやりと想像していた。

多摩《たま》地区の東部と北部を管轄する八方面本部管内には十一の警察署があり、二十三区とあまり治安事情が変わらないような武蔵野《むさしの》、多摩地区の中心で、災害で都心部が壊滅的な被害を受けた時などには「臨時の都庁」になる立川《たちかわ》など、特徴のある街が多い。岩倉は多摩地区の所轄に勤務したことはないが、異動先としては悪くないと思った。東村山《ひがしむらやま》や田無《たなし》、東大和《ひがしやまと》など多摩地区北部だと、あまり事件がないから、無聊《ぶりょう》を託《かこ》つことになるかもしれないが。

問題は実里との関係だ。実里は岩倉と同じ蒲田に住んでいるのだが、今、渡米準備を進めている。演劇の本場とも言えるニューヨークで舞台に立つ夢を叶《かな》えるために、片っ端からオーディションを受けようという狙いだ。「今のうちじゃないとやれないから」というのが彼女の言い分である。それが上手くいったら、二人の関係はどうなるか……ニューヨークで芝居に出れば、役者としての実里の「格」は一段も二段も上がるだろう。帰国してからは、仕事の内容もがらりと変わるかもしれない。彼女自身は「売れたい」という意識がさほど高くなく、適当にバイトをして生活費を稼ぎながら、興味のある舞台にだけ立てればいい、というスタンスだ。しかしニューヨークで舞台に立ったとなれば、周囲が放っておかないだろう。今の事務所は比較的彼女の希望をよく聞いてくれるそうだが――オーディションへの挑戦も後押ししている――状況が変われば方針も変わるはずだ。

実里自身の意識も変わるかもしれない。今のところはいつも通り――少しのんびりしたマイペースな感じなのだが、ニューヨークという街は、彼女を変化させてしまうのではないか。

二十歳も年下の恋人だから、少しぐらいわがままも聞いてあげるべきだとは思うが、二人の交際に大きな影響が出たら、と考えると悩ましい。

実際には、彼女のこととは関係なく、岩倉の人生には大きな転機が訪れようとしているのだが。

岩倉がまだ離婚していないのは、ただ娘の千夏のためである。中学校からエスカレーター式の学校に入った千夏が無事に大学に入学するまでは、一応形だけでも夫婦でいなければならない。千夏が通う高校では、両親が離婚すると内申に響く、ともっともらしく噂《うわさ》されているのだ。

千夏自身は、エスカレーター式の進学をやめて、城東大を目指しているわけだが……まさに、親の心子知らずだ。

いずれにせよ、千夏が無事に大学に進学したら——つまり来年の春にも正式に離婚、ということは話し合いで決まっている。離婚が成立すれば、堂々と実里とつき合える。後ろめたい気持ちがなくなるだけで、自分の人生がパッと明るくなるのではと想像していたのだが、そう上手くはいきそうにない。

ややこしい人生も楽しいものだが、将来を考えると何となく気分が落ちこむのだった。

「あれ、何してるんですか」

「川嶋《かわしま》……」岩倉は椅子に座り直した。何でこの男が刑事課に？　いや、刑事課に所属しているからここにいてもおかしくないのだが、川嶋は、当直でもないのに遅くまで署に居残るようなタイプではないのだ。

この男は「エージェント」である。警察の内部で汚い仕事をする専門家。この署へは、岩倉で人体実験をしたいサイバー犯罪対策課からの依頼があって赴任してきたのだが、結局それには失敗している。岩倉の方で川嶋の弱みを握って脅したので、動けなくなってしまったのだ。ミッションが失敗したのだから、さっさと異動すればいいのに、何故かまだ南大田署に居残っている。そして無神経な、あるいはいかにも訳知り顔の態度を取って、しばしば岩倉をうんざりさせるのだった。ミッション失敗の腹いせかもしれない。

「お前こそ、何か用か？」

「いや、別に……」

川嶋の顔が少し赤いのに、岩倉は気づいた。この男は署員とほとんどつき合わず、勤務時間外に何をしているかは謎《なぞ》なのだが、今日は近くで呑んでいたのかもしれない。蒲田は、大田区で一番の——ということは城南地区で最大の繁華街だから、呑み食いする店には事欠かない。岩倉は若い署員と呑みに行くこともあるが、川嶋は仕事が終わるとさっさと管内を離れて帰宅しているのかと思っていた。

「呑んでたのか」

「まあ、軽く。岩倉さんは仕事ですか」

「まあな」

「異動前の、最後の仕上げみたいなものですか」

岩倉は思わず口をつぐんだ。異動は、まだまだ先の話である。直属の上司の刑事課長でさえ、俺が人事と話したことは知らないはずだ。それをこの男は……。

「俺が異動するって知ってるのか」

「どこへ行くかは知りませんけど、ここは結構長かったですね。本部からさらに遠いところへ行くんですか？」

「人事二課かもしれない」

「はあ？」川嶋が眉《まゆ》をひそめる。

「人事二課へ行って、お前を島嶼《とうしょ》部の所轄に異動させるのもいいな」人事二課は、警部補以下の人事異動を担当する部署だ。巡査部長の川嶋の異動も、当然この課が担《にな》う。

「人事二課はないでしょう。刑事畑をずっと歩いてきた人が、人事は……」

「あり得ない話じゃない。俺もそろそろ、キャリアの終着点を考え始めないといけないからな。お前みたいな人間から自分を守るために、自ら人事二課に行くのも手だろう」

「そうしたら、岩倉さんが大好きな捜査はできませんよ」

「そんなことは趣味でもできる」セミリタイヤ、のような感じになるかもしれない。警察の中にいながら捜査はできずに、あくまで趣味として調査するだけ。ただし、岩倉の人生の目標は、未解決事件を集めた本を出版することだから、そういう道もあるかもしれない。

「マジで、人事二課に異動を希望してみるかな」

「ま、どうぞご自由に」川嶋が肩をすくめる。

「お前も……」

「何ですか」

「いや、何でもない」

裏の仕事を引き受けるのはもうやめろ。そんなことをしていても、警察官人生が終わる頃に何かが残るわけじゃない――そもそも、エージェントの動きに絡んでいるのは金だ。汚い仕事を引き受けた人間が、昇任や異動で有利になると、あまりにも露骨過ぎる。金なら誰にも分からない。そして警察の中には、機密費として使える、領収書のいらない予算が一定額はあるのだ。

岩倉は立ち上がり、さっさと刑事課を出た。川嶋と同じ空間にいるだけで虫唾《むしず》が走る。自分の感覚は、必ずしも異常ではないと岩倉は思っていた。平気で汚れ仕事をするエージェントとして重宝する人間はいるだろうが、普通の仕事に関しては、平均以下の能力しかない。

いったいこの男は、何を目指しているのだろう。エージェントの仕事で得られる金を貯《た》めこんで、何かしようとしているのだろうか。

署へ戻って来た時に比べて、急に気温が下がって来た。岩倉はコートの襟《えり》を立て、マフラーをきつく巻き直して、家路を急いだ。

蒲田付近の住宅事情がよく分からなかったので、取り敢えず借りてしまった家が、今では頭痛のタネだ。最寄駅は蓮沼。東急蒲田駅から池上線でわずか一駅だ。しかし南大田署から東急蒲田駅まではそこそこ距離がある。一駅だけ電車に乗るのも馬鹿らしく、最初は歩き、その後は自転車通勤をしていたのだが、真冬になると寒さに負けて、徒歩に戻らざるを得ない。こんなことなら、もっと署の近く——歩いて十分圏内に家を探せばよかった。蓮沼を選んだのは、実里がこの近くに住んでいるから、という理由もある。

西蒲田公園を迂回《うかい》し、踏切——ここは池上線も多摩川線も通る——を渡ると、その先がすぐ自宅だ。そう言えば、冷蔵庫にビールがなかったな……踏切を渡ったすぐ先に、スーパーとコンビニが向かい合わせで営業している。スーパーの方が安いが、道路を渡るのが面倒で、コンビニで三百五十ミリリットル入りの缶を六本買った。何かつまみでも、と思ったが、今夜は呑む気がまったくないことに突然気づく。ビールのストックがないと不安になるから買っただけで、いわば単なる習慣だ。呑まなければ呑まないで何とかなる……一日一本のビールで健康診断の数値が極端に悪化することもなかろうが、何か新しいことを始めるのもいい。それが足し算ではなく「禁酒」という引き算なのも、五十を過ぎた自分には相応《ふさわ》しいのではないだろうか。

ふと、ずっと頭に引っかかっていたことを思い出した。宮城の身辺調査。何となく怪しい雰囲気のある男で、裏の世界に通じている可能性がある。そして岩倉には、そこにチャンネルがあった。

急いで自宅へ戻り、スマートフォンの電話帳で番号を呼び出す。嶋康介《しまこうすけ》——都内で複数の飲食店を経営している、自称青年実業家。青年と言いつつ、もう四十二歳なのだが……何かと調子がいい男で、暴力団との関与も取り沙汰《ざた》されているが、岩倉は捜査一課時代からネタ元にしていた。とにかく夜の街の事情に詳しい男で、人を捜したりする時に役に立つ。

「これはこれは」嶋が静かな声で言った。背後にざわめきが聞こえないのは、自分の店にいないからかもしれない。

「宮城陽介という名前に心当たりはないか？」

「宮城？　いや」嶋が即座に否定した。

「三十一年前、白昼の銀座で現金輸送車を襲って二億円を奪った犯人」

「ああ、あれですか」すぐにピンときたようだった。「その男がどうしたんですか？」

「実刑判決を受けて、出所後、シンガポールに移住していたらしい。それがまた日本に戻って来て——昨日、死んだ」

「死んだ？」嶋が声を潜《ひそ》めて繰り返した。

岩倉は、簡単に事情を説明した。さすがに嶋は、呑みこみが早い。

「そう言えば、ニュースで見ましたよ。誰かを拉致して暴走して、事故に遭ったんですよね」

「ああ」

「五十六歳でしたっけ？　そういう乱暴な事件を起こすような年齢じゃないだろうけどなあ」

「まったくだ。それで……この男が最近何をやっていたか、知りたい。今のところ、足跡が摑めないんだ」

「シンガポールにまでは、情報網はないですよ」

「いや、日本で何をしていたか……今、居住実態については調査している。シンガポールに永住していて、たまたま日本に帰って来ているだけかもしれないけど、いずれにせよ、日本で事件を起こしたんだから」

「そうですか……」嶋は少し思案している様子だった。「探りは入れてみますけど、あまり期待しないで下さいよ」

「あんたなら、何か突き止めてくれるはずだ」

「それぐらい、ご自分でやられたらどうですか？」嶋がかすかに非難するような口調で言った。

「今、実は別件に取りかかっているんだ。俺にとってはそっちの方が大事でね。でも、宮城の件も無視できない」

「なるほど。しかし、南大田署には、岩倉さん以外に刑事がいないんですか？」

岩倉は思わず声を上げて笑ってしまった。岩倉自身、妻からそう言われたことがある。仕事がいくつも重なってクソ忙しく、娘の千夏がまだ乳児だった頃……妻は普段、あまり文句を言ったり愚痴《ぐち》をこぼしたりしないタイプなのだが、あの時は切れた。

「あんた、嫁さんにそんな風に言われたことはないか？」

「結婚しているかどうかも含めて、ノーコメントでお願いします」嶋の声はわずかに強張《こわば》っていた。

岩倉は失敗を悟った。嶋はプライバシーを探られるのを異様に嫌うタイプで、話が自分の私生活に及ぶと、急に黙りこんでしまう。人の扱いに関しては、俺もまだまだだな、と岩倉は一人反省した。

5

西川は、翌朝本部に出勤して、すぐに鳩山に相談した。

「あの二人に？」鳩山が眉《まゆ》をひそめる。「それはまずいな。今はもう、うちの人間じゃないんだし、しかも新婚旅行中だろうが。そういう時に仕事を振ったりしたら、問題になるぞ」

「分かってますけど、正式な手続きを待っていたら、話が進まないでしょう。我々が出張する予算もないし」

「じゃあ……お前が自分の責任で電話すればいいんじゃないか？」

「俺《おれ》の？」西川は自分の鼻を指さした。「いや、それじゃ……指揮命令系統が滅茶苦茶《めちゃくちゃ》じゃないですか」

「だから、そもそも仕事じゃないだろう」鳩山がさらりと指摘した。「諸橋の件は、あくまで非公式な捜査だ。諸橋に絡んで発生した事件の捜査は、本来うちが扱うべきものじゃない。だから、お前がプライベートで何か頼んでも、表沙汰《おもてざた》になりさえしなければ問題ない。違うか？」

鳩山の屁理屈《へりくつ》は、合っているようないないような……。

「要するに、勝手にやれ、ということですね」

「上手《うま》くやってくれよ」鳩山が悪い笑みを浮かべた。「バレなければ存在しないということだから」

西川は肩をすくめるだけで何も言わなかった。変に悪ぶる鳩山と話していると、頭が痛くなってくる。元々は気が弱く、しかも何かにつけていい加減な男なのだ。

自席に戻ると、沖田が出勤してきたところだった。

「何だ、もう帰って来たのか」

「しょうがないだろう。行きっ放しってわけにはいかない」

「要するに、手がかりが途切れたんだろう？」

沖田がむっとして黙りこんだ。分かりやすい男で、仕事が上手くいっている時は、必要ないことまでベラベラ喋《しゃべ》るのだが、壁にぶつかるといきなり不機嫌になる。いい加減大人になれよ、と思うこともあるが、この歳《とし》になってもこんな感じだと、もう絶対に矯正《きょうせい》できないだろう。

こちらにも何も聞こうとしないので、西川は自宅から持って来たコーヒーを飲んだ。妻の美也子が淹《い》れてくれるコーヒーは、朝、昼、夕と三杯分。最近のポットは優秀で、夕方になってもほとんど香りが抜けない。

さて、いきなり電話をかけるのも何だし、どうしたものか……まずショートメッセージを送ろうと決めた。その場合も、どちらに送るかが難しい。庄田か、さやかか……一瞬悩んだものの、いつの間にか表情が緩んでしまう。二人が一緒に仕事をしている時には、だいたいさやかが主導権を握っていた。仕事の話も、彼女にする方が多かったと思う。しかし結婚した今、どちらに声をかけるべきだろう。しばし悩んだ末、同時に二人に同じメッセージを送った。確か、日本の方が一時間進んでいるから、向こうはまだ午前八時前。せっかくだからと、二人とも朝寝を楽しんでいるかもしれない。

しかし、こんなことになるとは……追跡捜査係に在籍している時、二人はことあるごとに角突き合っていた。だいたいさやかが突っこみ、無口な庄田が黙りこんでしまうパターン。その二人がいつの間にかつき合い始めていて、しかも結婚すると聞いた時、西川は自分の観察眼も大したことはないな、と情けなくなった。一番身近で一緒に仕事をしている二人のことに気づかなかったとは……。

結婚を機に、さやかは刑事総務課へ、庄田は捜査一課の強行犯係へ転身した。籍を入れたのは去年の秋で、年が明けてからようやく新婚旅行に出かけたわけだ。二人とも有給がたっぷり残っているせいもあり、金曜夜出発で翌週の日曜帰り、八泊十日の豪華旅行と聞いている。もしかしたら、二人一緒にこれだけ長い休暇を取る機会は、二度とないかもしれない——そう考えると申し訳なくなったが、やはりここは二人に頼むしかない。

ハネムーン中、申し訳ない。シンガポールで非公式の調査の必要があります。もしも余力があったらだけど、引き受けてもらえるとありがたい。

さて、返事は来るだろうか。それを待つ間、こちらでもできる限り、宮城に対する調査を進めておかねばならない。岩倉と話すと面倒なことになりそうなので、西川は南大田署の交通課長に電話を入れた。

「何を以《もっ》て永住と定義するかという問題もあるけど、シンガポールに住んでいたのは間違いない」交通課長が結論を口にした。「それで時々——年に何回かは日本に帰って来ていたようだ」

「住所は分かりますか？」

「ああ。大使館で把握していた。シンガポールで仕事をしている日本人は、結構多いんだな」

「あそこはアジアの金融センターですからね」

交通課長が告げる住所を書き取る。これを見ても、いったいどこか見当もつかないのだが……国土が狭い割に豊かな国だから、全土が高級住宅地のようなイメージもある。

「連絡先——家族の電話番号なんかは分からないんですか？」

「大使館が連絡先として把握しているのは、本人の住所と携帯の番号だけだった」

「日本国内の家族は？」

「今、調査中だ。岩倉が、弁護士から家族の連絡先を聞いてきたが、連絡がつかない」

「三十年以上前の連絡先ですからねえ」

当時は両親も健在だったのではないだろうか。しかし現在、宮城自身が五十六歳だから、両親は八十代、あるいは九十歳ぐらいになっていてもおかしくない。健在ならば、の話だが。兄弟、親戚《しんせき》はどうだろう……。

「宮城はどこの出身でしたっけ?」

「山梨」

「誰《だれ》か派遣して調べる手は……」

「山梨県警にも依頼して調べてもらったんだが、当該住所には、現在住んでいる人はいないそうだ。もう少し詳細な調査が必要だから、今日、刑事課とうちから若手を出そうかと思ってる」

事件が生んだ悲劇では、と西川は想像した。家族が事件を起こすと、近所の目が気になり、長年慣れ親しんだ街にも住みにくくなる。冷たい視線から逃げるように引っ越してしまった家族を、西川は何組も知っていた。

「まあ、うちとしてはもう少し手を尽《つ》くすよ。事件の解明も大事だけど、遺体の引き取り手がないのも困る」

「そうですね」

「シンガポールの方、何か、調べる手でも?」

「手配しました。上手く転がるかどうかは分かりませんが……」

その瞬間、西川のスマートフォンで着信音が鳴った。取り上げて画面を見ると、庄田からのインスタントメッセージである。受話器を耳と肩で挟んだままメッセージを確認すると、「了解しました。詳細はメールして下さい」とだけある。ほっとしてスマートフォンをデスクに置き、交通課長に向かって「シンガポールの方、調査の手筈《てはず》は整えました」と告げる。

「さすがだね。どういう手を使ったんだ？」

「昔の同僚が、たまたまプライベートの旅行でシンガポールに行っているんですよ」

「あらら。手伝ってもらったら、後で手厚くお礼しないとな」

「それはこちらに任せて下さい。それとこの件、岩倉さんにも伝えてもらえますか？」

「あんたが自分で言えばいいじゃないか。ガンさんも感謝するだろう」

「ガンさん相手だと、話が長くなるんですよ」

「分かった、分かった。確かにそうだな」交通課長が含み笑いした。「じゃあ、こっちで言っておく」

「お願いします」

電話を切り、西川はざっとメモを作成した。それを元に、庄田に送るメールを打ち始める。できるだけシンプルに情報を綴《つづ》り、やってもらいたい調査の内容を説明する。簡単に書いたつもりが、結構長くなってしまった……まあ、国際電話で話すよりも、メールの方が金がかからないし、内容も残る。しかし最後に「一度コレクトコールで追跡捜査係に電話してくれ」とつけ加えた。メールだけで依頼というのも、何だか味気ないし、申し訳ない。直《じか》に話して、ちゃんと頼みたかった。

送信……と思った瞬間、庄田だけに当てたメールになっていたことに気づき、送信先にさやかのメールアドレスを追加する。これでよし——後輩にメールを送るだけなのに、妙に緊張してしまう。

十分後、庄田ではなくさやかからコレクトコールで電話がかかってきた。

「メール、読みました」

「どうだ、やれそうか？」

「周辺捜査ですよね？　どういう人間なのか、シンガポールで何をしていたかを割り出せばいいんでしょう？」

「ああ。新婚旅行中に申し訳ないけど」

「それはいいんです。もう、退屈で死にそうですから」

「退屈？」新婚旅行で喧嘩《けんか》するならともかく、退屈になるものだろうか。

「シンガポール、意外に見るところがないんですよ。毎日だらだらしてるだけなんです」

西川は思わず声を上げて笑ってしまった。だらだらするのも新婚旅行の本質ではないか？

「まあまあ……ゆっくりできてるか？」

「何か、時間の進み方が遅くて。食べ物は美味《おい》しいんですけどね」

「それで、メールに書いた件だけど……」

「了解してます。半日仕事じゃないですか？　住所が分かっているから、まず行ってみますよ」

「何かあったら、メールかメッセンジャーで連絡を取ろう。国際電話は、金がかかってしょうがない」

「了解です」

「庄田はどうしてる？」

「だれてます」笑って言って、さやかが電話を切った。

さて……手配はした。自分は、もう少し諸橋について調べてみよう。本人が重傷を負っている上に、本当のことを話しているとは思えないのだが、手持ちの材料がないと、これ以上突っこみようもない。

もう一度、ＫＳデザインの社長、今住に会ってみようと思った。彼は、諸橋が事件に巻きこまれたことを知らないはずだ。この件を耳に入れてやれば、何か思い出すかもしれない。今住は諸橋に対して今でも悪感情しか抱いていないから、何か諸橋に不利なことを思い出せば、迷わず話してくれるだろう。

よし、今日の仕事はこれだ。西川はすぐに受話器を取り上げた。

最初、今住は「忙しい」と言って会うのを渋った。しかし、西川が拉致《らち》事件のことを話すと、急に食いついてきた。

「拉致、ですか」

「ええ、警察官の目の前で」

「それで重傷を負った、と」

「そういうことです。諸橋さん、何か人に恨まれるようなことでもしたんですかね」

「さあ……いろいろ危ない人ではありましたけど」

「その辺、是非話を聞かせて下さい。すぐに行きますから」

「ああ、まあ……お待ちしています」

西川は、手持ち無沙汰《ぶさた》にしていた牛尾に声をかけた。本来は非公式の調査だったのだが、それに関連して事件が起きてしまったから、捜査に同行させよう。追跡捜査係の仕事はアクティブではなく、普段はデスクにかじりついてばかりいるから、外へ出る機会は逃さないようにさせたい。

「自分は絡んでませんでしたけど、変な話になりましたね」庁舎を出るとすぐに、牛尾が言った。

「そうだな。捻《こじ》れてる」

「こういうの、あまり見ないですよね」

「三十年前の亡霊みたいなものか……」

「正確には三十一年前、ですか」

「お、勉強してたのか？」

「横で聞いてて、気になったので」

「それでいい。気になったらすぐに資料を見る——それがいつか役に立つかもしれない。役に立たない可能性の方が強いんだけどな。俺たちの仕事は、九〇パーセント以上が無駄だ」

「虚《むな》しいですねえ」牛尾が溜息《ためいき》をついた。

「すぐに慣れるよ」

二人は日比谷《ひびや》線で六本木まで移動し、ＫＳデザインに赴いた。今住はすぐに、二人を社長室に招き入れた。

「いやいや……何か、大変なことになってきましたね」大変と言いながら、今住の表情は緩んでいる。諸橋を憎むのは分からないではないが、追い出してから五年も経《た》っている。彼の身に不幸が起きたら、未《いま》だに喜ぶのだろうか。

「これは事件です」西川は釘《くぎ》を刺した。「諸橋さんは被害者になりました。本格的な捜査が必要なんです。そのためには、諸橋さんの過去を探る必要もあります」

「なんなりと」今住がうなずいた。

「先ほども簡単にお話ししましたけど、諸橋さんは自宅から拉致され、その後交通事故に遭《あ》って重傷を負いました。犯人は死亡しています」

「ええ」うなずき、今住がスマートフォンを取り上げた。「ニュースになってましたね。あれ、拉致されたのが諸橋さんだったんだ」

「そうなんです。発表では、名前は伏せましたが」

「被害者の人権がどうのこうのという話ですか？　諸橋さんに人並みの人権があるとは思えないけどな」今住が馬鹿にしたように言った。

「いや、単なる捜査の都合です。諸橋さんの名前が出れば、マスコミが騒ぎ出す可能性がある」

「問題のある人物が拉致事件の被害に遭った……確かに面倒臭そうですね」今住がうなずく。

「最大の問題は、犯人が三十年以上前に強盗事件を起こして服役したことがある人間だ、ということです。諸橋さんは、そういう人間とつき合いがあったんですか？」

「それは知らないですね」

「状況的に、顔見知りだった可能性があります。だから、簡単に誘い出されてそのまま拉致された……」

「まあ、諸橋さんがおかしな連中とつき合いがあってもおかしくはないと思いますけど。その犯人――」今住がまたスマートフォンに視線を落とした。「宮城という人と顔見知りだったかどうかは分かりません」

「おかしな連中とのつき合い――そういうことがあったんですか？」

「夜の世界でも有名な人でしたから」今住が皮肉っぽく言った。「あの人の金の使い方は異常だった。監査で分かったんですが、会社の金を一晩に百万、二百万と使うことも珍しくなかったんですよ」

「酒ですか？」

「酒だけじゃ、そんなに金は使えないでしょう……少なくとも一人では」

「取り巻きがいたんですか？」

「会社の人間以外でね。反社会的な、怪しい人物もいたと聞いていますよ」

「間違いないですか」西川は念押しした。

「間違いないです」

「どうしてそう言えるんですか」断定するには根拠が必要だ。今住は自信たっぷりだったが……。

「尾行も監視もしました」

「そんなことを？」

「探偵事務所に頼んだりしたんです。なかなかいい仕事をしてくれましたよ」

「その相手がどんな連中かは分かりますか？」

「一部は……しかし、あなたたちに言うつもりはありません。これは、会社の機密事項になりますから」

何が機密事項か分からなかったが、西川はうなずいて同意を示した。今のところ、今住は諸橋に対する怒りに突き動かされて、ぺらぺらと喋っている。敢《あ》えて止める必要はない。

「反社会的な人間とつき合っていたということは、何かまずいことに手を出していたんじゃないですか」

「法律に違反するようなことはなかったと思います。要するにですね、あの人は取り巻きにちやほやされていないと駄目な人なんですよ。今の言葉で言えばパリピです。ヤバい連中は、金をばらまく人間のところに集まるんでしょう。でも、それでトラブルが起きたことはないはずです」

確かに、そういう人間はいつの世にもいる。自分の財布を空にしてでも、持ち上げて欲しいのだ。そして、金さえ貰《もら》えば太鼓《たいこ》持ちのようにヨイショすることを厭《いと》わない人間も少なくない。この辺は、需要と供給の関係ということだろうか。

「そういうことに会社の金を私的に流用したとなったら、それは問題ですよね」

「当然でしょう。それ以外のこともありましたけど」

「今は、侘《わび》しい一人暮らしみたいですけどね」

「金がなくなれば人も消える——金だけで人とつながっている人間は、そういうものでしょう。まあ、あの人にとってはこの会社は、自分の子どもみたいなものだったかもしれませんけどね。結婚しなかったし、子どももいない人間にとっては、家族同然に大事な存在だったのかもしれない。でも、育った子どもに頼って金をむしり取ったりするのはいかがなものかと思いますが」

れませんね」

「分かります」

「瀕死《ひんし》の子どもを助けたから、会社を徹底的に食い潰《つぶ》す権利があるとでも思ったのかもし

「瀕死？」西川は首を傾《かし》げた。「潰れかけたということですか？」

「会社を引き継いで、株式会社にしてから、極端に資金繰りが悪化した時期があったそうですよ。バブルの頃《ころ》だったし、いろいろ余計なことをしたんじゃないかな。諸橋さん自身が飛び回って資金を確保して、何とか持ち直したと聞いてます。そういうことを経験すれば、会社が自分のものだと思うようになる気持ちも分かりますけどね」

「諸橋さん、一人暮らしでしたけど、ご家族はいないんですか？」

「先々代の社長は、もう何十年も前に亡くなっています。今は、親族というと妹さんご家族ぐらいかな」

「妹さんも、KSデザインと関係していたんですか？」

「いや、まったく無関係です。私は何度かお会いしたことはありますけど」

「今はどちらに？」

「確か、埼玉《さいたま》……住所は分かりませんけど、専業主婦ですよ。でも、もう悠々自適じゃないですか？　六十歳は超えておられるはずだから」

「諸橋さんとは今でも会っているんですかね」

「どうでしょう」今住が首を傾げる。「分かりませんね。諸橋さんのプライベートな問題

は、会社が関知することではないですし」

　しかし、家族に話は聴きたい。名前さえ割り出せれば、連絡先を把握することは難しくないだろう。それを聞こうとした瞬間、牛尾が遠慮がちに口を開いた。

「あの……こちらで一番古い社員の方は、どなたですか」

「古い人間ですか？」今住が目を細める。「私ですね。うちの会社も、入れ替わりが多いですから」

「もう辞めた方でも構いません。当時の話を聴きたいんです」

「ああ、それなら――」今住がうなずき「いますよ」と言った。

「誰ですか？」牛尾が手帳を広げた。

「定年で辞めた人なんですけど、今年から再雇用――シニアスタッフという立場で働いてもらっているんです」

「どういうお仕事ですか？」

「指導役ですね。うちは今、若手がちょっとだらしなくて」今住が苦笑した。

「今、社内にいらっしゃいますか？」牛尾が前のめりに訊《たず》ねた。

「ええ。会いますか？」

「できれば」

「諸橋さんの悪口だったら、いくらでも引き出せると思いますよ。キリがなくて困るかもしれませんけど」

弘岡《ひろおか》という男は、いかにも「指導役」に相応《ふさわ》しく、きっちりしていた。少なくとも服装は。きちんとネクタイを締め、暖房の効いた社内にいるのに、スーツの上を脱いでいない。今住によると六十三歳ということだが、五十代の前半にしか見えなかった。

社長室から会議室へ移動しての事情聴取。弘岡は第一声で「社長の言うことを全部真《ま》に受けちゃいけませんよ」と忠告した。

「どういうことですか?」牛尾が訊ねる。この場の事情聴取は任せる、と西川は指示していた。

「社長は、諸橋さんに散々冷飯を食わされていたんですよ。中途入社の外様《とざま》で……気が合わなかったということもあるでしょうけどね」

「じゃあ、クーデターは、私怨《しえん》によるものだったんですか?」

「もちろんそれだけじゃないですよ。個人的な恨み辛《つら》みで社長を追い出したりしたら、それこそ問題でしょう。諸橋さんは間違いなく、会社の金を個人的に流用していた。それも大金です。だから、あのクーデターは当然と言えば当然ですよ。でも、私のように古い社員――会社が小さかった頃からここにいた人間にとっては、あのやり方にはちょっと抵抗感がありましたね」弘岡が急に声を低くした。諸橋を庇《かば》うようなことを言ったと社内で知れたら大変なことになると思っているのかもしれない。

「ワンマンだったと聞いています」牛尾が続けた。

「それは間違いないです」弘岡がうなずく。「ただ、会社をここまで大きくしたのも、諸橋さんなんです」

「昔、会社が倒産する危機があったと聞いています」

「ああ……昔も昔、三十年以上前ですよ。平成になった直後かな」

「何があったんですか？」

「私も当時はまだ入ったばかりで、実際に何があったか、詳しくは知らないんですけどね……デザイナーで、経営にはまったくタッチしていなかったですし。ただ、いい加減な投資話に引っかかったとは聞いています。あの頃、土地神話ってあったでしょう？」

「いつまでも右肩上がりで地価が上がり続ける——そんな感じですね」牛尾が応じた。

西川は密《ひそ》かに感心していた。牛尾はまだ三十三歳。当然バブルの時代は生で知らないわけで、彼にとっては「歴史」でしかないだろう。しかしちゃんと弘岡に合わせて話を転がしている。こういうのは、暇にあかせて本を読んでいないと頭に入ってこないものだ。

「何か、北海道の方の使い物にならない原野を摑《つか》まされて、そのまま何億かの負債が生じて……会社の経営が傾くぐらいだったんです。実際、給料の遅配がありましたからね」

「それは、相当まずい状況ですよね」牛尾が相槌《あいづち》を打った。

確かに……業績不振でボーナスが出ない、というのは上場企業でもあり得る話だ。しかし給料の遅配となると、さらに深刻である。

「でも、立ち直ったんですよね」

「ええ」

「何か、魔法でも使ったんですか？」

「いや、どうかな……」弘岡が首を捻《ひね》る。「上層部も知らなかったと思いますよ。社長が何とかしたらしいっていう話でしたけど、誰にも正式な説明はなかったんじゃないかな。どこか、ヤバいところから金を引っ張ってきたんじゃないかっていう噂《うわさ》もありましたけど」

「証明はされなかったんですか？」

「聞きにくいじゃないですか」弘岡が苦笑する。「でも実際、銀行とかじゃないでしょうね。原野商法に引っかかって損失が出ても、金を貸してくれる銀行はないと思いますよ」

「ですよね……でも、とにかく会社は無事に立ち直ったんですね？」

「ええ。一時は本当にヤバいと思ったんですけどね。倒産の噂も出ていたぐらいですから。社長も金策に駆け回って、一ヶ月ぐらいは血眼《ちまなこ》になってました」

「何があったんですかね」

「いやあ、それは分からないですね」弘岡が髪を撫《な》でつけた。「金のことは、社長が全部自分でやってましたから」

「会社が大事だったんですね」

「それはそうでしょう。先代から引き継いだ会社ではありますけど、自分で株式会社にして、これからという時でしたしね」

「元々金遣いは荒い人だったんですか」

「それは、まあ……」広岡がまた渋い笑みを浮かべる。「そうじゃないと、原野商法に引っかかったりしませんよ。基本的には金儲《かねもう》けが好きで、しかもギャンブラー気質だったのは間違いないです」

「それで会社の金を個人的に流用した」

「オーナー企業というのはそういうものかもしれませんけどね。株式会社といっても、株主は関係者ばかりですし」

「社長が追い出された時は……」

「私は、個人的には挨拶《あいさつ》しましたけど、何だか悟ったような感じでしたよ。自分がやっていることが、経営者として間違っていたというのは分かっていたんでしょうね。『この辺が引き際だ』と言っていました」

「その後は、会っていないんですか？」

「ええ。私も、社長とは特別に親しかったわけではないので……社長、事件に巻きこまれたんですよね？」

「そうです」

「残念ですけど、よく分かりませんね」

分からないのはこちらも同じだ、と西川は思った。しかし、諸橋は一人で会社の金を使っていたのだろうか。社内の取り巻きはいなかったのか？　そういう人間がいたら、話を聴いてみる手はあるのだが……ただ、ＫＳデザインとしては、諸橋の存在を「なかったもの」にしようとしているようだ。
どんな貢献者《こうけんしゃ》でも——創設者でさえ、悪いことをすれば存在を消される。会社という組織の怖さを、西川は味わっていた。

「今のはよかったぞ」会社を出た瞬間、西川は牛尾を褒《ほ》めた。「いい感じで話が聴けた」

「いやあ」牛尾が頭を掻《か》く。「ああいう形での事情聴取は苦手です」

「特殊班は、現場での——修羅《しゅら》場《ば》の仕事が中心だからな」

強行犯係が主に殺人・傷害事件の捜査に当たるのに対し、特殊班が扱う事件は幅広い。恐喝《きょうかつ》や航空機・列車の事故、爆破事件などもここの担当だ。牛尾はここにいたのだが、こういう事件は滅多に起きない。訓練と過去の事件のまとめで日々を過ごしていて、現場に出る機会もほとんどなかったはずだ。

「とにかく、追跡捜査係でもできるだけ勉強していってくれよ」

「はい——次、どうしますか?」

「諸橋さんの妹だな。何とか住所を割り出して、話を聴きに行こう」

「一度本部に戻りますか?」

「いや」西川はスマートフォンを取り出した。「電話でできることは電話で済ませよう。無駄な動きはしたくないんだ。取り敢えず、飯でも食おうか。その間に、話を回しておこう」

捜査は上手く転がり始めているのだろうか……まだ何とも言えない。

6

「西川がシンガポールの調査を頼んだ？」岩倉は、交通課長の報告に目を細めた。

「ああ。ただ、調査を頼んだ相手は休暇中だから、無理なお願いはできなかったと思う。それに、確実に情報が取れるとは限らない」

「いやあ、刑事は刑事ですよ」岩倉は楽天的に考えた。「答えを見つけ出すまではやってくれるんじゃないかな」

「しかし、無粋《ぶすい》な話だよな」

「そうかもしれないけど、いい想《おも》い出《で》になるでしょう。新婚旅行でも仕事をしていた――孫子の代まで自慢できますね……それで交通課の方は、今のところどうですか？」

「山梨へ行った連中の報告待ちだな。あまり期待しないで待とう」

「了解です」

刑事課からは、鮎川が現場に飛んでいる。あいつも超過勤務が続いているのだが……こういう時に必死で働くのは、悪いことではない。

さて、俺は――嶋からの連絡待ちだが、これは当てにできない。彼は夜の世界に生きる人間だから、こちらとは生活ペースが何時間もずれている。仮に何か摑んでも、連絡があるのは夜になってからだろう。ところが予想に反して、岩倉が昼食から戻って来た瞬間に、スマートフォンが鳴った。

「羽振りはよかったようですよ」

嶋がいきなり切り出した。岩倉は席を立ち、廊下に出た。他の課員の視線が気になる。

「そもそも、頻繁に日本に帰って来てたのか？」

「行ったり来たりだったようです。生活のベースはあくまでシンガポールで、年に何回か、戻って来ていたみたいですね」

「向こうで何をしていたかは分かったのか？」

「株のトレーダー。かなり上手くやってたみたいですよ」

「それで羽振りがよかったわけか」シンガポールといえば、世界の金融センターの一つだ。金が集まるところには、その匂《にお》いを嗅《か》ぎつける連中が集まって来るのだろう。

「今は、投資ファンドにも嚙《か》んでいるようですよ。アジア市場は今、成長期で、ベトナムやタイの新興企業に投資するファンドもかなりたくさんあるそうだから」

「あんたは、そういうことにも詳しいんですか」

「東経《とうけい》新聞を毎朝読んでいれば、自然に分かるようになりますよ。あと、経済誌とか」

「さすが、青年実業家は違う」

「こういうのは、必要に応じて勉強するものです」

やはりよく分からない男だ……知り合って数年になり、結構頻繁に会っているのだが、未だに本音が読めない。自分は幻を相手にしているのではないかと、不思議な気分に襲われることもしばしばだった。

「日本にも仲間がいるわけか」

「ビジネス仲間かどうかは分かりませんけど、仲がいい人間はいるようですよ」

「羽振りがいいというのは……」

「呑《の》み屋に行けば、一晩で百万使うこともあるそうで」

岩倉は口笛を吹きそうになった。バブルの頃ならともかく、今もそんな金の使い方をする人間がいるのか？　いや……決して不思議な話ではあるまい。いつの時代でも、最先端のビジネスに上手く乗っかり、あるいは器用に立ち回って、一般人には想像もできない大金を儲ける人間はいる。当然税金の心配が出てくるのだが、そういう人間に対する税理士のアドバイスは「呑んでしまえ」らしい。酒とゴルフは、接待費として認められる可能性が高いので、ただ税金で持っていかれるのが馬鹿らしいと思ったら、楽しく呑んだ方がましだ——それがビジネスにつながらなければ、経費として認められるとは思えないのだが。宮仕えの身としては、税金のことはどうにも分からない。

「今時珍しい、バブルな野郎だったわけだ」

「いつの時代にも、そういう人間はいますよ」

「日本にいる時は、どこに？　こっちにも家を持っていたんだろうか」

「ホテル住まいだったそうですよ。一ヶ月、時には二ヶ月ぐらい、ずっとホテルに宿泊していた」

「どこのホテルか分かるか？」

「定宿は、『六本木H＆R』らしいですよ」

「ああ……」

「何か変ですか？」

「そういう人間なら、外資系のクソ高いところかと思っていたんだ」六本木H＆Rは大規模なホテルだが、高級ではない。そういうことには金を使わないタイプなのだろうか。

「その辺の事情は分かりませんけど、定宿が分かっただけでもいいじゃないですか」

「そうだな。ホテルの方でも迷惑しているかもしれない。宿泊者がいきなり亡くなったんだから」

「荷物はどうするんですかねえ。一ヶ月も滞在していたら、相当な大荷物になるでしょう。家族に返さないと」

「家族については、今、シンガポールの方で調べている」

「さすが、岩倉さんだ」

「俺が調べているわけじゃない」岩倉は苦笑した。「休暇を潰されている人間がいるだけだよ」

岩倉は、安原に「宮城の滞在先が分かりそうだ」と報告してから、相馬を連れて六本木に向かった。

話は早かった。予想した通り、ホテルの方でも荷物の扱いに困っていたのである。

「シンガポールのご自宅の連絡先は把握しているんですが、何度電話しても誰も出ないんです」

宿泊担当マネージャーの石川友梨《いしかわゆり》という女性が、本当に困ったような表情を浮かべた。

「我々の方で、お手伝いができるかもしれません」岩倉は彼女にうなずきかけた。「今、シンガポールで同僚が調査しています。上手くいけば、家族と連絡が取れるでしょう。その際は、すぐにお知らせしますよ」

「本当ですか」友梨の顔がぱっと明るくなる。「こういうこと、ほとんどないですから……」

「そうですか？　宿泊客が病気で亡くなることはあるでしょう」殺されて遺体で見つかる事件も稀《まれ》にある。

「その代わりといってはなんですが、こちらの捜査にも協力してもらえませんか。部屋を見せてもらいたいんです」

「それは……ちょっと、上と相談させてもらっていいですか」

「あなたが責任者じゃないんですか」

「私は中間管理職です」友梨は腰が引けていた。

「では、ご確認を」岩倉は右手を差し出した。「私は待ちます。ここは、居心地がいいですよね」

地上十七階にあるロビー。ここから上がホテルで、十六階から下はオフィスだ。大きな窓から冬の陽光が燦々《さんさん》と入りこむ、明るい雰囲気だった。岩倉が座っているソファは程よく張りがあって、ずっと座っていても腰に痛みがくることもないだろう。受付には、外国人の姿も目立つ。服装を見た限り、観光客とビジネスマンが半々という感じだろうか。

友梨が席を外したタイミングで、岩倉は安原に電話を入れた。話したくはないのだが、部屋を正式に調べるとなると、鑑識の出動を要請する必要がある。そこは刑事課長の出番だ。

「空振りしないでしょうね」安原は慎重だった。

「入る前には、何が出てくるかは分からないさ」少し苛立《いらだ》ちを滲《にじ》ませながら岩倉は答えた。「とにかく、何かはあるはずだ。手がかりになるようなことが少しでも出てくれば、御《おん》の字《じ》ということで」

「……分かりました」

「特捜になってないんだから、この件は無事に解決すれば、南大田署単独の手柄になるよ。誰かに横取りされることもない」

「そうか――そうですな」一転して安原が明るい声を出した。安原にしても、刑事課全体の査定を上げたいだろう。「すぐに手配します」

「よろしく」岩倉は電話を切った。

「ガサですか」相馬が心配そうに訊ねた。

「ガサと言えばガサだな」

「そうですか……」

「何だよ」

「いや、こういうガサは初めてなんで」

「手袋は持ってるか」

「ええ」相馬が、バッグからラテックス製の手袋を取り出した。

「そいつをはめて、あとはとにかく観察するだけにしろ。基本的には、その場にあったらおかしいものを探すんだ」

「どういうことですか？」

「シャブの粉末が入ったビニール袋とか、拳銃《けんじゅう》とか」

「拳銃って……」相馬の顔がさっと青褪《あおざ》める。

「まあ、拳銃は出てこないだろうけど、とにかく目を見開いてよく観察しろよ。こういうのは、何回もやって慣れるしかないんだ」

たっぷり二十分ほど待たされた。いくら何でも時間がかかり過ぎ——そんなに難しい話ではないはずだと思って、岩倉は立ち上がった。フロントで電話を借りて友梨に連絡を取ろうとしたのだが、その瞬間、視界の右端に友梨の姿を捉《とら》えた。

「ご案内できます」友梨が息せき切って言った。

「大変だったんですか?」

「あまり例のないことなので……そちらの方で、シンガポールの連絡先が分かったら教えていただけるというのは、本当ですか」

「もちろんです」分かれば、の話だが。「万が一、家族と連絡が取れなかったら、荷物はどうなるんですか?」

「ホテルの内規では、一ヶ月保存して、その後廃棄になります」

「中身を確認せずに?」

「危険物があればしかるべく処分しますが、それ以外は廃棄が原則です」

もったいない……海外のブランド品の服などが入っていれば、それなりの価格で処分できるはずだ。法的に問題になるかもしれないが、警察的には文句をつけることでもない。ホテル側も迷惑を被《こうむ》っているわけだから……もちろん、何か証拠が出てくれば警察が引き取ることになる。

案内された部屋は、二十階の二〇〇五室だった。暗い廊下から部屋に入ると、途端に白い陽光に目を焼かれる。カーテンは開いたままだった。

「宮城さんがこの部屋を出た後、掃除はしていますか?」

「はい」友梨が認めた。「決まりですので」

となると、何か重要な証拠があっても消されてしまった可能性もある。岩倉は表情が渋くなるのを意識した。

「分かりました」岩倉は友梨と正面から向き合った。「立ち会いは必要ありません。部屋は狭いでしょうから、身動きが取れなくなります」

「五十五平方メートルありますが」友梨が少し怒ったように言った。

「失礼」岩倉は咳払《せきばら》いした。五十五平方メートルというと、一人暮らしの岩倉のマンションよりもずいぶん広い。

部屋に入ると、岩倉はドアの近くに立ったまま、まず室内全体を見回した。全体にはモダンな印象だが、インテリアは木を多用しており、柔らかい雰囲気もある。短い廊下の先の左側にはツインのベッド。その奥に大きなソファとローテーブルが置かれ、右側は壁に作りつけのデスク、巨大なテレビが置かれたローボードになっていた。一人で使うには十分——いや、出張でこんな広い部屋を使う意味はないだろう。ただし、宮城のように一ヶ月も滞在するとなると、狭い部屋では息が詰まるのかもしれない。

実際に部屋を調べ始める前、岩倉は手帳を開いて友梨に確認した。

「今回は、年明けの一月三日から一ヶ月の滞在予定でしたね」

「はい」

「支払いはカードで?」

「そうです」

「これまでの利用は……定期的なものではないですね」

「はい。年に一回の時もあれば二回の時もありました……滞在はだいたい一ヶ月でした」

「長期ですね。ビジネスですか」

「そういう風には聞いています」友梨がうなずいた。「詳しいことは存じ上げませんが」

「なるほど……」

岩倉は顎《あご》を一撫でして、部屋の方に意識を集中させた。

掃除を終えたからか、中は基本的に片づいている。部屋の中ほどまで歩み出ると、ローボードの前に大きなスーツケースが二つ、置いてあるのがすぐに見えた。キーを確認――きちんとロックされている。しかし、開けるのは不可能ではない。

岩倉はすぐに、クローゼットを調べた。廊下の右側にあり、金属製の長いバーには、コートが一着、それにジャケットが二枚かかっている。手袋をはめ、服を裏返して確認してみる。どれもヨーロッパ製のハイブランドのものだった。諸々《もろもろ》の状況を鑑《かんが》みると、宮城が懐《ふところ》に余裕のある人間だったのは間違いない。

コートとジャケットのポケットを全《すべ》て調べてみたが、何も入っていない。小さなタンスの引き出しを開けると、ワイシャツが五枚、クリーニングされた状態できちんと置かれている。一枚一枚順番に持ち上げてみたが、何も隠されていなかった。その脇《わき》には、セーフティボックス。岩倉はしゃがみこんだまま振り返り、友梨に声をかけた。

「セーフティボックスのマスターキーはありますか？」

友梨が無言でうなずき、岩倉の側《そば》にしゃがみこんだ。ブレザーのポケットから取り出したキーで、セーフティボックスを開ける。

空。

岩倉はつぶやいて立ち上がった。

「おかしいな」

「何がおかしいんですか？」相馬が訊ねる。

「事故に遭った時に宮城が持っていたのは、現金の入っている財布だけだった。パスポートや携帯電話はどこにある？」

「確かに……」

「宮城が、今も日本国籍を持っていて、シンガポールの永住権を取得していないことは分かっている。だったら、日本のパスポートを持っていないとおかしいだろう。そうしないと、ややこしいことになるからな」

「スーツケースの中じゃないですか？」

「旅行中に、そういうものをスーツケースに入れっぱなしにしているとは思えないんだよな。ちゃんと身につけておくか、セーフティボックスに入れて保管しておくはずだ」

「確かにそうですね」

別のアジトがあるのでは、と岩倉は想像した。ホテルは寝泊まりするだけの場所で、重要なものは他人に分からない所に保管してある可能性もある。十分金を儲けているなら、国内に不動産を持っていてもおかしくない。ただし、そういう物件を割り出すのはかなり困難だ。

「スーツケースは一時押収して調べよう。鑑識が来る前に、ここを徹底して調査だ」

「分かりました」

五十五平方メートルの部屋となるとそんなに狭いわけではないのだが、ホテルだと何かを隠そうとしても場所は限られている。結局、何も見つからなかった。パスポートもスマートフォンもなし。何かおかしい、と岩倉の考えは他のアジト説に傾き始めた。

鑑識が到着して、室内の詳細な調査を始めたので、岩倉たちは廊下に出た。外で待機していた友梨が、心配そうに訊ねる。

「どれぐらいかかりますか？」

「これぐらいの広さだと、小一時間ですね」

「そうですか」友梨が一瞬、宙を睨《にら》む。「部屋はいつから使えますか？」

「ああ……普通に貸すんですね」

「ここで事件が起きたわけではありませんから」

しかし、宿泊者は、いい気持ちはしないだろう。ホテル側は積極的には説明しないだろうが、何かのきっかけで知ったら、部屋を代えてくれと言い出すかもしれない。岩倉だったら絶対にそうする。

結局、部屋での収穫はなし。岩倉たちは押収したスーツケースを持ち帰るために、所轄からパトカーを呼んだ。転がして電車で帰ることもできるのだが、一応証拠品だから、扱いには注意だ。

署に戻り、スーツケースの鍵《かぎ》を開けにかかる。とはいっても、キーの組み合わせを試していたらキリがないので、思い切って壊してしまうことにした。

「中に遺体が入ってるってことはないですか」相馬が心配そうに言った。

「お前、趣味が悪いぞ」

「すみません……でも、この件って、ずっと変な感じじゃないですか」

「分かってるよ——よし、これでいい」

キーを壊して、ようやくスーツケースが開くようになった。刑事部屋の中央にある打ち合わせ用の大きなテーブルの上で、まずは大きい方——黒いスーツケースを開ける。

一見して、服しか入っていないようだった。部屋ではジャケット二着、コート一着、それにワイシャツが五枚見つかっていたが、滞在一ヶ月となると、それだけでは過ごせないだろう。中から出てきたのは、ワイシャツではなくもっとカジュアルなシャツが三枚、セーターが二枚、それにTシャツ……それも運動用のTシャツだった。さらにショートパンツが二枚、ランニング用のシューズも見つかった。宮城は、旅先でもジョギングなどで体を鍛えていたようだ。

「基本的に着替えしかないですね」相馬が手を止めて言った。

「中仕切りも探してみろ」岩倉は指示した。

相馬が、中仕切り兼ポケットのファスナーを開いて、中の物を全て取り出した。テーブルの空いたスペースに広げていく。旅行に必要なものを適当に突っこんだ、という感じだった。頭痛薬や胃薬、目薬。それにポルシェが表紙を飾る雑誌……パラパラとめくってみると、中身は英語である。シンガポールの自動車雑誌のようだ。

　個人の情報を窺《うかが》わせるものが何もない。

　もう一つ、少し小型のスーツケースも開けてみた。こちらの片面にはダウンジャケットが入っていて、それだけでほぼ一杯になっていた。もう片面には、ジーンズ三本、それに靴が二足。こちらは運動用ではなく、いずれもビジネスで使える革靴だった。

「やっぱり金持ちだな」岩倉はつぶやいた。

「靴ですか？　確かに高そうな靴ですね」相馬が同調する。

　一足は黒のモンクストラップ、もう一足は微妙に濃淡のある茶色のストレートチップだった。ソールの様子を見ると長い間履《は》きこまれているのは間違いないが、しっかり手入れはされている。アッパーの革には上品な鈍《にぶ》い光沢《こうたく》があった。

「ジョン・ロブだよ」中を覗《のぞ》きこんで岩倉は溜息混じりに言った。

「何すか、それ」相馬が首を傾げる。

「最高級の紳士靴。一足二十万ぐらいする」

「ゲゲ」相馬が目を見開く。「一足買ったら、給料が吹っ飛びますよ」

「お前はもっともらってるだろう」公務員の中でも、警察官の給料はかなり高いのだ。泊まり勤務などがあるせいだが、内輪では「危険手当て」と言われている。もっとも警察官が事故で死亡する確率は、タクシー運転手より低いそうだが。

「だけど、靴に二十万はあり得ませんよ。セレブ御用達《ごようたし》でしょう」

「海外だと、少し安いのかもしれないけどな」

結局、何も出てこなかった。岩倉はなおも何か隠してあるのではないかと疑い、スーツケースを頑丈なカッターで切り裂いてみた。密輸を企《くわだ》てるような人間は、バッグの底やスーツケースを二重にして、そこに何かを隠したりする。

スーツケースの残骸《ざんがい》を眺め渡しながら、岩倉は額の汗を拭《ぬぐ》った。物を調べる時には気を遣うし、ロックを壊したり、頑丈なスーツケースを切り裂いたりして、体力も使った。

刑事課の冷蔵庫から、お茶のペットボトルを取り出して――これは共有財産で、誰が飲んでもいいことになっている――一気に半分ほど飲んだ。喉《のど》の渇きが癒《い》えてから、デスクにつく。スーツケースの中から出てきたもののリストを作る。作るだけ虚しい作業だった。

手は打ってある。しかし手がかりはない……捜査にはよく、こういう「中だるみ」の状況が出てくるものだ。踊り場というべきか。階段を昇っている途中で、一休みしてしまう感じ。

ストレスが溜《た》まる。こういうことにも慣れてはいるのだが、今回は特に苛々《いらいら》が募《つの》るばかりだった。

7

東武東上線《とうぶとうじょう》上福岡《かみふくおか》駅の東口に出て、西川は寒風を突いて歩き出した。東京よりも埼玉の方が気温も低いようで、つい背中が丸まってしまう。

駅前にはこぢんまりとしたロータリーがあり、右側に商店街が広がっている。正面から続く道路を十分ほど歩くと、諸橋の妹、橋田《はしだ》恵美《めぐみ》の家にたどり着くはずだ。結婚して苗字《みょうじ》が変わり、今は没交渉だというが、兄弟仲は悪いのだろうか。同性だと、血がつながっているが故に、一度仲が悪くなると絶縁にまで至ることもあるが、異性の場合、そこまで悪くなるケースは少ない。ましてや二人だけの兄妹《きょうだい》なら……何とか事情が聴けるのではないかと西川は期待していた。

「連絡入れておかなくて、よかったですかね」牛尾が心配そうに言った。

「むしろ、事前に知らせずに話を聴きたいんだ」

「そういうものなんですか？」

「事前に通告すると、嘘《うそ》をつく必要のある人間は、上手い嘘を思いつくから」

「なるほど……」牛尾が手帳を取り出す。

「そんなことまでメモするなよ」西川は苦笑した。

「いや、勉強になります。同じ捜査一課でも、係が違うだけで仕事のやり方は全然違うんですね」

「そりゃそうだよ――だけど今は、メモするよりも、ちゃんと地図を見ておいてくれ。道に迷ったら、凍死する」

「大袈裟《おおげさ》ですよ」牛尾が笑い、手帳を背広のポケットにしまって、代わりにスマートフォンを取り出した。「しばらく真《ま》っ直《す》ぐ行くと、五叉路《ごさろ》にぶつかります。その先が福岡中央公園――その西側を通って、左折したらすぐです」

「分かった」五叉路で迷わなければ、問題ないだろう。

西川は首をすくめ、マフラーを巻き直して先を急いだ。少しでも速く歩けば、多少は体が温まるかもしれない。

中央公園は全面芝生《しばふ》張りの、小さいが綺麗《きれい》な公園だった。そこを横目で見ながら先を急ぐ。道沿いにはラーメン屋、焼肉屋などの飲食店も多いが、それぞれの店には駐車場があったりなかったり……郊外と都会の中間という感じの街だった。完全に郊外の街だと、駐車場がないと飲食店は客を呼べなくなる。

次の信号で左折すると、細い道路の両側に戸建てが建ち並ぶ典型的な住宅街になった。一分ほど歩いたところで、牛尾が「そこじゃないですかね」と声を上げた。同時に西川は、右手にある家の表札で「橋田」の名前を確認した。煉瓦塀《れんがべい》に囲まれたこぢんまりとした二階建てで、玄関脇に車が一台停《と》められるスペースがある。そこへきちんと車を駐車して乗り降りするには、かなりのテクニックが必要だろう。見上げると、二階のベランダには洗濯物……冷たい強風に煽《あお》られ、タオルがはためいていた。

「よし、行こう」西川は玄関に立ち、インタフォンのボタンを押した。しばし間があって、静かな女性の声で「はい」と返事があった。

「橋田さんですか？」

「はい」

「橋田恵美さんですね」西川は念押しした。

「そうですけど……」恵美の声に戸惑《とまど》いが滲む。

「警察です。警視庁の西川と申します」そこで言葉を切る。もしかしたら、「諸橋」という名前はマイナスのパワーワードになる可能性がある、と考えたのだ。しかし、いずれは出さないわけにはいかない。「お兄さんの諸橋さんのことでお話を伺いたいんですが」

「兄ですか……」

「実は今、事故で入院していまして、ご家族を探していたんです」

「事故？」

「交通事故です」

恵美が一瞬沈黙した。しかし結局は「すぐ出ます」と返事する。

ほどなくドアが開き、恵美が心配そうな表情を浮かべて顔を見せた。六十歳という割には若い感じだが、全体に何となく疲れているように見える。編み目の粗いオフホワイトのセーターにジーンズという格好だった。

「事故って、いつですか？」

「月曜日の夜です」バッジを示しながら西川は言った。「交通事故は交通事故なんですが、実はもう少し複雑な事情がありまして」

西川は、諸橋が拉致されたこと、その後で事故に遭ったことを説明した。恵美の顔が徐々に青褪めていく。

「あの……お上がり下さい。すみません、玄関先で」恵美がはっと気づいたように玄関先からどいた。

「よろしいですか」

「ええ」

「失礼します」

廊下は寒々としていたが、奥のリビングルームでは暖房が強く効いており、体が一瞬で解凍される。西川はかすかな獣臭《けものしゆう》に気づいた。室内で犬か猫を飼っているのだろうと想像する。

「どうぞ、お座り下さい」

恵美がソファを勧めてきた。そのまま自分はキッチンへ移動しようとしたので、西川は「お構いなく」と声をかけた。恵美が、恐る恐るソファに腰かける。西川と牛尾は彼女の向かいのソファに座った。西川はすぐに「複雑な事情」を説明した。

「兄が、何か事件に巻きこまれたんですか？」

「そういうことになります。諸橋さんは、犯人はまったく知らない人だと言っているんですが」

「それは……私にも分かりません」

「最近、諸橋さんに会いましたか？」

「いえ……兄はちょっと変わった人で……説明しにくいんですけど」

「あなたは、ＫＳデザインとはまったく関係ないんですか？」

「ありません」恵美が即座に断言した。「私は全然違う業界――広告関係の会社でちょっと働いていました。結婚して辞めて、その後はずっと専業主婦です」

「お父さんがやっている会社には入らなかったんですね」

「ええ。会社は兄が継ぐことに決まっていましたし、私は好きにしろって言われていました」

「お兄さんは、会社の方ではだいぶ苦労されたみたいですね」

「確かに大変な時期もありました」恵美が認めた。「それより容態はどうなんですか？」

「重傷ですが、命に別状はありません」

「そうですか……」恵美が肩を上下させて息を吐く。「あの、やっぱりお茶を淹れます」

「本当にお構いなく」西川はさっと頭を下げた。

「いえ、私が飲みたいんです」

「ああ……では、どうぞ」

西川がうなずきかけると、恵美がのろのろと立ち上がった。一瞬ふらついたので、西川は支えようと腰を上げかけたが、取り敢えず無事に台所に向かう。すぐに、食器を出すかちゃかちゃという軽い音、そしてポットからお湯を注ぐ音が聞こえてきた。西川は、ちらりと牛尾と視線を交わした。眉間《みけん》に皺《しわ》を寄せて、難しい表情……兄妹の関係を不審に思っているのは明らかだった。

恵美が盆に湯呑みを載せて戻って来た。震える手で湯呑みを二人の前に置き、自分は左手でお盆を抱えこみ、右手で自分の湯呑みを持ったまま座った。お茶を一口飲むと、はあ、と苦しげな息を漏らす。

「一体何があったんですか？」恵美は訊ねた。

「犯人は、その事故で死亡しています。肝心の人間から話が聴けないので、捜査が進まないんです」

「兄が助かったのは……偶然みたいなものですか？」

「そうですね。上手くシートの隙間《すきま》にはまりこんで、大きなショックは免《まぬか》れたようです。まだ入院中ですが、話はできますし、退院は遠くないと思います」

「そうですか……でも、どうして拉致なんて……」

「最近、どういう人とつき合っていたか、ご存じないですか？」彼女の質問には直接答えず、西川は続けた。

「全然知らないんです」恵美が首を横に振った。「最後に会ったのは、もう五年ぐらい前になります」

「もしかしたら、社長を辞められた時ですか？」

「はい」恵美がうなずく。「辞めたと聞いたので、びっくりして訪ねて行ったんです。会って分かったんですけど、会社を追い出されたんですね」

「クーデターのようなものだったと聞いています」西川は認めた。恵美はある程度、会社の事情を知っているだろう。さほど気を遣って話す必要はないと判断する。「会社の私物化――一種の業務上横領のようなことがあったそうですね」

「詳しいことは知りませんけど、兄は全然悪びれてませんでした。自分の会社の金を使って何が悪いのかって……個人商店だったらそうかもしれませんけど、一応、百人近く社員がいる会社ですから、そういう言い訳は許されませんよね」

「あなたは、会社側の言い分が正しいと思ったんですね」

「主人も、脱サラして会社をやっているんです。社員十人ぐらいの小さな会社ですけど」

「どんなお仕事を？」

「パソコンのデータ消去と廃棄の仕事です。大きな会社じゃないですよ？　でも、パソコンはどの会社でも使うものですから、何とか切れ目なく……もう十年になります」

「安定した仕事なんですね」

「ええ。そして普段から、『会社は社員と顧客のものだから』と言ってます。実際、自分の給料は抑えているんですよ。社員より低いぐらいなんです。それにそろそろ社長を退《しりぞ》いて、後進に会社を譲る、とも言っています」

社員十人だったら、それこそ個人商店に毛が生えたようなものだろうが……規模には関係なく、常識的、良心的な社長もいるということか。

「お兄さんは反省していなかった――相当怒ってたんじゃないですか」

「いえ、笑ってましたけどね。俺を追い出すなんて、いい度胸だなって」

一瞬、場の空気が緩んだ。西川はまだ諸橋がどういう人物なのか判断しかねていたが、基本的に豪快、あるいは無神経な人物なのかもしれない。子どものように育てた会社を奪われたというのに、ダメージゼロのような反応ではないか。逆に、クーデターのショックで精神的に参ってしまっていたかもしれない。それまで積み上げてきたものを一気に崩されると、笑うことでしか乗り切れない場合もある。

「大事に育ててきた会社なんですよね」

「危ない時もありました。若い頃……父から会社を引き継いだ頃に、倒産するかもしれなかったんです」

「原野商法に引っかかって、大変な損害が出たとか」

「はい。その頃ちょうど父は病気で倒れて、孤立無援の状態でした。古くから会社にいる人たちは冷たい目で見るし……よく乗り切ったと思います」

「どうやって乗り切ったんですかね」

「私は会社のことにはノータッチでしたから分かりませんけど、兄は基本的に、バイタリティのある人です。どんなに困っても、勢いで乗り切ってしまうようなところがありますから。子どもの頃からそうでした」

「立ち入ったことを伺いますが、兄妹仲はどうだったんですか？」

「子どもの頃は普通に仲が良かったですけど、社会に出てからはバラバラですね。頻繁に会うわけでもなかったですし。兄は、会社が全てだったんです。仕事に全力投球しなければならなくて、それ以外のことには目も向けたくなかったし、興味もなかったんでしょうね。実際、兄の方から連絡があったことは一度もありません。私は私で、子育てで大変でしたし」

「子どもさんは何人ですか？」

「三人です」恵美が指を三本立てて見せた。「それも男の子ばかり三人です」

「それは大変だ」西川はうなずいた。西川のところは一人息子だが、それでも子育てにはそれなりに苦労があった。もちろん、美也子の方がずっと大変だったはずだが。

「今は全員独立して、ようやく楽になりました。兄妹だって、それぞれ家族を持てば、そちらが大変になります」

「諸橋さんは、結婚してなかったはずですよね」

「いえ、一回、結婚したんですよ」

「そうなんですか？」これは初耳だった。「ずっと独身だったと聞いていますが」

「実質、独身みたいなものでした。結婚生活は、二年ぐらいしか続かなかったんです」

「何歳ぐらいの時ですか？」

「二十六歳の時に結婚して、二年ほどで別れました。私が言うのも何ですけど、お盛んな人ですから」恵美が苦笑した。

「離婚の原因は浮気ですか？」

「そう聞いています。私、兄の奥さんとは結構仲が良かったんですけど、あの時は鬼のように怒って、話もできないぐらいでした」

「その人の名前……連絡先は分かりますか？」

「今江《いまえ》由子《ゆうこ》さん……住所はちょっと分からないですね。しばらく年賀状のやりとりはしていたんですけど、最近はそれもないです」

「お手数ですが、昔の年賀状を確かめてもらえますか？」何かが引っかかって、西川は頼みこんだ。何十年も前に別れた人と連絡が取れても、新しい情報が出てくるとは思えなかったが、諸橋に関することなら何でも知っておきたい。

「見つかるかどうか……さすがに、何十年も前のものは捨ててますし」

「見つかれば、で構いません」

「じゃあ、後でいいですね」恵美が嫌そうに確認した。

「もちろんです。その前に、最近の諸橋さんの様子について教えて下さい」

「さっきも言いましたけど、五年も会ってないんですよ」

「電話やメールはどうですか？」

「ああ、たまには」恵美がうなずく。「話している限りは元気でしたけどね。悠々自適な感じで」

「お金に困ってませんでしたか？」

「それは……そんなに余裕はなかったと思いますけど、援助してくれなんて言われたことはないですよ」

「諸橋さんは車好き、ですよね」

「ええ」

「車を手放す商談をしていたようです」

「そうですか……でも、そうでしょうね。KSデザインを辞めてからは、仕事はなかったはずですから」

「まったく働いてなかったんですか？」

「そうだと思います。会社が全てだった人ですから」

全てを失った男。

そして狙《ねら》われた。諸橋はいったい、宮城とどういう関係だったのだろう。

「宮城という男の名前を聞いたことはありませんか？」

「いえ」恵美が静かに首を横に振った。「そういう知り合いはいません」

「諸橋さんを拉致した犯人なんです」

「全然知りません。でも、兄の交友関係についてはほとんど知らないんです。別の世界に生きている人、という感じで」

兄妹も、この年齢になるとこういう関係になるのだろうか。そう言えば美也子も、兄との関係は微妙に希薄だ。実家近くに家を構え、公務員として働く義兄は真面目《まじめ》な男だが、美也子はいつも微妙に距離を置いている。妻の見方では、兄は実母の面倒をあまり見ようとしない。それが不満なら、ちゃんと言って、場合によっては喧嘩すればいいのに、そういう正面衝突は避けている。

「よかったら、一度お見舞いに行ってくれませんか」西川は頭の中で作戦を組み立てながら提案した。「見舞いに来る人もいないようなので。肉親が会いに行けば、元気が出ると思うんです」

「かえって機嫌が悪くなるかもしれません」恵美が寂しそうに笑った。

「そう言わずに、ぜひ」

西川としては、恵美と一緒に病室に入り、諸橋の気持ちが緩んだところで厳しい質問をぶつけるつもりだった。相手を油断させて、そこにつけこむ——卑怯《ひきょう》と言えば卑怯だが、使えるものは何でも使わないと。

しかし、恵美に首肯させることはできなかった。

本部に戻ると、シンガポールからメールが届いていた。発信者は、庄田でなくさやか。西川は思わず苦笑してしまった。結婚生活でどちらが主導権を握っているか分からないが、いざ仕事となると、やはりさやかが先に立つのかもしれない。

メールを開いた瞬間、写真が目に飛びこんできて、西川は今度は本気で声を上げて笑ってしまった。笑うような絵面ではないが、何とも微笑《ほほえ》ましい……二人のツーショットだった。ビーチで、海を背景に撮った写真で、写りこんだ庄田の腕の具合から、自撮りだと分かる。庄田は白いTシャツ、さやかはノースリーブのワンピースで、二人の格好が西川には新鮮だった。仕事以外で会う機会はほぼなかったから、二人の私服姿を見るのはこれが初めてかもしれない。

写真はともかく——これはさやか流のジョークのようなものだろう——メールの内容は充実していた。旅先故、スマートフォンで打ったメールだろうが、誤字脱字もまったくない。


宮城陽介に関するご報告です。

マル対は、情報通りの住所に居住していました。当該住所のヒルビュー・アベニューは高級住宅地で、自宅は管理がしっかりしたコンドミニアムです。

管理人から話が聴けましたが、宮城は五年前からこのコンドミニアムに住んでいるそうです。購入したのか、賃貸なのかは分かりません。そこから毎日、シェントン・ウェイという場所にあるオフィスに通っています。シェントン・ウェイはシンガポールのビジネスの中心地で、東京で言えば丸《まる》の内《うち》に事務所を構えるようなものです。

仕事の内容までは分かりませんでしたが、管理人の話だと、シンガポールでは個人で株のトレーダーをしている人も多いということなので、そういう商売かもしれません。

ちなみに、コンドミニアムでは日本人女性と同居していたようですが、この女性とはまだ接触できていません。ただ、宮城が死亡したことを説明すると、管理人は女性と会えたらすぐに連絡する、と言ってくれました。その連絡を待ちながら、宮城の仕事についても調査を続行します。


おいおい、そこまで頼んでないぞ……せっかくの新婚旅行を完全にぶち壊しにするつもりはなかった。西川はスマートフォンを取り上げ、スカイプを起動してさやかに連絡を入れた。

「メール、見ました？」さやかの声は弾《はず》んでいた。仕事が上手くいった、という充実感で顔も輝いている。

「今読んだ。もう十分だよ」

「そんなこと、思ってませんよね」さやかが悪戯《いたずら》っぽく言った。「まだ不十分です。少なくとも、同居している女性とは話をしたいと思います。そうじゃないと、遺体の処理にも困るんじゃないですか」

「まあな。名前が割れれば、後はこちらで何とかするよ」

「大丈夫です。すぐ連絡が来ると思いますよ。コンドミニアムの管理人はフランクな人でしたし、本人が死んでいるので、重要な問題だということは分かってくれました」

「相手は日本人女性、と言ったな」

「ええ」

「シンガポールには、そんなに日本人が住んでいるのか？」

「厳密には分かりませんけど、明らかに旅行者ではない人も結構見かけますよ」

「なるほど……悪かったな。庄田は怒ってないか？」

「全然」さやかが平然と言った。「情けないですけど、遊び慣れてないんですよね、私たち」

「仕事している方が楽しいか」

「否定できないですね。それに、外国で捜査なんて、なかなかできないじゃないですか。勉強になりますし、いい想い出です」

「そう言われても、こっちは心苦しい限りだよ」西川は苦笑した。「俺は沖田じゃないからな。無茶はさせたくないんだ」

さやかが声を上げて笑い、「また連絡します」と言って電話を切った。

「俺のこと、何か言ったか？」隣席の沖田が怪訝《けげん》そうな口調で聞いてきた。

「何でもない。それより、こっちの調査に一枚嚙まないか？　事件は国際的になってきたぞ」

「何が国際的だよ」沖田が鼻を鳴らす。「派手な事件にばかり目を向けてると、足元の大事な事件を見逃すぞ。俺は俺の仕事をやる」

煮詰まっているな、と西川は読んだ。本来は沖田の方こそ、派手な事件をやりたがるタイプなのだ。しかし今は意地になって、自分が追う事件に固執している。まあ、意固地な人間だから仕方ないのだが……いずれにせよ、ここは西川一人で頑張るしかない。

さて、これから情報のすり合わせをしないと。あっちへ行ったりこっちへ戻ったりで落ち着かない時間が続き、書斎派の西川としては疲れる限りだが、今は気持ちは充実している。

たとえ、捜査が上手く進んでいないとしても。

8

「日本人の女、か」岩倉は顎を撫でた。無精髭《ぶしょうひげ》が指先に触れる。最近、髭の剃《そ》り方が雑になってきたというか……渡米準備で忙しい実里に会う機会が少なくなり、身の回りのことがどうでもよくなっていた。

「確認中です。現地にいる刑事は、何とか分かりそうだと言っていますけど」西川は答えた。「それで、ホテルのガサの方はどうだったんですか？」

「おかしなことに、何も出てこないんだ。俺は、どこか他にアジトがあるんじゃないかと思ってる」

「アジト？」

「奴《やつ》が相当儲けてるのは間違いない。日本で安いマンションを借りるぐらいは何でもないんじゃないかな」

「だったら、そこへ泊まればいいのに」

「相手は死んでるんだぜ」岩倉は肩をすくめた。「はっきりしたことは分からないさ」

「それと、諸橋の会社は、昔危機的な状況にあったそうです」

「昔って？」

「三十年以上前」

「それ、どこから聴いたんだ？　会社か？」

「それもありますけど、妹さんも言ってました」

こいつは、いきなり何を言い出すんだ……岩倉は眉間に皺が寄るのを感じた。そんな昔のことを調べている時間があったら、「今の」諸橋の身辺調査をしっかりやって欲しい。

「諸橋は原野商法に手を出して、億単位の損失を出したようなんです」

「三十年以上前というと、バブル全盛期か」

「そうなりますね。金儲けが好きだったのは間違いない。あるいは一攫千金《いっかくせんきん》のギャンブラーだったのか」

「それはいいけどさ……現在の事件に何か関係あるのか？」

「直接関係あるかどうかは分かりませんけど、つながりは否定できません」

「いくら何でも、そんな昔のことが事件に関係しているわけはないだろう」

「ない、と言い切る根拠は何ですか」西川がむっとして言い返した。「人間は、連続した生活を送っているんですよ。何十年も前のことにずっと影響されているものです」

「それは、追跡捜査係としての見方だろう。お前たちみたいに、古い事件ばかりひっくり返してると、考え方もカビ臭くなるんだよ」

「古い事件をひっくり返してるのは、ガンさんも同じじゃないですか」西川が反発した。

「いやいや、俺はただ趣味で研究してるだけだ。捜査はしてない。未解決事件を捜査する権利はないからな」岩倉は少しむきになって言い返した。

「今回の事件だって同じですよ。時効が成立しているから、俺たちには捜査する権利はない。あくまで『調査』です。だけどガンさんは、個人的な動機でむきになってる」

「それはそれ、これはこれだ」我ながら矛盾しているな、と岩倉は意識したが、こうなると後には引けない。「やると決まったからにはきちんとやるんだよ。お前は、上に言われたからやってるだけかもしれないが」

「公務員としては、それが当然でしょう」

「そういうだらしない態度だから、この事件の捜査は進まないんだ」

「ガンさん……言い過ぎですよ」西川が溜息をついた。「やるべきことはやってます」

「ああ、そうかい」岩倉は立ち上がった。「だったら、そっちはそっちで好きにやってくれ。俺には俺のやり方がある」

「シンガポールの情報、新しく入っても流しませんよ」

「下らないことを言うな！」

吐き捨て、岩倉は会議室を出た。唖然《あぜん》とする他の刑事たちの視線が背中に突き刺さってきたが、無視する。頭に血が昇って、これ以上冷静な話し合いができないのは分かっていた。安原が「ガンさん」と低い声で呼びかけてきたが、歩みは止めない。

一階の自動販売機で熱い缶コーヒーを買い、そのまま署の外に出る。一月の夜、空気は身を切るように冷たい。コートなしでは一分も耐えられないような陽気だったが、怒りが全身を支配しているせいか、何とか我慢できそうな気がしていた。

環八を少し京急の線路の方に歩き、ビルの谷間にある小さな公園に入った。ブランコや鉄棒などの遊具があり、昼間は子どもたちが遊んでいる姿を見かけるが、さすがに今は無人だ。

岩倉はブランコを囲む鉄柵《てっさく》に腰かけ、缶コーヒーのタブを引き上げた。ぬるい……カイロ代わりにしようとしたのが役に立たないと分かった瞬間、急に寒さが身に染みてきた。

五十を過ぎると、大抵のことには怒らなくなる。怒りが吹き上がることがあっても、簡単に抑えこめるようになるものだ。しかし今夜は、それができない。

西川のことは昔から知っていて、自分と似たようなタイプだと思っていたのだが、長く追跡捜査係にいる間に、腰が重くなってしまったのかもしれない。あの男にはあの男で独特の勘があるようで、未解決事件の資料を見ているうちに、「やれそうだ」とピンとくるものがあるのだろう。今回はそのセンサーが働かなかったのか。あるいは、純粋に興味が持てないだけなのか、上から押しつけられたのが気に食わないのか、最初からあまりやる気が見えなかった。あいつもいい歳だから、若手のように張り切って仕事をしてくれとは言わないが、あの熱のなさが、捜査の行方《ゆくえ》に微妙に嫌な雰囲気を与えている。

俺はむきになり過ぎなのか？　自分が刑事を志した事件の捜査がたまたま目の前に転がってきたから、必要以上に張り切り過ぎているのか？

クソ、こんなことじゃいけないんだが。個人的感情は、捜査の推進力になることもあるが、邪魔になる場合もある。今の俺はどうだ？

判断できなかった。判断できないということは、それだけ冷静になれていない証拠かもしれない。

実際、捜査は踊り場で止まっている。宮城が泊まっていたホテルからはろくなものが見つからず、出身地の山梨へ飛んだ鮎川たちも、手がかりを得られないまま空振りで帰って来た。両親は引っ越した後で既に亡くなり、地元に身寄りは一人もいない。実家の近所の人たち、遠い親戚まで調べ上げて事情を聞いたのだが、強盗事件を起こして以来、宮城と連絡を取っている人間は誰もいなかった。姉が一人いたそうだが、連絡先は分からない。あの一家は、故郷から完全に消えてしまったわけだ。

缶コーヒーを一気に飲み干《ほ》し、岩倉は立ち上がった。気持ちを入れ直して、とにかくきちんとやらないと。西川とも、もう一度冷静に話し合おう。

署に戻ると、西川は既に姿を消していた。

翌朝、出勤するとすぐに、交通課長に呼び止められた。

「ガンさんは、宮城に車を貸した人間には会ってないよな」

「ええ……でももう、事情聴取は終わったんでしょう？」

「ああ。でも、あんたも会ってこないか？　人が変われば話も変わるだろう」

「何か疑っているんですか？」

「はっきりおかしいわけじゃない……事情聴取の時は俺も立ち会ったんだが、とにかく慌てている様子で、話がまとまらなかったんだよ」

「車が全損して、ショックだったんじゃないですか」あのミニヴァンは、安い車ではない。

「そうかもしれないけど、どうだい？」

「まあ、いいですけどね」岩倉は耳を掻いた。

「正直、今は行き詰まりだよな」交通課長が低い声で言った。「うちとしても、こういう捜査には慣れていない。形態は単純な交通事故だから、その処理は難しくないが、その背景となると……普段、交通課が扱うような事件じゃない」

「だから刑事課も出てるんじゃないですか」

「そうだよ」交通課長がうなずく。「だからあんたが出て行っても全然おかしくない」

「……ですね」岩倉はうなずいた。

捜査が上手く進んでいない時、担当者を変えてみるのはよくある手だ。交通課長が言う通り、人が変われば話も変わる。話を聴く人、聞かれる人同士の相性というのもあるわけだし。

ちょうど昨夜、気合いを入れ直したばかりだ。ここは一つ、交通課長の誘いに乗ってみよう。


室井吾郎は、麻布十番《あざぶじゆうばん》にある洋食屋の主人だった。五十六歳。親はこの街で定食屋を経営していたのだが、室井が店を引き継いでから洋食店に衣替《ころもが》えしたのだという。麻布十番は、都心部にしては気安い、下町の雰囲気が濃い街で、ビルの一階に入っている洋食店はその空気に馴染《なじ》んでいた。

午前十時半。ランチタイムの準備で忙しい時間だが、室井は気さくに応対してくれた。

「準備は大丈夫ですか？」岩倉は四つあるテーブル席に腰かけ、カウンターの奥にある厨房《ちゆうぼう》の方を見ながら訊ねた。リズミカルな包丁の音が聞こえてくる。

「ああ、構いませんよ」室井が気楽な調子で言った。「今は、息子にかなり任せてますから」

「息子さんで三代目になるんですね」

「何とかね。孫が生まれたばかりなんだけど、上手くいけば四代続くかな」

「都心で四代も店が続いたら、すごいですね」

「おかげさまで贔屓《ひいき》にしてくれるお客さんも多いので」室井が嬉《うれ》しそうにうなずいた。

流行《はや》るのも何となく理解できる。店内は清潔で、それだけでも好感が持てた。壁に貼《は》られたメニューを見ると、ライスものに強いようだ。オムライス、チキンライス、ドライカレー、ハヤシライス……これらのメニューは黄色い短冊に描かれ、赤い枠で囲まれている。お勧《すす》め、ということだろう。ここへ来る前に調べてみたら、あるグルメサイトでは五点満点で三・九という高評価がついていた。ああいう点数があてになるかどうかは分からないが、室井が醸《かも》し出す空気感もいい。大柄ででっぷりと太って、丸顔。白い清潔なコックコートがよく似合い、いかにも美味《うま》い物を作ってくれそうだ。

「車、残念でしたね」

「保険がね……たぶん、おりないんですよ」

「家族用の保険ですか」

「そうなんです。運転していたのは家族じゃないですからねえ」室井がうなずく。「孫が生まれて家族が増えたから、大きい車を買ったんですけどね……半年前に」

「だったら、ほぼ新車じゃないですか」

「まだ二千キロしか乗ってなかったんですよ」室井が溜息をついた。

「同情します」岩倉はうなずいた。「それで、宮城さんとはどんなご関係なんですか？」

事前の事情聴取で分かっていたが、一応ゼロから始めることにした。

「お客さんですよ」室井があっさり言った。「常連というわけじゃない……いや、常連かな？　来る時は、毎日みたいに来ますからね」

「宮城さんはシンガポールに住んでいるんです」

「そうですね。本人はそう言ってました」

この話は、最初の事情聴取の時には出なかった。室井は相当慌てていたようで、ろくに供述ができなかったのは間違いないだろう。「店の客だ」とは言っていたが、それ以上の説明もなかった。

「日本には、年に何回か、帰って来るだけだったみたいです」

「そういう時に、よく来てくれました。一週間毎日、夕飯を食べに来てくれたこともありますよ」

「よほどお気に入りだったんですね」

「こういう洋食屋は、シンガポールにないんでしょう。それを言えば、洋食屋なんて日本にしかないだろうけど」

「でしょうね。懐かしの味、ということですかね」

「全メニューを制覇する、なんて仰《おつしや》ってましたよ」室井が微笑む。

「十分、常連客ですよね。親しかったんでしょう？　車を貸すぐらいだから」

「そう……そう言っていいでしょうね」

レンタカーを借りれば済む話だが、宮城がそれを避けた理由は分かる。万が一犯行が発覚した場合、借りた証拠が残るレンタカーだと、足がつきやすいからだ。そういうことを考えていたとすると――宮城は結局、犯罪者的思考から抜け出せていなかったことになる。

「大事な車なのに、ずいぶん簡単に貸したんですね」

「それはまあ……信用できる人でしたし、大事なお客さんですからね」

「どんな人だったんですか？」宮城を「信用できる」と言った時点で、岩倉は室井の観察眼を信用できなくなっていたが。

「静かなお客さんでしたよ。店に来て、ビールを一本吞んで、料理を食べて帰って行く……ぽつぽつと話をする人です」

「どうしてこの店に来るようになったんでしょうね」

「ああ、日本に帰って来た時は、六本木のホテルを定宿にしているそうなんです。ここ、六本木からも近いでしょう？」

「そうですね。いつも一人で？」

「たまに、人と一緒の時もありました」

岩倉はその情報に食いついた。テーブルに身を乗り出して「誰だか分かりますか？」と訊ねた。

「その人も元々うちのお客さんです。この辺の人ですよ」

「名前は？」

「元宮《もとみや》さん」

「男性ですか？」

「ええ」

「下の名前は？」

矢継ぎ早の質問に、室井は拳《こぶし》を顎に当てた。やがて首を捻ると「下の名前は知らないな」と言った。

「何をしてる人なんですか？」

「この近くの会社に勤めている人だと思いますけど、はっきりしたことは……三十歳ぐらいの人ですけどね」

「連絡は取れませんか？」常連と言っても、連絡先まで知っているわけではないかもしれないが。

「ええと……おーい」室井が立ち上がり、厨房に向かって声をかけた。

室井の身幅を三分の二ぐらいにした若者が、手を拭《ふ》きながら厨房から出て来た。

「何？」少し迷惑そうな表情——これが息子だろう。

「元宮さんに連絡取れないか？」

「元宮さん？　取れるよ」

「電話番号、知ってるのか？」

「いや、ツイッターのＤＭで。うちをフォローしてくれてるし」

「ああ」室井が困惑した表情を浮かべる。「何だか知らんけど、ちょっと連絡を取ってくれよ。それでうちに電話してくれるように頼んでくれ」

「いいけど……」息子の表情が微妙に変わる。室井と岩倉の顔を交互に見て、仕方なさそうにうなずいた。

「何だかねえ。息子が、ツイッターとかフェイスブックとか、訳の分からんものを始めちゃって」室井が頭を掻いた。

「今は、宣伝にはSNSも必要なんでしょう」

「そうかもしれないけど、私にはさっぱり分からない」

「右に同じくです」岩倉は微笑んだ。実際には、「SNS禁止」の命が出ているのだが。公務員、特に警察官がおかしなことをつぶやいたりすると、大問題になる。若い連中の中には、密かにやっている者もいるようだが……学生の頃から慣れ親しんでいたら、急にはやめられないのかもしれない。

店の電話が鳴った。まさか——室井が立ち上がり、カウンターの隅に置いてある電話の方へ向かった。受話器を取り上げると「ああ、どうも」と少し高い声を上げる。岩倉に向かって「OK」のサインを出して見せ、メモを取った。電話を切ると、すぐにテーブルに戻って来て、「番号、分かりましたよ」と言って殴り書きしたメモを差し出す。

「よくOKしましたね。警察だと言ったんですか？」

「ええ」室井が怪訝そうな表情を浮かべる。「何か変ですか？　警察に協力するのは普通でしょう」

全員が全員、同じようなことを考えていたら、警察の仕事は非常に楽なのに。岩倉は苦笑しながらメモを受け取った。

「ありがとうございます。今度は仕事じゃなくて、飯を食いに来ますよ」

「どうぞどうぞ。いつでも大歓迎です」室井が愛想のいい笑みを浮かべた。

こんな風に上手くいけば、仕事は半分に減るんだがな、と思いながら岩倉は店を出た。刑事の仕事は九割が無駄――本当に働き方改革が実現するのは、はるか先のことになりそうだ。あるいは永遠にこないかもしれない。


元宮知幸《ともゆき》、三十三歳。勤務先の会社は麻布十番ではなく、隣駅の赤羽橋《あかばねばし》近くにあった。とはいえ、二つの駅はそれほど離れておらず、会社から麻布十番の商店街までは、歩いて十分ほどしかかからないようだ。

会社――ウェブ系のデザイン会社だという――で会った元宮は、岩倉の疑問に笑顔で答えた。

「この辺、食事できる店があまりないんです。時間がある時は、麻布十番まで歩いて行くんですよ」

「余裕がありますね」

「社長ががばたついてもしょうがないですから」

岩倉は思わず、手元の名刺を二度見した。普段は、名刺の情報など一度見ただけで覚えてしまうのだが、今日は気持ちが急《せ》いていて、軽く一瞥《いちべつ》しただけだった。

「失礼——社長さんなら余裕がありますよね」

「実際は、そんなこともないですけど」元宮が苦笑した。「小さい会社なので、自分もしっかり働かないと回りません。名刺の肩書き、『CDO』になってるでしょう」

「そう……ですね」

「普通の会社だと、最高デジタル責任者の意味なんですけど、うちの場合は最高デザイン責任者です」

「じゃあ、自らデザインの仕事もするわけですね」

「そういうことです」

岩倉はざっと社内を見回した。四階建ての小さなビルの二階。窓が多い、明るい室内で、広々とした空間には余裕を持ってデスクが配置されている。社員は全員が大きなモニターのパソコンに向かい、作業に没頭していた。普通の会社なら、電話やファックスが鳴ったり、席で打ち合わせしていたりと、何かと騒がしいものだが、キーボードを叩《たた》く無数の音が連なるだけだった。岩倉たちは、片隅にある打ち合わせ用らしいテーブルについているのだが、誰もこちらに注目していない。

「宮城さんとは、あの店で知り合ったそうですが」

「ええ」

「客同士として、ですね」

「そうです。何度か顔を見たので、話しかけてみたら、面白い人で……シンガポールで仕事をしているそうですね」

「そのようです」

「でも、本当に亡くなったんですか?」元宮が眉をひそめる。「全然知らなかったな」

「事実です」ニュースも見ないのかと驚いたが、最近の若い人はこんなものかもしれない。

「事故なんですね」

「亡くなったのは事故が原因ですけど、彼は犯罪に関《かか》わっていました」

「ええ?」元宮が大袈裟に両手を上げた。「マジですか? 犯罪って、どういうことです?」

「詳しいことは申し上げられないんですが、今、その件を捜査しています」

「そうですか……事件に関係しているような人には見えなかったなあ」

「だったら、どんな人だったんですか?」

「さっきも言いましたけど、面白い人でしたよ。シンガポールの話は、特に面白かったです」

「何の仕事をしているかは、聞いてましたか?」

「株のトレーダーで、今はベンチャーキャピタルにも首を突っこんでいる――アジアの企業のスタートアップに投資しているそうです」

岩倉はうなずいた。この辺は、今まで集めた情報と一致する。宮城は、親しい人間には嘘はついていなかったようだ。向こうではヤバい商売には手を出していなかったのだろう。

本当にヤバいことをしていれば、自分を嘘で塗り固めるはずだ。

「時々日本に戻って来ていたみたいですね」

「ええ。でも、面倒じゃなかったのかな。今はインターネットで、世界中どこにいても仕事はできますよね？」

「ダイレクトではないけど」

「仕事をする上では、別に困らないんじゃないですか？　メールもメッセンジャーもあるし」

「まあ、そうでしょうね」岩倉はうなずいた。自分が若い頃は、海外で仕事をするのは大変なことのように思えたのだが、今はハードルがぐっと下がっているのだろう。

「意外と、日本の芸能界の事情なんかにも詳しいんですよ。生活のベースが完全に向こうに移っても、やっぱり日本のことは気になるんでしょうね」

「最後に会ったのはいつですか？」

「二週間ぐらい前かな……電話がかかってきて、日本に戻って来たから飯を食おうって誘われて」

「あの店ですか？」

「いや、その時は六本木のホテルの近くで飯を食って、ちょっと呑みました」

「何か変わった様子は？」

「特になかったですね」

うなずきながら、岩倉は攻め手を探った。元宮はよく喋っている。しかも嘘はついていないようではあるが……どうも情報の質が「軽い」。

「宮城の電話番号は分かりますか？　携帯が見つかっていないんです」

「向こうで使っている番号なら分かります。日本へ来る時は、携帯は持ってこないみたいですけどね。かけてもかかってきても、国際電話扱いになるから、料金がかかって仕方がないと」

岩倉は首を捻った。宮城の仕事の実態は分からないが、海外へ出ているからと言って、スマートフォンを持たないということがあるだろうか。今時、スマートフォンなしでは仕事にもならないはずだ。

「だいたい、ホテルから電話してきました。用事がある時はそこへ電話するように言われてましたし。日本では定宿があったんです」

「六本木H&R、ですね」

「そうです。あ、それと」ふいに思い出したように、元宮が一人うなずいた。

「何ですか」

「その後も、電話がかかってきたんだ。確か……先週の木曜日です」

「何ですって？」

「変な電話だったんですよ。俺に言われても困るっていうか……」

「どういう内容ですか」どうして勿体《もったい》ぶっているんだ、と岩倉は少しだけ苛ついた。

「『週刊ジャパン』ってあるでしょう？　そこに知り合いはいないかって」

岩倉は黙りこんだ。先週の木曜日——まさに「週刊ジャパン」の発売日だ。

「木曜日っていっても、深夜ですよ？　水曜日の深夜っていうべきか……日付が変わってすぐでした」

その時間帯に電話してきた理由は何となく分かった。「週刊ジャパン」は、首都圏では木曜日の発売になる。実際に読者が手に取れるのは、その日の朝だろう。しかし読者サービスなのか、一部記事は日付が変わると同時にサイトで公開されているはずだ。宮城はそれを読んで、何かに気づいたのかもしれない。

先週木曜日——バラバラ殺人事件の記事が載った日。

どうやら、また編集部の人間に会わねばならないようだ。これまでの経緯で、あまり上手くいかないことは分かっていたが、仕方がない。

しかし——おいおい、と岩倉は少しだけ驚いていた。まさか、あの事件と宮城につながりがあるのか？　名指しこそされていなかったが、宮城が犯人とか？

第三章　悪党

1

　午後十時。西川が自宅の書斎——階段下に作った、狭く天井が低いスペースだ——に籠《こも》って資料の整理をしていると、スマートフォンが鳴った。スカイプの着信。見ると庄田である。

「遅くにすみません」庄田がまず謝った。

「こっちこそ、いろいろ申し訳なかった」西川もついパソコンの画面に向かって頭を下げてしまった。「せっかくの新婚旅行なのに」

「いいえ」庄田が声を低くする。「新婚旅行でシンガポールは失敗だったかもしれません。あまり遊ぶところがないんですよ。ちょっと長過ぎて、だれてますし」

「まだ新婚旅行は終わってないじゃないか」この夫婦、感覚は意外に合っているのかもしれない。さやかも同じようなことを言っていた。

「そうなんですけど……」

「そもそも、シンガポールに行こうって言い出したのはどっちなんだ？」

「それは彼女が……」庄田がさらに小さな声になった。

「だから、でかい声で文句は言えないわけだ」西川は笑った。「でも、三井も――いや、君の嫁さんもシンガポールに飽き飽きしてたから、この話に乗ったんじゃないか？」

「そんなところです。それでですね、宮城がこっちでつき合っている日本人女性に話が聴けました」

「話してくれ」

西川はノートを広げ、ボールペンを構えた。

「名前は須藤《すどう》さくらさん。苗字《みようじ》は須《すべから》くの須に花の藤《ふじ》、名前の方はひらがなです。出身地は東京、年齢は四十歳、こちらにはもう十年ぐらい住んでいるそうです」

「永住権を取ったのか？」

「ええ。最初は日本の商社の駐在員として赴任してきたそうですけど、滞在が三年を超えて、独立してビジネスを始めたと」

「なるほど」

「その際、永住権を取得した方が有利だということで、そうしたようですね」

「で？　独立してビジネスって、何をやってるんだ？」

「本人曰《いわ》くですが、観光客向けのカフェとガイド、それに土産物《みやげもの》店だそうです。裏は取れていません」

「商社マンとしてシンガポールへ行った理由とはリンクしない感じだな」西川は首を捻《ひね》った。

「むしろ、シンガポールに惚《ほ》れこんだということみたいです。住むのが第一目的で、仕事は手軽にできることを選んだという話なんですけど……大変でしたよ」

「話を聴くのが？」

「正直、失敗しました」庄田が打ち明ける。「最初に、宮城が死んだことを話してしまったんです。それでパニックになってしまって」

「しばらく話ができなかったんだな？」

「ええ。かなりしっかりした人みたいなんですけど、さすがに……つき合っている人が亡くなったんだから、それはショックですよね。反省しました」

「いや、よくやってくれた」西川は逆に褒《ほ》めた。「悪い知らせを最後に持っていくのは、あまりいいやり方じゃない。重大な話は最初に打ち明けて、ある程度ショックを乗り越えてから話してもらった方がいい。それで、二人はどの程度の関係だったと考えればいい？夫婦同然か？」

「そこまではいかなかったと思います。実は彼女、二年前に母親をこちらに呼んだんですよ。父親が亡くなって、日本で一人きりになってしまったので、不安だったんでしょうね」

「よく決心したな。四十歳の人の母親というと、六十歳はとうに超えているだろう？」人間は年齢を重ねれば重ねるほど、住んでいる土地に愛着を持ち、引っ越しを嫌がるようになる。自分の義母も同じだ。

「六十八歳だそうです。ただ、昔CAをやっていたそうで——その年齢の人だとスチュワーデスさんですけど、海外にも慣れているということで、娘さんの誘いに乗ったようでした」

「じゃあ、母親と同居しながら、本人は時々宮城の家にも泊まっていた——半同棲《はんどうせい》という感じかな」

「それで正解です」

「二人は何で知り合ったのかね？　シンガポールにも日本人コミュニティがあるのか？」

「いろいろあるみたいですよ。金融系の仕事をしている人たちを中心に、在留邦人は三万六千人ぐらいいるようですから。そのうち二千五百人ぐらいが永住者です」

「なるほど」海外でも「日本人村」のような街があると聞いたことがある。例えばドイツならデュッセルドルフ。日本企業がドイツに進出する際、この街が中心になったという経緯があり、日本人向けのレストランやスーパー、不動産屋まであるという。

「情報交換会や、趣味のクラブとかいろいろあるみたいですよ。須藤さんはゴルフのクラブで知り合ったと言ってました」

「何だか呑気《のんき》な感じだな」海外在住で、優雅にゴルフをしながら知り合った、二十歳近く年下の女性と半同棲生活を送る——とても、強盗事件で実刑判決を受けて服役した人間の

「その後」とは思えない。

「それは俺《おれ》には何とも言えません」

「今回は、何のために日本に戻って来てたんだろう」

「それは、須藤さんもよく知らなかったみたいです。『仕事だ』とは聞いていたようですけど、その内容までは把握していなかったようですね」

「そんなものか？　いい加減な感じだけど」

「結婚していないと、そんなものかもしれませんよ。一緒にいるのは、週のうち半分ぐらいだそうですから」

「お前らみたいに、四六時中一緒にいるのとは違うか」

「いやあ……」庄田が何とも微妙な声を出した。照れているような、何かに困っているような。

新婚とはこういうものだろう。初めてのことばかりで、戸惑いもある。もっとも庄田は万事控えめな人間で、なかなか本音を言わない。

「よくやってくれたよ。ありがとう」西川は礼を言った。

「とんでもないです。もう少し時間があれば……それと、須藤さんは直接所轄へ連絡するそうです。自分で確認したいということでした」

「分かった」まだ連絡は入っていないはずだ。連絡があれば、自分のところにも情報が入ってくるだろう。

「あと、できるだけ早い便を摑《つか》まえて日本に戻るそうです。一応、親族みたいなものでしょう？」

「そうだな」

「その際に、接触できると思います。ああ、クソ、西川さんのことを教えるのを忘れてた」珍しく、庄田が悪態をついた。

「それは大丈夫だ。所轄に連絡してくれれば、俺にも必ず話が回ってくるから、彼女とも話せると思う」

「一応、明日も会ってみようと思うんです。ダメージが大きくて、心配なんですよ」

「そこまで面倒を見る必要はないぞ」

「いや、気になって……」

「おいおい、せっかくの新婚旅行が台無しじゃないか」西川は改めて、庄田たちに話を振ってしまったことを悔いた。あの二人なら喜びいさんでやってくれるのではないかと計算していたし、実際庄田もさやかも文句一つ言わずに動いてくれたが――やはり、もう少し気を遣ってやるべきだった。

「いや、いい想《おも》い出《で》になりました。暇だったから、これぐらいでちょうどいいです」

「しかしな……」

「こんな新婚旅行、他の人は経験できないじゃないですか。ラッキーでした。取り敢《あ》えず明日、須藤さんと会ってもう一度連絡します」

「すまん」

最後に謝って、西川は通話を終えた。その瞬間、さやかも庄田と同じように言っていた、と思い出す。この二人、やはり根っこの部分では似ているらしい。

庄田たちの尽力のおかげで、宮城に対する情報収集は一気に進んだ。今回はたまたまラッキーだったのだと自分に言い聞かせる。このレベルの事件だと海外出張が許されるかどうか微妙なところだから、二人がたまたまシンガポールにいたのは、僥倖《ぎょうこう》としか言いようがない。

これで、運を全《すべ》て使い果《は》たしてしまっていなければいいのだが。

翌朝、西川は本部へ行かず、南大田署へ出勤した。今回の捜査に関《かか》わっている刑事課と交通課のスタッフを集め、シンガポールから連絡があるはずだ、と告げて状況を説明する。今日も岩倉の姿が見えないのが気になったが……まさか、一昨日《おととい》衝突したのがきっかけになって、仕事を放《ほう》り出してしまったんじゃないだろうな？

気になって、刑事課長の安原に確認してみた。

「ああ、今日は朝から直行で人に会いに行ってますよ」

「誰《だれ》ですか？」

「確か、『週刊ジャパン』の人間だと言ってました。ガンさん、あそこにネタ元でもいるんですかね」

「知り合いぐらい、いるかもしれませんね」

いったい何の捜査をしているのだろう？　課長にも詳しいことを告げずに動いていると

は。もっとも、岩倉の秘密主義は昔からだ。

「それより、シンガポールからの電話は、誰が受けたらいい？　あそこの言葉、何語なんだ？」

「かけてくるのは、日本人です」

「ならいいけどな」

その時、会議室の一角に置かれた電話が鳴った。所轄の若手刑事、相馬が電話を取り、一瞬怪訝《けげん》そうな表情を浮かべる。しかしすぐに送話口を掌《てのひら》で押さえて、「シンガポールから電話です」と告げた。

西川はすぐに「俺が出る」と告げて、相馬のところへ向かった。椅子《いす》を引いて座り、手帳を取り出しながら電話を受け取る。一瞬、スピーカーフォンにして全員に聴かせようかと思ったが、彼女の声を聞いた瞬間、それはできないと悟《さと》った。最近は海外と電話で話していても音質はクリアなのだが、さくらの声はどこか遠くから聞こえるようで、くぐもっている。しかもノイズが多かった。

「西川と申します。うちの若い刑事がご面倒をおかけしました。申し訳ありませんでした」西川は最初に謝った。

「いえ……全然知らなかったので、知らせていただいて感謝します」さくらは一応、落ち着いていた。しかし、声に「芯《しん》」がない。がらんどう——辛《かろ》うじて残った理性で、何とか話をしているようだった。

「詳細は、二人が説明したと思いますが」

「ニュースサイトで確認しました。あの……あの人が誰かを拉致《らち》しようとしたって、本当なんですか？」

「本当です。それは確認されています」

「いったい何があったんでしょう」

「我々もそれを調べています。今のところ、被害者との関係もまったく分からないんですが」

「そうですか……すみません、ご迷惑をおかけして」

その一言で西川はほっとした。さくらはシンガポールに住んで既に長いし、永住権も取得しているのだが、まだ日本人的な控《ひか》えめさを失っていないようだ。

「取り敢えず日本へ戻ろうと思っているんです」

「そうして下さい。宮城さんは、ご家族もいないようですから」

「私が葬式を上げても大丈夫なんでしょうか」

「それは問題ないと思います」こちらとしても助かります、という言葉を西川は呑《の》みこんだ。まるで面倒なことを押しつけるようなものではないか。

「今、航空券を手配しています。でも、急には取れなくて……それに仕事の方も、片づけておかなければならないことがあるので」

「いつ頃《ごろ》戻れそうですか？」

「飛行機のキャンセル待ち次第です」

「チケットが取れたら、連絡して下さい。戻ったら、また話を聴かせていただけますか」

「はい。でも、容疑者の関係者として、ですよね」

「――そうなります」西川は低い声で認めた。「しかしこれは、重要な捜査なんです。ぜひ、ご協力下さい」

「私で分かることならお話ししますけど、彼が日本で何をしていたかは、まったく知らないんです」

「日本には別の生活があったとか？」

「それならもっと頻繁に帰っていたと思います。仕事だとは思いますが、私たち、お互いの仕事には口を出さない主義だったので」

「なるほど……ところで最近、何か変わった様子はありませんでしたか？」

「気づきませんでした。何かあったとしたら、日本で、じゃないでしょうか」

その後も話を聴き続けたが、「これは」という情報は出てこなかった。

「帰国の日程が決まったら、また連絡してもらえますか」

西川は再度頼みこんで、念のために自分のスマートフォンの番号も教えた。これは、週末も待機だな。何となくだが、それまでに事件が解決する予感はまったくなかった。

岩倉は、午前十時過ぎに署に戻って来た。西川の顔をちらりと見ただけで、真《ま》っ直《す》ぐに安原課長のところへ向かう。西川は二人のやりとりに耳を澄ませた。

「『週刊ジャパン』編集部の人間と会ってきました」

「そういう話でしたね」安原が、書類から顔を上げる。

「死んだ宮城が、先週発売の『週刊ジャパン』の記事を気にしていたようなんです」

「それで？」

「宮城は先週の木曜日、編集部に電話をかけています。例の記事——三十一年前のバラバラ殺人事件について聞きたいと、かなり切羽《せっぱ》詰まった調子で話していたそうです」

「ガンさん」西川は思わず立ち上がった。「間違いないんですか？」

「間違いない」岩倉が西川の顔を一瞥《いちべつ》して答えた。「そういう電話は、編集部にはよくかかってくるみたいだけどな。大抵が興味本位で名乗りもしないそうだが、その時宮城は、きちんと名乗った。だから、記録が残っていたんだ」

一本の電話が重大な手がかりにつながることもある。いかにも怪しい電話、悪戯《いたずら》電話のようなものなら無視してそのままだろうが、何かありそうな内容だったら記録を残しておくのは、いかにもありそうな話だ。

「ただ、あまりにも激しい勢いというか、まるで責めるような話し方だったんで、編集部の方では適当に相手をして切ってしまったんだが……それ以降、電話はない。当たり前か、死んだんだから」

岩倉の皮肉を受け止めながら、西川は想像を巡らした。宮城がバラバラ殺人事件に興味を持っていた？　意味が分からない。一つだけ共通点があるとすれば、バラバラ殺人も強盗事件も、三十一年前に発生した、ということだ。

「ガンさん、編集部はこの件を放置していたんですか？」西川は思わず訊《たず》ねた。

「ああ」岩倉がうなずく。

「宮城がバラバラ殺人に関係していたと思いますか？」

「いや」岩倉が無愛想に否定した。

西川は素早く考えを巡らせた。もしも宮城が殺人事件の犯人だとしたら……記事が出て、自分のことを指摘されていると慌てて、編集部に問い合わせた――あり得ない。編集部にはめざとい記者が揃《そろ》っているのだ。おかしな電話をしてきた人間がいれば突っこみ、厳しい取材をするだろう。そんな危険を冒《おか》してまで、わざわざ電話を入れるとは思えない。

「編集部はどういう見立てなんですか」

「あの連中の見立てなんか、当てにならないよ」岩倉が鼻を鳴らした。「宮城という名前に関しては、先週の木曜日の段階で情報があった。だけど、その後宮城が死んだこととこの件を結びつけて考えていない」

「……ですね」

「宮城の周辺捜査は急務だな」

「宮城が、シンガポールで交際していた女と接触できましたよ」

「ほう」岩倉が目を細める。

「飛行機のチケットが取れ次第、日本へ戻るそうです。戻って来たら、もう少し詳しく話が聴けるでしょう」

「そこはあまり期待しないでいこう。つき合っているからと言って、何でも知っているとは限らない」

「もうちょっと食いついて下さいよ」

岩倉が一瞬笑みを浮かべかけた。しかしすぐに表情を引き締め、「俺は、物事にあまり期待しない人間なんだ」と淡々とした口調で言った。

岩倉の報告の結果、宮城の周辺捜査にさらに人員を投入することになった。西川としては難しいところ……捜査の対象は、あくまで諸橋なのだ。

そういえば諸橋とも、しばらく会っていない。順調に快方へ向かっているというから、話はしやすくなっているだろう。今日はこれから諸橋に会ってみよう、と決めた。

諸橋は目に見えて元気になっていたが、不機嫌だった。西川が来たからではなく、そもそも入院生活が気に食わないらしい。

「いい加減、着替えたいね」西川の顔を見るなり、諸橋が文句を言った。

「入院中ですから、しょうがないでしょう」

「下着だって、ここの売店で使い捨てのやつを買うしかないんだ」

「誰か、家から着替えを持ってきてくれる人はいないんですか」

「いない」諸橋があっさり断言した。

「寝巻きかトレーナーをまとめて買ってきましょうか？　駅の近くに量販店がありますよ」

諸橋が、大きな目を見開き、西川の顔をまじまじと見た。しばし無言でそうしていたが、やがて「結構だ」と短く断った。

「もう、骨折以外は問題ないんだ。歩けるし、明日にでも退院させてもらうよ」

「大丈夫なんですか？」

「腕の骨折だけで入院してるわけにもいかないだろう」

「昔、結婚されていたそうですね」西川はいきなり一太刀《ひとたち》を浴びせた。古い話と今の事件と関係があるとは思えなかったが、何となく今回の調査では、視線が過去へ過去へと引き寄せられていく。

「それが何か？」諸橋が素《そ》っ気《け》ない口調で言った。

「二年ほどの短い結婚だったそうですが、離婚の原因は何ですか？」

「そんなこと、あんたに言う必要はない」

「そうですか？　ちょっと気になっているんですけどね」

「何が」

「あなたは昔から、いろいろ派手にやっていましたよね。女性関係も、金の関係も。その結果、社長を解任されるに至った。そういう派手な生活のせいで、誰かから恨みを買うこともあるでしょう。どこかで、宮城という人間と関わり合いを持ったことはありませんか？」

「ない」断言。この態度は、最初から一切変わっていない。

「昔の浮気が――」

その時、ドアをノックする音が響き、西川は口をつぐんだ。諸橋も黙っていたが、ほどなくドアがスライドして開き、恵美が顔を覗《のぞ》かせた。そうか、兄の見舞いに来たのか……それはいいことなのだが、事情聴取の腰を折られたのは痛い。

「兄さん」

「ああ。恵美。よく来たな」諸橋がどら声を張り上げる。「入れよ。困ってたんだ。この人がうるさくてね」

「兄さん……」恵美が困ったような表情を浮かべた。「あまりわがまま言わないで」

「わがままじゃない。この人がしつこ過ぎるんだ」

西川は立ち上がって恵美に一礼し、椅子を譲ることにした。彼女との会話が、諸橋の気持ちを解《ほぐ》してくれるかもしれない。

「どうぞ」

「すみません……兄さん、着替えを買ってきたんだけど」紙袋を掲げて見せる。

「ああ、助かるよ。独り身は、こういう時にはどうしようもないな。明日には退院させてもらうつもりだけど、助かる」諸橋が豪快な笑い声を上げたが、目は笑っていなかった。

このまま待つのは時間の無駄になりそうだ。西川は「今日はこれで失礼します」と言って病室を出た。ドアが閉まるまで、突き刺すような諸橋の視線を感じていた。

病院を出た瞬間、西川は思わず溜息《ためいき》をついた。ここまで意固地な被害者も初めてだ。どうしても、何か隠しているのではと疑ってしまう。釈然としない気持ちを抱えて歩き出した途端、スマートフォンが鳴る。今度はさやかだった。

「何か動きがあったか？」

「須藤さんからもう一度話を聴きました」

「帰国はどうなった？」

「まだチケットのキャンセル待ちです。もしかしたら、私たちと一緒になるかもしれません。そうしたら、所轄まで送っていきますよ」

「そこまで面倒を見たら、大変だぞ」今の二人の勢いだとやりかねない。

「宮城には家族がいない、という話でしたよね」

「ああ」

「見つかっていないんですか？」

「実際のところ、両親はもう亡くなっているし、つき合いのある親戚《しんせき》も見つからない。姉がいるはずなんだが、所在不明だ。実家付近でかなり入念に聞き込みをしたんだが、情報が出てこない」

「亡くなっているかもしれませんね」

「ああ。だけど、それがどうした？」

「宮城は、古いロケットを持っていたんです」

「ロケットって、あの、ペンダントみたいなものか？」

「ええ。すごく大事にしているから、何が入っているか聞いたことがあるそうなんですけど、お姉さんの写真だって」

「それは……ちょっと奇妙だな」西川は首を捻った。「家族を大事に思う気持ちは分かるけど、姉の写真を持ち歩くというのはどうだろう」

「ですよね」さやかが同意した。「よほど思い入れがあるのか……それにしても、普通じゃない気がします」

「須藤さんは、中身を見たのか？」

「いえ。それは見せたくないからって、宮城はかなりむきになって拒否したみたいです」

「そいつを探してもらえ。中身を確認して、できれば日本へ持ち帰るんだ」

「何か引っかかりますか？」

「分からない」西川は正直に認めた。「だけど家族に関しては、今のところ何の手がかりもないんだよ。写真一枚でも、ヒントにはなるかもしれない」

「分かりました。取り敢えず探してみます。何かあったらまた連絡しますから」

「頼むぞ」

二人とも頼もしい限りだが……自分で言ってみたものの、ロケットが手がかりになるかどうかは分からない。いったい何を追っていけばいいのか。未《いま》だに見えてこないのが不安でならなかった。

2

「だから、詰めが甘いんだ」岩倉は、鮎川に向かって厳しく言った。

「しかし、両親は十年前に相次《あいつ》いで亡くなっていますし、姉は所在不明なんですよ」鮎川が唇を尖《とが》らせて反論する。

「手がかりゼロのはずはない。人間が完全に痕跡《こんせき》を消すのは、まず不可能なんだから。それに、十八歳までは山梨に住んでたんだろう？　それなのに何も分からないっていうのは、当たりどころが悪いんだよ。中学校や高校時代の友だちには話を聴いたか？」

「いや、それは……」鮎川がうつむく。しかしぱっと顔を上げると「だいたい、高校を卒業したのって、もう四十年近く前ですよ？　地元に残っているならともかく、田舎《いなか》を出てしまったら、完全に切れているのが普通じゃないですか」とむきになって反論した。

「切れているにしても、どうして切れたのかを探ればいいんだ。そうしているうちに、必ず本人とつながっている人間が見つかる」

まったく、面倒臭い奴《やつ》だ……鮎川も、命じられたことはきちんとやるのだが、それ以上のことはしない。行き詰まった時に、自分の考えで別の方向へ動き出すぐらいのことはしてもいいのに。一々指示を待っていては動けないし、ただの歯車になってしまったら未来はない。

「分かった、俺が行く」

「ガンさんが？」

「お前らには任せておけない」岩倉は立ち上がった。「いい加減に、年寄りは楽にさせてくれないかな。俺がいつまでも外回りをやってるようじゃ、世代交代なんか永遠に不可能だぜ」

「……すみません」

実際には、誰かに席を譲る気などなかったが。動けるうちは動くのが岩倉の基本方針だ。さっそく安原に、これから山梨へ行きたいと上申する。

「一人で？」安原が眉《まゆ》を吊《つ》り上げる。

「まあ……」岩倉は振り返って、自席についている鮎川を見た。少し叱《しか》られただけで、すっかりしょげかえっている。「これは、若い奴の実地研修というレベルじゃないですからね」

「刑事課じゃなくて、交通課の人間を連れて行ったらどうですか。たまには目先が変わっていいかもしれませんよ」

「交通課ですか？」それは考えてもいなかった。もちろんこの事件では、交通課と協力して捜査をしているのだが、普段、刑事課と交通課が一緒に動くことはまずない。

「うちばかりが人を出して、超過勤務を増やす必要はありませんよ。私が交通課長にかけ合います」

「別に構いませんけど……」若い奴のお守りをしなければならないと考えると、少しだけうんざりする。とはいえ、一人より二人の方が、守備範囲が広くなるのは間違いない。

安原がさっそく受話器を取り上げ、電話をかけ始めた。聞いていると、先日鮎川と一緒に出張した人間を相棒に頼みこんでいるようだ。一度現場へ行って慣れている人間の方がいいだろう。安原は受話器を置くと、「現地の警察にも話をしておきます。うちの覆面パトを使って下さい」と命じた。

「了解です」岩倉は壁の時計を見た。既に昼前……山梨までは二時間ほどと見ておいた方がいいだろう。「泊まりになるかもしれませんよ」

「構いません」安原が鷹揚《おうよう》に言ったが、すぐに表情を引き締める。「ガンさん、この件、そろそろケリをつけましょう。被疑者死亡で書類送検して終わる事件なのは間違いないんだ。いつまでもこの一件に引っかかってるわけにはいきませんよ」

慎重な安原も、異動を前にしてそろそろ馬力が入り始めたようだ。被疑者死亡というのは、警察にとっては微妙な状況である。容疑を固め、検察庁に書類を送ればそれで捜査は終了。容疑者は死んでいるのだから、警察としてそれ以上のことはできない。容疑者は逃げない——だから捜査にいくら時間をかけてもいいのだが、本部はそれほど余裕を持って見てくれないだろう。安原も、どこかからプレッシャーを受けているかもしれない。

「それと、諸橋さんに対する事情聴取、西川以外の人間にやらせた方がいいかもしれません」

「彼はあてになりませんか?」安原がニヤリと笑った。「一昨日も大喧嘩《おおげんか》してましたよね」

「あれぐらいじゃ、喧嘩とは言わないでしょう。俺らが若い頃は、殴り合いも珍しくなかったじゃないですか」

「ガンさんはそうかもしれないけど、私は未経験ですよ」

西川と一緒に仕事をしていると、いつかぶつかるのではないかと懸念していた。岩倉と西川は、基本的に似たタイプである。理論派で、古い事件に並々ならぬ興味を抱いている——しかし捜査手法は微妙に違う。西川の場合は基本的に「書斎派」で、徹底的に書類を読みこむことで、文脈の裏に隠れた情報を引っ張り出す。それに対して岩倉は、「アウトドア派」だ。あくまで足を使って情報を探し、人に話を聞いて捜査を進める。そして岩倉にとって、古い事件を調べるのはあくまで「趣味」であり、それをフルタイムの仕事にしようとは思わない。だから、追跡捜査係在籍時は、かなり居心地が悪かった。書類ばかりひっくり返していて、自分の体がカビだらけになってしまったような気分だった。

性格や仕事のやり方が百八十度違っていれば、そもそも一緒に仕事ができないか、逆に互いの興味や利害が重ならないので、衝突しない。自分と西川のように、少しだけずれている人間同士の方が、何かと上手《うま》くいかないことが多いのだ。

まあ、それはそれでしょうがない。何も、人と合わせるために仕事をしているわけではないのだから。

刑事の仕事は、結果が全て。


交通課から出てきた「相棒」は、足立真奈《あだちまな》という若い女性警官だった。交通課で女性警官というと、ミニパトに乗って駐車違反の取り締まりをしているイメージがあるが、最近は交通部各課のスペシャリストとして育てようという気運も出てきている。真奈もその一環として、交番から上がってきてすぐに、交通捜査係に配属されていた。

ちなみに出身地は東京、父親は本部の交通部の現役の係長で、母親も元警察官、弟も今、警察官を目指して受験勉強中という、典型的な警察一家である。

——という事実を、岩倉は車に乗って五分で知ることになった。ハンドルを握った真奈が、ひたすら喋《しゃべ》り続けたのだ。こういうタイプは、相棒としてはよろしくない。初めて仕事をする相手に、自分のことを全て知ってもらわないと不安になるタイプだ。

「岩倉さんは、ずっと捜査一課だったんですよね？　自分で希望して所轄に異動してきたと聞きましたけど、何かあったんですか」

「気分転換だよ」岩倉は適当に答えた。このペースで、二時間ずっと話されたらたまらない。捜査の話をするならいいのだが……自分から話題を変えるのも面倒臭かった。

「でも、変な事件ですよね。シンガポールに住んでいる人間が帰国して、いきなり人を拉致するなんて……どういうことでしょう」

「それが分からないから困ってる」

「何だか、行き先が全然見えませんよね」

「この前甲府《こうふ》に行った時、どういう感じで調べた？」

「実家が分かっていましたから、基本的には近所の聞き込みです」

「場所は？」

「甲府……というか、身延《みのぶ》線の南甲府駅の近くです。商店街らしい商店街もない、典型的な住宅地ですよ」

「実家も、もう残ってないんだよな？」

「事件の後、両親が家を処分して引っ越して、今は新しい家が建っています。そこに住んでいる人にも話を聴いたんですけど、宮城の家族のことはまったく知りませんでした」

「ちょっと待て」岩倉はシートに座り直した。「両親の引っ越し先は？」

「塩山《えんざん》市です。同じ山梨の」

「なるほど……」

息子が重大な事件を起こし、後ろ指を指されるようになって、引っ越さざるを得なくなった。しかし、極端に環境を変える気にならず、何となく環境が似ている山梨県内で新しい生活を始めたということか。

「ひどかったらしいですよ。お父さん、事件が起きた時には甲府市役所の課長さんだったんですけど、近所の人には陰口《かげぐち》を言われるし、役所の中でも問題視する声が出て、結局辞表を書かざるを得なくなったそうです。あり得ないですよね」真奈が感情的にまくしたてた。

「そんなもんだよ。子どもの責任を親が取る必要はないって言うし、そんな風になるのは日本だけとも言われているけど……子どもの罪は親の責任と考える人が多いのも事実だ。で？　両親が住んでいた街には行ってみたのか？」

「いえ」急に真奈が低い声で言った。「……まずかったですかね」

「たぶん、行っても何も分からないと思う。何しろ両親は十年も前に亡くなっているんだから……いや、待てよ」

「何ですか？」自分が何か重大な証拠を見逃しているとでも思ったのか、真奈が怯《おび》えた声を出した。

「両親が住んでいたのは借家だったのか、持ち家だったのか……どっちにしろ、亡くなれば処分する必要がある。それは誰がやったんだろう。宮城がシンガポールから戻って処理した？　それとも、所在不明の姉？」

「……分かりません」

「ま、これは捜査の本筋に関係ないな」

「え？」からかわれたと思ったのか、真奈の声が急に甲高《かんだか》くなった。

「宮城が年に数回、日本に帰って来ていたのは分かっている。日本との絆《きずな》が切れたわけじゃないんだ。両親に何かあったら連絡が入るようにしていたはずだよ」

「何だ」真奈が気の抜けたような声を出した。「からかわないで下さいよ」

「いや、何も考えていなかったとしたら、それは問題だな」

「問題……」

「刑事は、いつでもあらゆる可能性を考えなくちゃいけないんだ。考えて考えて、裏取りをする必要があると思ったらすぐに動く。普段から考えていない奴は、そういうことができないんだよ」

「……分かりました」

叱責《しっせき》されたと思ったのか、真奈が黙りこんだ。これでよし。静かなドライブになるだろう。後は、甲府で捜査をどう進めていくか考えないと。宮城の過去を知る手がかりは、両親が隠れるようにして暮らしていた塩山市ではなく甲府市――彼が育った街にあるはずだ。

真奈が言っていた通り、南甲府駅の近くには、商店街らしい商店街がなかった。道路を挟んで、駅舎の向かいにはいきなり民家が建ち並んでいる。岩倉は、駅から車で二分ほどのところにある、「元・宮城の実家」の前で車を停《と》めさせた。

宮城の両親がここを離れたのは、三十年以上前である。大きな二階建ての家は、その後に建てられたのだろうが、既にそこそこ古びていた。さすがに時の流れを感じる。

「この近くに駐車場、あったかな」

「ありますよ。前に来た時にも使いました」

「そこへ車を停めておこう。後は、歩いて回る」

この時点で既に、午後二時過ぎ。四時には暗くなってくるから、それまでにできるだけ多くの家を回っておきたい。

真奈が車を入れたのは、全国どこにでもあるコイン式の駐車場ではなく、地元の人が運営しているらしい駐車場だった。屋根つきなのが珍しい。

外へ出ると、重い冷気に全身を包まれた。湿気が多いようで、雪が予感される。そういえば何年か前、山梨県は大雪に襲われ、ライフラインが途絶してしまったことがあったはずだ。岩倉は足早に歩き回りながら、古い店を探した。しかしあるのは民家ばかり……岩倉がどこへも入ろうとしないせいか、真奈が「どこへ行くんですか」と不思議そうに訊ねる。

「老舗《しにせ》」

「お店ですか？」

「昔からやっていそうな店を探してくれ。古ければ古いほどいい」

「近所じゃなくてもいいんですか？」

「学区は同じじゃないかな」

「学区？」

岩倉は何も言わず、スマートフォンを取り出した。行き当たりばったりで歩き回るのは、あまりにも効率が悪い。見ると、そこそこ大きな公園が近くにあり、その周辺に飲食店が何軒か固まっているのが分かった。店名だけではどういう料理を出すか予想もできない店があるが……「ハワイアンカフェ」「フランス家庭料理」は省《はぶ》いていい感じがした。少なくとも、優先順位は高くない。

取り敢えず、今いる場所に近いところから始めてみることにした。しかし、見た目でいかにも新しい店はパスする。この時間には開いていない店も多いし、この聞き込みはどうにも上手くいかない感じだが……質問は一つだけ。宮城の姉、佐世子《さよこ》の居場所を知らないか？

一つも答えが得られないまま五軒回り終えると、早くも疲れを感じてくる。情報を持っている人さえいれば、何時間でも話を聴けるのだが、そういう人が見つからないと徒労感が増すだけだ。六軒目の寿司屋《すしや》から出ると、真奈が手帳に何か書きつけているのに気づいた。

「メモするようなこと、あったか？」

「いえ」真奈が広げた手帳を示す。線だけで描いた地図だった。細かい字で店の名前を書きこみ、「×」と「△」をつけている。「×」は情報なし、「△」は不在で話が聴けなかったという意味だとすぐに分かる。

「それぐらい、覚えろよ」

「でも、正確を期さないと」

「一軒目から、竹屋《たけや》、甲斐《かい》のうどん屋、焼肉明洞《ミヨンドン》、定食屋の七福神《しちふくじん》、洋食のキッチンKei《ケイ》、今の寿司屋が福寿司《ふくずし》」

真奈がびっくりしたように目を見開き、「全部覚えたんですか？」と訊ねた。

「たかが六軒じゃないか」

「岩倉さんの記憶力が異常っていうの、本当だったんですね」

「変な噂《うわさ》を流さないでくれ」

岩倉としては、覚えてしまってメモを取らないのは、紙とインクの節約になる、ぐらいにしか思っていない。スマートフォンやパソコンを使わなければ、電気の節約にもなる。自分流の省エネ術だ、と最近は考えている。

ふと、近くに洋菓子店があるのに気づいた。「木村《きむら》洋菓子店」。こいつはかなりの老舗だぞ、とピンとくる。最近できた店なら、フランス語の凝った名前をつけたりするものだろう。「洋菓子店」という名前には、昭和の香りが濃厚に漂っている。

店名は古いが、店はまだ新しく清潔な感じだった。店の前にはベンチ、中に入ると、二メートルほど向こうにショーケースがあった。夕方までもう少し時間があるので、中は色取り取りのケーキで埋まっている。甘い香りが襲ってきて、岩倉は一瞬怯《ひる》んだ。基本的に、甘いものは得意ではないのだ。

外から覗きこんだ限りでは、カウンターの奥に若い店員——女子高校生のバイトかもしれない——と六十歳ぐらいの女性がいるだけだった。この二人が接客を担当し、菓子は店の奥で作っているのだろう。

「何で洋菓子店《かし》なんですか？」

真奈が首を傾げる。まだ分からないのか、と岩倉は呆《あき》れた。若い刑事と組んで仕事するのは嫌いではないし、捜査のノウハウも少しでも教えてやろうと思っているのだが、それは相手が最低限の能力を持っている時に限る。思えば、捜査一課へ異動した伊東彩香は、最初から見所があった……もっとも、真奈はこれから交通畑でキャリアを積んでいくのだろうから、刑事のノウハウは必要ないのかもしれないが。

「まあ、黙って見ておいてくれ」

岩倉は先に立って店に入った。若い店員の明るい「いらっしゃいませ」に迎えられ、小さな笑みを浮かべて答える。

「警察です」バッジを取り出し、示す。「ご主人はいらっしゃいますか？」

「はい……私です」

六十歳ぐらいの女性が、不安そうに答える。店主は中でケーキを作っているのではないかと想像していたが、予想は外れた。

「実は、昔この近くに住んでいた宮城さん——宮城佐世子さんについて調べているんですが」

「宮城……ああ」

「ご存じですか？」

「佐世子は同級生です」

大当たりだ。岩倉は振り向き、真奈に向かってうなずきかけた。真奈はびっくりしたような表情を浮かべている。岩倉が何を狙《ねら》っていたのか、ようやく気づいたようだった。

「宮城さんを探しています。連絡先をご存じないですか」

「それは……」

ふっと目を逸《そ》らされ、岩倉は微妙な違和感を覚えた。ちょっと時間をいただけないかと言うと、店の奥にあるテーブル席を指さされる。狭い店だと思っていたが、テーブル席が三つだけあって、そこでお茶も飲めるようだ。

席につくと、岩倉はすかさず名刺を渡した。向こうは名刺を渡す気がないようだったので、取り敢えず名前を訊ねる。木村聡子《さとこ》。

「ここは、ご主人の店ですか？」

「うちの父が始めた店で……主人は養子なんです」

「もう長いんですか？」

「六十年ぐらいになりますね」

当たりの確率が高まってくる。真奈が手帳を広げて、さっとボールペンを構える。

「あなたは、ずっとこちらに？」

「ええ」

「宮城さんのことは、ご存じですか？」

一瞬間が空いた後、聡子が「はい」と認めた。完全に当たりだ、と岩倉は逆に気分を引き締めた。

「高校まで一緒です。同級生でした」

「ということは、弟さんの陽介さんも知っていますか」

「あの……陽介さんは亡くなったんですよね？　事故で」

「そうです」

「その件ですか？」

「その件で、昔の話を調べているんです」岩倉はうなずいた。

「二人とはもう四十年ぐらい会ってませんよ」

「高校卒業以来、ということですか」

「ええ。二人とも東京に出て、その後はほとんどこっちへは帰って来なかったと思います」言葉を切って「帰れなかったのかな」とつけ加えた。

「弟さんの事件のことですか？」

「それもありますけど、それがなくても……」どうにも話しにくそうだった。

「木村さん、陽介さんは亡くなって、佐世子さんは所在不明です。話しても、困る人はいないと思いますが」

「でも、悪口は言いたくないじゃないですか」

「捜査のために必要なことなんです」

二人の視線がぶつかった。聡子が溜息をつき、「結局、人って変わらないんですね」と言った。

「どういう意味ですか？」

「佐世子とは仲が良かった人がいます。その人に聴いてみたらどうですか？　もしかしたら、佐世子の連絡先も知っているかもしれません」聡子が壁の時計を見上げた。「五時になれば会えますよ」


五時ちょうどに、岩倉たちは聡子が教えてくれた店の前に立った。場所は、通称「裏春日《うらかすが》」と呼ばれる一角。昔からの歓楽街で、東京で言えば歌舞伎町《かぶきちょう》辺りの雰囲気だろうか。しかし全体に古びている分、より危険な感じがした。

「ここは今、暴力団の抗争が激しいんだよな」

「そうなんですか？」ぎょっとしたのか、真奈が低い声で訊ねた。

「二年前の七月八日、ここで発砲事件があったんだ。暴力団同士の抗争で、組員が一人死んで、流れ弾に当たった市民一人が重傷を負った。山梨県警はそれ以来、この付近の取り締まりを強化しているはずだ」

「はあ……でも、どうして他県警の事件まで知ってるんですか？」

「人が殺された事件は、覚えていて当然だ」それが、暴力団同士の抗争によるものであっても。

「何か、すごいですね」

「ただの宴会芸だよ」というより、一種の癖《くせ》だ。昔の事件をペラペラと喋ってしまう——自分の記憶力を自慢しようという意図はまったくなく、何かのきっかけでいつの間にか言葉が溢《あふ》れ出してしまうのだ。

店の名前は「クール」。しかし、外見を見た限り、特にクールな感じではなかった。飲食店ばかりが入った地上二階、地下一階の建物の地下一階。営業している店は半分ほどで、酔っ払いたちの大声や歌声も聞こえてこない。さすがに午後五時は、まだ酔っ払いの天国という時間ではないのだろう。

「クール」のドアは茶色い木製で、かなり年季が入っていた。ドアを引いて中に入ると、静か——ざっと見回すと、客は一人もいなかった。

「いらっしゃいませ」

嗄《しゃが》れた声。岩倉は店内に足を踏み入れ、素早く中を確認した。カウンターには酒瓶がずらりと並び、奥にカラオケの機械がある。テーブル席は三つ。壁には、岩倉が名前も顔も知らない演歌歌手のポスターが貼《は》ってある。

「草間登美子《くさまとみこ》さんですか」

岩倉はカウンターの中にいる女性に声をかけた。一人しかいないのだが、この女性が店主の草間登美子なのは間違いない。

登美子が目を細める。六十一歳というのは既に分かっていたが、パッと見た感じでは還《かん》暦《れき》を過ぎているようには見えない。化粧《けしょう》のせいもあるのだろうか……濃紺のブラウスに大きな真珠のネックレスをつけ、髪は大きく盛り上げている。一人でこういう店を切り盛りする女性に特有の、気の強さが感じられた。

「警察です」岩倉はバッジを示した。「警視庁の岩倉です」

「ああ……さっき、電話があったわ。どうぞ」

言われるまま、岩倉と真奈は並んでカウンターに腰かけた。古いが綺麗《きれい》に磨き上げられたカウンターで、非常に清潔である。

「何か呑む?」

「いや、勤務中ですので」

断ると、登美子がつまらなそうに鼻を鳴らした。一杯呑まないと話に入れないとでも思っているのだろうか。

「宮城佐世子さんとは……」

「小学校から高校までの同級生」登美子がさらりと言った。「あのね、今さら悪い評判を集めてどうしようっていうの?」

「弟さんの宮城陽介が亡くなったのはご存じですか?」

「まあね。あの馬鹿、結局死ぬまで馬鹿だったんだ」吐き捨てるように登美子が言った。

「昔の事件の話ですか？」

「強盗なんてねえ……どうせろくな人間にならないだろうと思ってたけど、予想通りだったわね」登美子が肩をすくめる。

「高校の頃から補導歴があるのは聞いています。つまり、地元の不良だったんですね」

「そうそう」登美子がうなずいたが、言葉は続かない。「昔やんちゃしていた」のを自慢話や笑い話にしたがる人間は多いが、登美子にとってあの姉弟《きょうだい》のことは、気楽には話せないようだった。「でも、そうなるのもしょうがないわね」

「どういうことですか」

「親が」登美子が嫌そうに言った。「今で言う毒親だったのよ」

「公務員でしょう？　ちょっと考えられませんが」岩倉は首を傾げた。

「仕事なんか関係ないわよ。とにかく、厳しいというレベルを超えてたの。体罰は当たり前で、二人とも顔を腫《は》らしたり、足を引きずったりして小学校に来ることがよくあったから」

昔は――岩倉が子どもの頃は、親や教師が子どもに手を上げるのは珍しくなかった。体罰肯定《こうてい》とは言わないが、必要悪として受け入れられていた感じがする。しかし、子どもに怪我《けが》させるまでの体罰となると、当時でも犯罪として受け止められたのではないだろうか。それともこの辺では、さほど珍しいことではなかったのか。

「小学生の頃は、二人ともびくびくしていて……姉弟二人で、いつもくっついて登下校していたわ。家にいない時だけ、ほっとできていたんでしょうね。二人で何とか、親の暴力に耐えてたのよ。だから、中学校に入ると、二人ともおかしくなっちゃったんじゃない？　しょうがないわよね」

そういう事情なら……と思ったが口には出さなかった。第三者の話だから、どこまで信用していいかも分からない。しかし岩倉は、この情報を頭にインプットしておいてから、話題を変えた。

「佐世子さんとは仲が良かったんですね」

「あのね、私のことを嗅《か》ぎ回られても困るわよ」

「いや、別に嗅ぎ回ってはいませんけど」激しい態度に腰が引けたが、岩倉はすぐに事情を呑みこんだ。「あなたも、あまりお行儀《ぎょうぎ》のいい子どもじゃなかったんですね」

「警察のお世話になったことはないわよ――佐世子が庇《かば》ってくれて」

「庇った？」

「もう四十年以上前のことだから言うけど、佐世子は万引きの常習犯だったのよ。それも、佐世子一人じゃなくて、仲間が何人もいたの」

高校生の窃盗団《せっとうだん》、か。子どもの万引きはいつの時代でも問題だが、時に徒党を組んで万引きし、盗品をネットオークションなどで売り払う事件も起きている。万引きは、スリルを求める子どもがはまる罠《わな》のようなものだが、そこからはみ出して、本気で金儲《かねもう》けをしようとする子どももいる。ネットオークションなどが登場して、昔よりも盗品をさばきやすくなったという背景もある。

「あなたもそのグループに入っていたんですか？」

「まあね」登美子が煙草《たばこ》に火を点《つ》けた。天井からのスポットライトに照らされて、煙が揺れる。

「佐世子さんは逮捕されたんですか？」

「そう。でも結局、すぐに釈放されたのよ。佐世子は、私や他の子の名前も出さなかった。五人ぐらいいたんだけどね。変に律儀《りちぎ》というか、変わった子だったわ」

四十年以上前か……今なら、防犯カメラを設置している店舗も多いから、犯行現場がしっかり映ってしまうことも多い。だが四十年以上前だったら、店員がその現場を押さえないと、犯行を証明するのも難しかっただろう。警察が後から捜査に入っても、かなりハードルは高かったはずだ。

「結局佐世子は、それがきっかけになって高校を辞めちゃって、一人で東京に出て行ったのよ」

「それはいつですか？」

「二年生の夏。夏休みが終わったら、いなくなってたわ」

「その後、連絡は？」

「葉書が何回か来たわね。東京のあちこちに引っ越して、いろいろ仕事も変わったみたいだけど、佐世子のことだから大丈夫だろうと思ってたわ」

「バイタリティがある人、なんですね」

「私と同じでね」登美子の口調はどこか皮肉っぽかった。「私は十八で妊娠して、やっぱり高校を辞めて……結婚したけど二年で離婚して、その後は一人でずっと子どもを育ててきたの。この店を出したのは三十の時」

「じゃあ、もう老舗ですね」

「老舗っていうのは、こういう店に使う言葉じゃないわよ」登美子が笑い、煙草を揉《も》み消した。「佐世子も、水商売をやってたみたいね。まあ、何もない女が東京へ出て、一人で何とか稼ごうとしたら水商売が一番手っ取り早いから。でも、結婚する予定もあったみたいよ」

「いつ頃の話ですか？」

「分かんない――覚えてないわよ。年賀状に『今つき合っている人がいます』って書いてあったから、そうなんだろうと思って……あ、でも、略奪婚だったかも」

「奥さんのいる相手、ですか」

「そうそう、『離婚が成立したら晴れて結婚』なんて書いてあったのよ。佐世子にしては珍しく、ちょっと浮かれた感じが意外だったわ。あの子が男にのめりこむなんて、想像もできなかったから」

「相手が誰か、分かりますか？」

「それは知らないけど……あ、そうか。考えてみれば、あの子から年賀状が来たのって、あれが最後だったと思う。次の年に私が出した年賀状は、住所が分からなくて戻ってきちゃったし。結婚して引っ越して、もう田舎の人間とつき合う気はないのかなって、ちょっと白けたのを覚えてるわ。まあ、あの子、自分のことを少し鼻にかけるところもあったから。たぶんいい人を摑まえて、自分は田舎の友だちとはお別れ、とでも思ったんじゃない？　お店もそうだし」

「勤めていた店、ですか？」

「『花香《はなか》』って知ってる？　銀座の超名門クラブ。銀座で五十年もやっているそうだから、すごいわよね。水商売の世界では、伝説の存在よ」

「高い店なんですね？」岩倉はまったく知らなかった。安い呑み屋ならともかく、高級クラブには仕事以外では縁がない。

「でしょうね。接待専用の、お高くとまったお店じゃない？」

この「花香」には、話を聴きにいくしかないだろう。とはいえ、もう少しこちらで聞き込みを続けたい。

となると、ここは西川に動いてもらうしかないか。所轄の若手刑事では、少し心許《こころもと》ない。やはりいざという時には、ベテランの力が当てになるのだ。

3

いきなり仕事を押しつけられるとムッとする。その相手が、関係がギスギスし始めている岩倉ならばなおさらだ。

しかし――私情を殺して考えれば、これは間違いなく大きな手がかりになる。西川は、念のために麻衣を同行して銀座へ向かった。

「何で私なんですか？」麻衣が不思議そうな表情を浮かべて訊ねる。

「行き先はクラブだぜ？　そういう場所では、野郎二人よりも、女性がいた方が上手くいくことが多いんだ。それに、夜の銀座での聞き込みは、いい経験になるんじゃないか？」

「銀座のクラブなんて初めてですよ」麻衣の表情は硬かった。

「俺だって、自分の金で行くことはないさ――まあ、そんなに緊張しないで」

「はい」麻衣が大袈裟《おおげさ》に肩を上下させる。

「沖田はどうだ？」西川は、彼女の緊張を解すために話題を変えた。「出張でいいところまで行って、行き詰まったみたいだけど」

「人を探すのって難しいんですね。どこかで切れると、そこから先がなかなかつながらない……」

「そういう時は視点を変えてみるといいんだけど、沖田は融通が利かないからな」

「それは、私も何となくそう感じてました」麻衣が遠慮なしに言った。

「だったら、そう指摘すればいいんだ」

「冗談じゃないです」麻衣が思い切り首を横に振った。「考えるのと言うのは、全然別の話ですよ」

「花香」は銀座七丁目、すずらん通りにある飲食店ビルの最上階にあった。この辺りは銀座の中でも飲食店――特に呑み屋が密集している地域である。気安い店が多いのだが「花香」は違った。そもそも「花香」が入るビルそのものが、ホールやエレベーターの造りからして高級感を醸《かも》し出している。

七階でエレベーターを降りると、目の前がすぐに店になっていた。右手にレストランのようなレジがある――と思ったら、そこはただの「受付」のようだった。若く長身の黒服が背筋を伸ばして立ち、馬鹿丁寧な礼で西川たちを出迎える。

「警察です」

西川は低い声で告げてバッジを示した。穏やかな笑みを浮かべていた黒服の男が、急に真顔になる。

「こちらの経営者の方は？　今店にいますか？」

「どういったご用件でしょうか」

「古い話なんですが、確認したいことがあります。昔、ここに勤めていた人のことなんですが――店には直接関係ありません」

店に関係ないという言葉は、ある種の魔法のように効果的だと、西川には経験的に分かっている。経営者にとって何より大事なのは店を守ることで、そのためには昔の従業員を犠牲にするぐらい何でもない。

「ちょっとお待ちいただけますか」黒服は冷静さを取り戻したようで、さっと頭を下げて店の奥に消えていった。

「やっぱり緊張しますね」麻衣が小声で言った。

「大丈夫だ。何か聴きたいことが出てきたら、遠慮しないで口を挟めよ」

「分かりました」

黒服がすぐに戻って来て、「こちらへどうぞ」と先に立って歩き出す。途中、ちらりと振り返って西川たちの様子を確認する。警戒しているというより、ついてくるかどうか気にしている――やはり高級店ということで、店員の教育も行き届いているようだ。客を置き去りにするようなことはしないだろう。

店内をスルーし、一見壁の一部にしか見えない部分を黒服が押した。すぐにドアが開き、店内よりだいぶ明るい照明が漏れ出してくる。ここが事務室なのだろう。

中へ入ると、まさに事務室だった。装飾の類《たぐい》は一切なく、それこそどこかの役所のような感じ。西川たちが中に入るとすぐに、デスクについていた和服の女性がすっと立ち上がる。年齢不詳だが背が高く、化粧は完璧《かんぺき》だった。

名刺を交換する。水商売の女性がよく持っている、小さなサイズの横書きの名刺で、

「花香　和泉芳佳《いずみよしか》」という名前、それに店の電話番号とホームページアドレスが書いてあるだけのシンプルなものだった。

「どうぞ、おかけ下さい」芳佳が如才《じょさい》なく言った。「何か、お飲み物は？」

「勤務中ですので、結構です」西川は首を横に振った。

それ以上は勧めずにソファに腰かけると、名刺を見た芳佳が先に切り出した。

「捜査一課ですか……管理官の倉田《くらた》さん、ご存じですか？」

「ええ。普段は一緒に仕事をすることはないですが」いきなり同僚の名前が出てきて、西川は内心警戒した。

「ご贔屓《ひいき》していただいてます」芳佳がさっと頭を下げる。

それはちょっと奇妙……警視庁の管理官の給料で贔屓にできるような店ではないはずだ。西川は思わず「癒着《ゆちゃく》」という言葉を思い浮かべた。

「うちは、そんなに高くないんですよ」西川の疑念を読んだように、芳佳がにこやかな笑みを浮かべたまま言った。「古い店で、常連さんに支えてもらっているだけですから。よかったら、今度はお客さんとして来ていただければ」

「それはまたの機会に……今、宮城佐世子さんという女性のことを調べています」

「宮城佐世子――ああ」芳佳が納得したようにうなずく。「麗子《れいこ》さん」

「当時の源氏名《げんじな》ですか？」一発で当たりか、と驚きながら、西川は確認した。

「ええ。でも、ずいぶん昔の話ですね」

「ご存じなんですか？」

「嫌ですね、年齢が分かります」芳佳があだっぽく笑った。「何年前ですか？　三十年ぐらい前？　私がこの店に勤め始めた頃、一緒だったんですよ。佐世子さんは先輩だったんです」

「間違いないですか？」

「間違いないです。二年ぐらい、毎日顔を合わせていましたから。その頃は、うちは八丁目――新橋の近くにあって、今よりずっと小さな店でした」

「ここへ引っ越したのはその後ですか」

「十年ぐらい前ですかね。その後で、私がお店を引き継ぎました」

「こういうお店を簡単に引き継げるものなんですか？」

「私は、十年ぐらい働いて、外にお店を出したんですけど、先代がそろそろ引退したいということで、この本店を引き受けたんです」

「引き継ぎは大変なんでしょうね」

「会社組織にしたんですよ。今の銀座では、個人商店みたいな形では生き残れませんから」

「いろいろ大変なんですね……それで、佐世子さんのことなんですが」

「佐世子さん、当時店のナンバーワンだったんです。私にとっては先生でした。この世界の作法なんかをよく教えてもらったし、いい人でした」

「今は、連絡は取ってないんですか」

「取っていません」芳佳が首を横に振った。

「いつ頃からですか？」

「それこそ三十年も前……佐世子さん、お店を辞めたんですよ」

「何かあって、ですか？」

「本当はあまりよくないんですけど、お店のお客さんとそういう関係になって」

「結婚したんですか？」

「さあ……」

「結婚して辞めるなら、ちゃんと言いそうな感じがしますけどね」話しても問題はなさそうな気がする。

「相手に奥さんがいると、誰からも祝福されるわけじゃないでしょう。言いにくいことですよ」

「そういうことですか」西川はうなずいた。「佐世子さんの昔のことはご存じですか？　出身地とか」

「山梨の方と聞いてますけど、詳しいことは……」芳佳が首を傾げる。「この世界には、自分のことを詳しく喋りたがらない人も多いですから」

「佐世子さんの場合はどうだったんですか？　過去に何か重要な問題を抱えていたとか？」

「それは分かりませんけど、とにかく田舎の話はしたがりませんでしたね」

それはそうだろう。万引きで逮捕され、高校を中退し、逃げるように東京へ出てきた――誇れる過去ではない。しかし、そういう田舎の不良娘が、どうしてこんな高級店で働くようになったのだろう。もしかしたらこの仕事が水に合い、少しずつ店のレベルを上げて「花香」にたどり着いたのかもしれない。

「佐世子さんは、こちらにはどれぐらい勤めていたんですか」

「私が来た時に、丸一年ぐらいになると言ってましたから、三年ぐらいでしょうか。あの……佐世子さんがどうかしたんですか？」

「連絡を取りたいだけです。弟さんが事故で亡くなりましてね」

「弟さんがいたんですか？」芳佳が目を見開く。「全然知らなかったです」

「自分のことは、本当に何も話していなかったようですね」

「ええ」

「つき合っていた相手が誰かは分かりませんか？」西川は念押しした。

「佐世子さんははっきりしたことは言わなかったんですけど、何となく……当時常連だった社長さんだと思いますけど」

「その頃のお客さんも、経営者の方が多かったんですか？」

「そうですね」

だったら、全然気安い店ではない。彼女の言う「高くない」は、西川の感覚とは一桁《ひとけた》違っている可能性がある。

「どういう人か、思い出せませんか？」

「まだ若い社長さんで、確か、お父さんの仕事を引き継いだばかりだったと思います。私もついたことがあるので……ずいぶん勢いがいい人でしたね」

「今風で言えばイケイケですか」

「そうですね」芳佳が微笑《ほほえ》む。「たぶん、まだ二十代か、三十代になったばかりで、金離れがよかったのを覚えてます。高いお酒をどんどん入れて、他のお客さんにも奢《おご》ったりしてましたから」

「バブルの時期らしい話ですね」二世社長らしい、とも言える。

「そうですね」芳佳が苦笑した。「個人経営の会社の社長さんが、景気良くお金を使って下さったんですよ」

「名前は覚えていますか？」

「そこまでは……でも、建設関係だったと思います。違うかな？　建設関係みたいだったけど、土建屋さんとは違う――もっとスマートな感じでした」

「設計とか内装の関係ですか？」

「あ、そうですね」芳佳が右の拳《こぶし》を左の掌に打ちつけた。たぶん六十歳近い女性としては、若々しい仕草だった。「そうそう、『内装関係ですか』と聞いたら『空間デザインだ』ってむっとして訂正されて、気まずい感じになっちゃいました」

「よく覚えてますね」

「習慣です。お客様のことを覚えるのは、この商売では大事ですから」

「そうですか」

相槌《あいづち》を打ちながら、西川は嫌な予感を抱いた。ぴしりぴしりと情報がはまり始める。おいおい、これはいったい……もちろん、内装関係の仕事をしている会社はたくさんある。バブル前後だと、「空間デザイン」のように新しい言葉を使って、いかにも斬新《ざんしん》なことをやっているとアピールする会社が出てきた頃ではないか。

西川が知っているこの手の会社は、ＫＳデザインしかない。

諸橋は一時結婚していたが、愛人もいたようだ。

前に聞いた情報と、今聞いた情報が頭の中でつながる。佐世子には昔、つき合っている人物がいたらしい。その相手は結婚していたが、離婚して佐世子と結婚するつもりだった――そういうパターンは、珍しくもないだろう。しかし、こうもぴたりと合致しては……。

「ＫＳデザインという会社じゃないですか？」西川は芳佳に迫った。

「さあ……」芳佳が首を捻る。

「では、諸橋内装では？」

「ごめんなさい、そこまでは覚えていません」

「お店で、誰か分かる人はいませんか」

「ここでは私が一番古いんですよ」芳佳が穏やかな笑みを浮かべた。「当時働いていた人は、もう誰もいません」

「だったら、お店を辞めた人ではどうですか？　当時あなたたちと一緒に働いていた人で、今も連絡を取れる人はいませんか？」

　麻衣が急に突っこんだ。よしよし、と西川は内心密《ひそ》かにほくそ笑んだ。ちょうど自分が持ち出そうとしていた質問だったのだ。

「そういう人はいますけど……」芳佳が顎《あご》に人差し指を当てて、少しだけ上を向いた。

「紹介してもらえますか？」麻衣がさらに頼みこむ。

「お断りします」芳佳がピシャリと言った。「私が連絡を取れる人はいます。でも、警察の人に紹介するのは気が進みません。こういう言い方が合っているかどうかは分かりませんけど、今は素人の人ばかりですから」

「水商売をやっている人じゃないんですか」

「違います。皆、結婚して家庭に入っています。それを、昔の話であれこれ言うのはちょっと……」

「どうしても必要な情報なんです。重大な事件の捜査なんです」麻衣が頭を下げる。

「じゃあ」芳佳が一瞬言葉を切った。「私が確認して了解してもらえたら、改めてそちらへお伝えするというのはいかがでしょう」

「いいんですか？」麻衣が迫った。

「構いません。急ぎますよね」

「できれば」

「じゃあ、ちょっと頑張ってみましょう」

西川は黙って頭を下げた。芳佳は信用できそうな感じがする。それに水商売の人というのは、警察を大事にするものだ——自分に身の危険が及ばない限りは。

「ところであなた、警察の仕事に満足してますか？」芳佳がいきなり、麻衣に訊ねた。

「はい？」麻衣が驚いて、背筋をピンと伸ばした。

「あなた、可愛《かわい》いしスタイルもいいし、うちに来たら売れっ子になれるわよ。うちで仕事をしていたら、いろいろなところにコネができるし、将来自分で何か仕事をしようとする時に、絶対役に立ちます」

「いやあ……」麻衣が苦笑した。「今の仕事が好きなので」

「うちの貴重な人材をスカウトするのは遠慮してもらえますか」

西川が釘《くぎ》を刺すと、芳佳がにこりと笑う。こういう店は基本的に男の社交場だろうが、女性客が来れば、こういう風に言って持ち上げるのかもしれない。言われた方がいい気になるとは限らないが。

「それと——想像で構わないんですが」西川は切り出した。「佐世子さんは、その社長さんと結婚したと思いますか」

「分かりませんけど、私はないと思います」

「どうして？」

「勘です。こういう仕事をしていると、勘は鋭くなるんですよね」

店を出ると、銀座の夜は少しだけ賑《にぎ》わい始めていた。少し前は、夜の銀座はすっかり寂《さび》れた感じがしていたのだが、今はまた客が戻ってきたようだ。まだ景気が良い実感はないのだが、民間企業はまた別なのだろうか。

麻衣が大きく息を吐き、肩を上下させた。

「どうした？　緊張するような話じゃなかっただろう」

「スカウトされたのなんて、生まれて初めてです。あれ、冗談ですよね？」

「結構いい話かもしれないぞ」

「本気で言ってます？」

「背が高いんだから」西川は自分の頭の上で掌をひらひらさせた。「着物とかも似合うだろうし」

「背が高いのは関係ないでしょう。着物なんか、着たこともないですよ」

「何でも経験だよ。それに、警察官でいるより稼げるのは間違いない」

「冗談はやめて下さい」麻衣が急に真剣な表情になった。「一応、誇りを持って警察の仕事をしてるんです」

「悪い」西川は苦笑して頭を下げた。「お詫《わ》びに飯でも奢ろうか」

「銀座でご飯ですか？　悪いですよ」

「銀座だって、座っただけで一万円、みたいな店ばかりじゃないんだ」

西川は、記憶に頼って歩き出した。銀座の道路は綺麗に碁盤《ごばん》の目になっており、慣れない人間だと自分がどこにいるのか分からなくなってしまうのだが……確か、交詢《こうじゅん》ビルの向かいだったはずだ。

記憶にある通りだった。この辺りは高級ブランド品の店も多いのだが、その中で一軒だけ、そういう雰囲気に馴染《なじ》まない洋食店がある。赤い看板の下のショーケースには料理の見本が並んでいて、いかにも昔ながらの店という感じだった。

「銀座にもこんな店があるんですね」

「ここは美味《うま》いよ——洋食屋だけど、いいか？」

「全然ＯＫです」麻衣が嬉《うれ》しそうに言った。

この店に来るのは何年ぶりか……初めて入った時に「昭和の店だ」と思ったのだが、その印象は令和になっても変わらない。木製のテーブルと椅子が並んだ、落ち着いた雰囲気である。しかも、清潔感が漂っている。夕食の時間には少しだけ早いせいか、まだ店内は空《す》いていた。西川は以前、ランチで四人テーブルに相席になり、その四人全員が一人客だった、というのを経験している。それぐらい、この近所では人気の店なのだ。

「何が美味《おい》しいんですか？」

「何でも美味いよ」前に入った時には何を食べただろう。ハヤシライスだ、と思い出した。

「こういう店だと、ハンバーグとかオムライスが無難ですよね」

「初めてなら、そういうのがいいかもしれない」

メニューを眺め渡しているうちに、千三百円の「お好みセット」に気づいた。ハンバーグやエビフライなど七種類の料理から二種類を選べて、えらくお得な感じがする。

「俺はこれにするよ」西川はメニューを指さした。

「あ、いいですね」麻衣が顔を綻《ほころ》ばせる。「私も同じにします。ハンバーグと唐揚《からあ》げかな」

西川はつい苦笑してしまった。ごつい肉二種類を平気で頼めるのは若い証拠だろう。西川はほうれん草の卵炒《いた》めとサーモンフライにした。

注文を終えた瞬間、スマートフォンが鳴る――さやかだった。おいおい、こいつらはいったいいつ、新婚旅行らしいことをしてるんだ？　海外での「捜査」が本当に楽しいなら、こちらとしては何も言えないが。

「ちょっと出てくる」

コートを店に置いてきてしまったので、外へ出ると強烈な寒さが襲いかかってくる。首をすくめ、スーツの前をかき合わせながら、スカイプの呼び出しに出た。

「さくらさんは、土曜日に帰国できるそうです」さやかがいきなり切り出した。

「何時にどこだ？」

「朝六時二十分に羽田着です」

「早いな」思わず顔をしかめたが、これは仕方がない。こちらは待っているだけの立場なのだ。

「どうしますか？」

「こっちで迎えに行くよ」

「じゃあ、警察が迎えに行く――その後で遺体と対面、という風に伝えていいですね？」

「そうなるな」西川は一人うなずいた。「そうだ、彼女の写真が欲しい。出口で名前を書いたボードを掲げてるのはみっともないからな」

「分かりました。確認用で、写真を写させてもらいます。それと……すみません、ロケットの方ですけど、まだ見つからないんです。ぎりぎりまで探してくれると言ってくれてますけど」

「よろしく言っておいてくれ。こっちでは、宮城の姉の足取りがちょっとだけ摑めてきた」

西川は、これまで佐世子について調べた結果を簡単に説明した。

「穴が空いてますね。それもずいぶん大きな穴です」さやかが指摘する。

「そう言うなよ。何しろ話が古いんだ。三十数年前で糸が切れている」

「じゃあ、たぶんお姉さんは、遺体に会えないですね」

「そうだな……まあ、こっちは別の線でまだ頑張る。それと、君たちはもう、この辺で終わりにしておけよ。あとは新婚旅行を楽しめ」

「楽しかったですよ」さやかが快活に言った。「海外で捜査なんて、滅多に経験できないじゃないですか」

「分かるけどさ……帰って来たら奢るよ」

「家計的に助かります」

笑って、さやかが電話を切った。彼女たちは楽しかったかもしれないが、こっちは……遅々として進まない捜査に苛立《いらだ》ちが募るばかりだった。

4

「ちょっと待った」その日の夜に開かれた捜査会議で、岩倉は思わず声を張り上げた。「そいつは机上《きじょう》の空論だ。一気にその方向へ進むと、怪我するぞ」

「だから、あくまで仮定の話ですよ」西川がうんざりした口調で答える。「実際にそうかどうかは、これから調べて穴を埋めていけばいいでしょう」

「お前は、三人を一気に結びつけようとしたじゃないか」

「論理的には、無理はないと思いますが」西川が冷静な口調で言って、眼鏡《めがね》を押し上げた。

まあ……破綻《はたん》のない仮説ではある。

西川はまず、諸橋と佐世子が愛人関係にあったらしい、と切り出した。宮城は佐世子の弟だから、諸橋とも顔見知りだった可能性がある。当時何かトラブルがあって、三十年以上経《た》って宮城が諸橋を追い詰めようとした——仮定として悪くはないが、やはり穴が多過ぎる。そもそも、宮城と諸橋が三十年以上前に知り合いだったという証拠はまったくないのだ。それに、佐世子の愛人が諸橋だったと決まったわけでもない。岩倉は、ぐらぐら揺れる岩の上に立っているような気分だった。

「岩倉さん、そろそろ方針を決めて捜査を進めるべきですよ」西川は強く出た。

「しかし、想像に頼る部分が多過ぎる」岩倉としては譲れないところだった。

「分かってますけど、想像の部分がリアルだと分かれば、それで状況は固まってくるじゃないですか」

西川の言うことももっともだが……刑事の「想像」は、だいたい自分に都合のいい「想像」だ。筋が通るから、あるいはこれなら捜査がやりやすいからという筋書きが最初にできて、そこに適当に推測を当てはめてしまう。

「とにかく、空いている穴を埋めましょう。それに宮城の愛人が帰国してくれれば、もう少し状況が分かると思います」

「まあ……そうだな」岩倉は一歩引かざるを得なかった。西川の発想はかなり飛んでいるが、この男のことだから、無茶なことはしないだろう。

その時、西川のスマートフォンが鳴った。

「はい、西川です……ああ、先ほどはありがとうございました。いえ——そうなんですか？　間違いない？　いや、そうですね……確かに証明はできないですよね。でも、証言としては重要です。その方の連絡先を教えてくれるつもりは——ええ、そうですね。そういう約束でした」

電話を切り、西川がにやりと笑った。

「確定ではないですが、宮城佐世子さんの愛人が諸橋だという確率がさらに高くなりましたよ」

「そうか」岩倉は溜息をついた。「諸橋はもう、退院したんだろう？」

「今日はまだ入院していました。ただ、明日退院すると強く言っていましたよ」

「退院してきたら、もう少し詰めたいな。今のところ、証言は一つだけだろう？」

「ええ。でも、諸橋は高飛びする可能性もありますよ。怪我はしてますけど、足が動かないわけじゃないんだから」

「どうして高飛びするんだ？」

訊ねてみたが、西川は何も答えなかった。しかし、西川は自分と同じことを考えているのではないかと岩倉は想像した。


土曜日の早朝、岩倉はあくびを嚙《か》み殺しながら、羽田空港の国際線到着ロビーで待機していた。自宅から羽田空港まで近いから、出迎え役を買って出たのだ。相棒は、署の上の独身寮に住んでいる相馬。文句は言わないものの、暗い顔を見れば、この仕事を鬱陶《うっとう》しく思っているのはすぐに分かる。

シンガポールからの直行便の到着は遅れていた。午前六時二十分の予定が、三十分遅延。分かっていれば、もう少し眠れたのだが……無事に到着したら、まだ監察医務院に安置されている遺体を確認し、その後で話を聴くことになっている。監察医務院も土曜日は休みなのだが、今日は特別に対応してもらうことにしていた。

到着したが、須藤さくらはなかなか出てこない。シンガポールの永住権を取得したとなったら、日本のパスポートなどはどうなっているのだろう。「外国人が日本に入国する」となると、かなり時間がかかるはずだ。

結局、さくらが出て来たのはさらに三十分後、午前七時二十分だった。西川が、現地にいるかつての部下に入手させたという写真とすぐに一致する。身長百六十五センチぐらい。黒いカットソーに黒いパンツという格好で、ベージュ色のコートを腕にかけ、小型のスーツケースを引いていた。岩倉が気づくと同時に、向こうも顔を上げる。

岩倉は一歩進み出て、「須藤さんですか」と訊ねた。

「須藤です」さくらが歩みを止めて頭を下げた。しかしすぐに歩き出す。「宮城にはどこで会えるんですか？」

「これからお連れしますが、ちょっと遠いんです」文京区《ぶんきょう》――駅で言えば丸ノ内線新大塚《しんおおつか》駅の近くだ。土曜日の朝だから、空いているはずの首都高を走り、車で四十分ほどだろう。

運転を相馬に任せ、岩倉はさくらと一緒に覆面パトカーの後部座席に座った。さくらは、膝《ひざ》に乗せた大きなトートバッグの持ち手をきつく摑んでいる。

「大変でしたね。簡単に帰国もできないで」岩倉は切り出した。

「仕方ないんですけど、辛《つら》かったです」

「これからもう少し頑張ってもらわないといけないんですけど……大丈夫ですか？」

「着くまで少し寝ていいですか？　深夜便は、あまり寝られないんですよ」

「そうでしょうね。少しでも休んで下さい」

ちらりと見ると、さくらは早くも目をつぶっていた。深夜にシンガポールを出て早朝羽田に着く便だと、確かに眠れないだろう。しかもあれこれ悩んで、神経もピリピリしている。慣れない覆面パトカーの後部座席だとさらに眠れないのではないかと心配したが、さやかはほどなく軽い寝息を立て始めた。

「相馬」

「はい」ハンドルを握る相馬が、低い声で反応した。

「あまり飛ばさないで、ゆっくりいこう」

「了解です」

とはいっても、首都高を走っているからマイペースとはいかない。結局予想通り、羽田空港を出て四十分で監察医務院に着いてしまった。目覚めたさくらは、異様に緊張している。その彼女を勇気づけ、何とか遺体と対面させた。さくらの顔面が、まるで血を抜かれたように蒼白《そうはく》になったが、何とか遺体が宮城だと確認できた。

ふらふらになったさくらを、またパトカーに連れて行く。

「この後、詳しく話を聴かせていただきます。葬儀の方については別途相談になりますが、こちらでも力になりますので」

「……すみません」

「どこかで食事でもしていきますか？　機内食で済まされました？」

「食べてませんけど、今は大丈夫です。食事をする気分じゃありません」

「では、このまま署に向かいます。それと、こちらではどこに宿泊予定ですか」

「まだ決めていませんが、どこかのホテルに泊まると思います」

「分かりました」母親もシンガポール在住だというから、もう日本の実家は処分してしまったのかもしれない。「都内にいますね？」

「そのつもりです」

「ホテルが決まったら教えて下さい。署まで少し時間がかかりますから、寝ていていただいて結構です」

「眠れれば……」

結局彼女は、署へ向かう覆面パトカーの中では一睡もできなかったようだ。遺体を確認したからと言って緊張が解けたわけでもないだろう。むしろ事故で死亡し、その後解剖《かいぼう》された遺体を見たことで、不快感を抱いたかもしれない。

署へ着くと、会議室で西川が待っていた。今日、出て来るとは聞いていないのだが……岩倉が眉を吊り上げると、西川は黙ってうなずいた。それから、さくらに挨拶《あいさつ》する。

「電話でお話しした西川です。うちの庄田たちがお世話になりました」

「いえ」

「いろいろご迷惑をおかけしたと思います」

「とんでもないです」さくらがぎこちない笑みを浮かべた。「新婚旅行中だったんですよね？　そんな時に仕事なんて……」

「私が無理に頼んだんです。どうぞ、お座り下さい」

西川があっさり主導権を握ってしまったことに、何となく苛つく。ここまで面倒を見てきたのは自分なのだが……まあ、仕方がない。先にさくらと話したのは西川だ。

西川はさくらにペットボトルのお茶を勧めた。食欲はないと言っていたさくらだが、お茶は素直に飲んだ。一口飲んでしばらく目を瞑《つむ》っていたが、ほどなく目を開けると、もう一口、今度は少し多めに飲んだ。

「この度は、ご愁傷《しゅうしょう》さまでした」西川が深々と頭を下げる。「大変だったと思います。しかし我々は、今回の事件をきちんと捜査しないといけません」

「はい」

「宮城さんが、今回どうして帰国していたかは、ご存じないんですね」

「前も申し上げましたけど、分からないんです。お互いに、仕事のことには口出ししないようにしていたので」

「宮城さんが、三十一年前に強盗事件を起こしたのはご存じですか？」西川がいきなり核心に迫る。

「聞いています」さくらが小声で答えた。

「それを承知でつき合っていたんですか？」

「昔の話じゃないですか。罪を償《つぐな》ったんですから、それを責めるのはおかしいと思います」さくらが軽く抗議する。

「宮城さんは、どうしてシンガポールに来たんでしょうね？　日本に居辛くなったからでしょうか」

「はい」さくらがあっさり認めた。「それは言ってました。日本にいると、まともに仕事もできないから、思い切って日本を捨てることにしたって。でも、誰かの恨みを言うことはありませんでした。悪いのはあくまで自分だと分かっていたんです」

「最初は、トレーダーの仕事をしていたと聞いています。でも彼は、日本で逮捕されるまで、そういう仕事には縁がなかった。しかも長い間服役して、世間の流れからも取り残されていたはずです。そういう人がいきなり日本を出てシンガポールに移住するというのは、かなり大胆というか――無謀な行動に思えますが」西川が指摘する。

「でも実際、トレーダーとしてはかなり頑張ったんです。一財産は言い過ぎかもしれませんけど、ちゃんと家も買って、まともな生活をしていました。最近はベンチャーキャピタルに出資していたんですけど、仕事は基本的に会社のパートナーの人に任せきりで、ゴルフ三昧《ざんまい》でした」

「トレーダーを始めるにしても、資金が必要だったはずです。そもそもシンガポールに移住するのに、資金ゼロでは無理でしょう。刑務所を出所した人が、いきなり海外へ出るというのは、かなり不自然な感じがします」

「その辺は、昔のことなので、よく知りません。私が宮城と知り合ったのは、五年前ですから」

「それ以前のことは、あまり話題にしなかったんですね」

「彼もあまり話したがらなかったですし、聞かない方が上手くいくことも多いでしょう?」

西川が無言でうなずいた。何となくまどろっこしくなって、岩倉は話に割って入った。

「強盗で奪った金を、海外へ移住するのに使ったんじゃないですか?」

「ガンさん」

西川が忠告を飛ばしたが、無視して続ける。

「宮城さんが金を持っていたとしたら、それぐらいしか考えられないんですよ。こんなことを聞いたら気分が悪いかもしれませんが、宮城さんはどうしようもない人だったんです。いわゆる田舎の不良で、高校を卒業しても地元では就職先が見つからず、東京へ出た。その後は、いろいろな職業を転々としています」

この辺は、地元での徹底的な聞き込みで明らかになった部分だった。最初に現場へ向かった真奈たちは、単に宮城の実家近くに住む人たちに話を聴いただけである。十八歳で地元を離れた人の過去を知るためには、やはり中学、高校の同級生に当たるのが正解だった。関係が切れてしまっていても、過去に何をしていたか、どういう若者だったかは分かるし、運がよければ今でもつながっている人にぶつかる。もっとも今回は、宮城と連絡を取っている人とは出会わなかったが。

「昔の話については、ほとんど聞いていないんです。私に対しては優しい人でしたから。海外で暮らしていると、いろいろ大変なんです。困った時に助けてくれたのが、宮城さんでした」

恋は盲目というが、宮城とさくらは年齢が二十歳近くも違う。海外の特殊な状況では、年齢差も関係なくなってしまうのだろうか。しかし考えてみれば、自分と実里もちょうど二十歳違いだ。世間的には、こういう年の離れたカップルも、それほど珍しくないのかもしれない。

「須藤さん、ロケットは見つかりましたか」西川が割りこんだ。

「はい、これです」さくらがトートバッグに手を突っこみ、ハンカチを取り出した。広げると、シルバーのロケットが出てくる。シンプルな円形で、ブランド名などが分かる刻印はない。長年身につけていたもののようで、少し黒ずんでいた。それだけ愛着のあるものなのだろうが、男でロケットを持っているのは少し変だな、と岩倉は首を傾げた。こういうのはだいたい、女性が持つイメージがある。

西川が手袋をはめ、ロケットの蓋《ふた》を開けた。古くなってはいるが開閉はスムーズで、小さく「パチン」と音がした後、中の写真が見えた。カラー写真だが、セピア色に変色しつつある。しかも、小さいロケットの中に入っているものなので、当然サイズも極小だ。卒業アルバムの集合写真から、一人の顔写真だけ切り取ったような感じである。最近視力が落ちてきた岩倉の目にはきつい。辛うじて女性だと分かるぐらいだった。

「どうだ？」西川に訊ねる。眼鏡がある分、彼の方が視力はましな気がする。

「若い女性――何十年か前の若い女性ですね」

「宮城佐世子さんか？」

「どうですかね」西川も自信なげだった。

岩倉はスマートフォンを取り出し、卒業アルバム――佐世子は中退してしまったから中学の時のものだった――から接写してきた佐世子の写真を表示させた。西川に両方見てもらったが、彼も腕組みして、二枚の写真を交互に見比べるだけだった。

「断定できません」西川が申し訳なさそうに言った。

「分かった」

岩倉はロケットを明るい窓際へ持って行った。中の写真をスマートフォンで撮影し、パソコンに取りこんで色調補正をする。それでだいぶくっきり見えるようになったが、まだ十分ではない。岩倉は修正した写真を、「木村洋菓子店」の木村聡子、それに「クール」の草間登美子にメールで送った。この写真の佐世子は、おそらく二十代中盤から後半。化粧が濃い感じなので、「花香」に勤めている頃に撮られたものかもしれない。聡子や登美子は、佐世子の十七歳ぐらいまでの姿しか知らないわけで、この写真を見て断定できる保証はなかったが……今は頼るしかない。

岩倉が写真の処理をしている間に、さくらはさらに証拠になりそうなものを取り出していた。宮城がシンガポールで使っていたスマートフォン、そして手帳。スマートフォンの時代になってもまだ手帳を愛用する人はいるもので、宮城もそういう一人だったのだろう。

西川が手帳をめくり、眉間《みけん》に皺《しわ》を寄せた。すぐに立ち上がり「ガンさん、住所録がありますよ」と告げた。

岩倉は、西川がテーブルに広げた手帳を確認した。手帳は今年のものでまだ真新しいが、挟みこんである住所録は古く、ボロボロになりかけていた。毎年手帳を更新しても、住所録だけは以前からのものを使い続けていたのだろう。

ページをめくっていくと、最初の方は英語、そして中国語だった。これは現地の知り合いだろう。しかし最後の二ページには、日本人の名前と住所、電話番号が書かれている。

その中に、諸橋浩二の名前があった。

土日は飛ばす。安原はこの日出勤していなかったが、岩倉は集まっていた刑事たちに独断でそう告げた。休んでいる連中を呼び出す必要はないが、今いる人間で、できるだけ情報を集めよう。

「宮城が日本で何をやろうとしていたかが問題ですね」西川が言った。

「ああ。それと俺はもう一つ、気になることがあるんだ」

「何ですか?」

「『週刊ジャパン』。宮城はあの記事を、どうしてあんなに気にしていたんだろう」

「それは俺も気になるんですが……」西川が顎に拳を当てる。「被害者が宮城佐世子さん、という可能性はないですかね」

「ある」岩倉は即座に同調した。

「ストップをかけないんですか」西川が目を見開く。

「俺もそう思ってるから、ストップのかけようがない——こうするか。俺は宮城の知り合いを当たる。お前は、『花香』の方をもう少し押してくれないか？　宮城佐世子がいつ消えたか、絞りこみたい」

「いつから連絡が取れなくなったか、です」

西川が言い直したので、岩倉は思わずニヤリと笑った。今は西川の方が一歩引いている——立場が逆転した感じだ。

「局面が変わってきましたね」

「ああ」

「一時休戦しますか？」

「誰か、戦争してたのか？」

西川が苦笑した。

さくらの帰国を契機に、事態は急に動き始めた。岩倉は、宮城の住所録にあった連絡先を次々に当たり、宮城との関係を問い質《ただ》した。朝のスタートが早かったので、午後半ばには既にエネルギー切れになってきた感じだが、それでもここが山場だと自分に言い聞かせて踏ん張る。

夕方、とうとう金脈を掘り当てた。秋本裕之《あきもとひろゆき》。連絡先に電話をかけて「中嶋《なかじま》興行です」と言われた瞬間、ピンときた。広域暴力団中嶋連合の下部組織の一つである。フロント企業というべきか……確か、飲食店などを経営しているはずだ。

電話に出てきた秋本は、明らかに警戒していた。

「警察の方に用はないはずですけどね」

「そちら――中嶋興行には用はないんですよ」岩倉は、あくまで下手に出ることにした。宮城が暴力団と関係していた可能性もあるが、今のところはあくまで参考人である。「あなた、宮城陽介という人間を知ってますね？

「俺は、あいつが死んだことには関係ないよ」すぐに反応があった。さすがに、そういうニュースはチェックしているわけか。

「今調べているのは、昔の話です。ちょっと会ってもらえませんかね」

「それは……」

「警察に会うと何か都合の悪いことがある？」

「いや……まあ、いい。俺も気になってたんだ。こっちの疑問にも答えてくれるか？」

「できる範囲で」

結局秋本は、面会を了承した。しかし面会場所は中嶋興行の事務所でも警察でもなく、車の中、しかも自分の車を使うと指示してきた。

指定された午後六時、岩倉は中嶋興行が本部を置く上野《うえの》にいた。待ち合わせ場所は、台《たい》東《とう》区役所前——台東中央署の脇《わき》にあるバス停。ずいぶん大胆な場所を指定するものだと岩倉は皮肉に思ったが、向こうにすれば、探られるような弱みはない、ということにしたいのかもしれない。

六時ちょうどに、バス停の前に一台の黒いSUVが停まった。巨大なフロントグリルの真ん中に、キャデラックのエンブレム。アメ車だけあって押し出しは異常に強い。左にある運転席のウィンドウが下がり、目つきの悪い男が顔を見せる。

「後ろへどうぞ」

岩倉は無言で、後部座席のドアを開き、車に乗りこんだ。パンと張った革のシートで、尻が滑りそうになる。

「どうも」横に座る男が小声で言った。それから、運転手に向かって「出してくれ」と命じる。

「秋本さん」暴力団員を「さん」づけで呼ぶのは気が進まなかったが、この状況では仕方がない。岩倉はチラリと横を見て、秋本の姿を確認した。五十代後半、ほぼ白くなった髪を綺麗に後ろに撫でつけていた。地味な黒いスーツ姿で、ネクタイはしていない。

「土曜日に申し訳ない」

「それは構わないけど、宮城のことを聞かれてもね……」秋本が渋い声で言った。

「どういう関係なんですか？」

「高校の同級生だよ。はるか昔の話だけどな」

「最近もつながっていたんですね。宮城の住所録に、あなたの連絡先があった」

「ああ」

「会っていた？」

「奴がシンガポールにいたことは知ってるかい？」秋本が逆に訊ねた。

「把握してますよ」

「たまに日本に帰って来た時は、一緒に呑む、こともあった」

「例の強盗事件については？」

「ヘマ打ちやがったんだよ」秋本が皮肉に言った。「奴はそもそも、あんなでかい事件を起こすような人間じゃないんだ。気が弱い、計画性がない、度胸もない――誰か主犯がいて、そいつの命令に従ってただけだろう」

「その主犯について、何か情報は？」

「――いや」

秋本の返事が一瞬遅れたのが気になった。何か摑んでいる――闇《やみ》の世界では、警察にも劣《おと》らぬ情報が流れているものだ。暴力団は、こういう情報を元に、「かすめ取り」することさえあるのだ。犯罪で得た利益に食いつき、犯人を脅して金を奪い取る。やられた方は、どこへも相談できずに泣き寝入りだ。

この件は流すことにした。先に確認したい問題がたくさんある。

「高校の同級生ということは、宮城に姉がいたことは知ってますね」

「ああ。あれもとんでもない……」秋本が苦笑する。「あの人について、何か知ってるか？」

「万引きで逮捕された後、高校を中退して東京へ出たそうですね」

「そういう人なんだよ。まあ、中学校ぐらいから相当悪かったそうだけど、高校に入ったらもう、手がつけられなくなってね。万引きは大事《おおごと》になったけど、それ以外にもいろいろあったんだよ。言ってみれば、典型的な田舎の不良娘だ」

「そして東京へ出てからは、水商売の世界に入った」

「そうだね。俺もあの店には行ったことがある。同郷の先輩と再会、という感じで、奇妙な気分だったね」

「宮城も、高校を卒業して東京へ出た。そこでいろいろ中途半端な仕事をして、最後は強盗事件で逮捕された。姉の佐世子さんとは、姉弟仲はどうだったんですか？」

「一時、彼女の家に転がりこんでいたこともあったそうだよ。何しろ中途半端な男だから、あちこちを転々としてたんだ。それに、何て言うんだ？　シスコン？　すっかり頼りきってたからね。俺と話していても、すぐに『姉ちゃんが』だったから。いい年こいた男の話とは思えなかった」

　そこで、草間登美子から聞いた話が脳裏《のうり》に蘇《よみがえ》る。二人は小学生の頃、厳しいしつけ——体罰を受けて、二人だけで耐えていた。その歳月が、長じても二人の関係を特別なものにしていたのだろう。姉の写真をロケットに入れて持ち歩いていたのは、かなり異常な感じであるが、理解はできる。

「実は、佐世子さんをずっと捜しているんですが、消えてしまったんです」

「消えた……そうだね」

「そうなんですか？」認めたのが意外で、岩倉は思わず訊ねた。

「俺は、あの店——名前は何だったかな」

「『花香』」

「ああ、そうそう」秋本がうなずく。「あの頃は、月に一回ぐらい、偉い人のお供で行ってたんだけど、彼女はある日突然、いなくなってしまった」

昔から高級なクラブだったはずだが、まだ若い暴力団員も出入りしていたのか……もっとも、暴力団は世の中の様々なところに食いこんでいる。政界、財界——そういう連中にくっついて、意外なところに出入りしているものだ。

「誰か、愛人がいたという話を聞いてます」

「佐世子さんはもてたからね。基本は田舎の不良だけど、ルックスはよかったから」

「ああいう高級クラブだと、上品な態度も求められると思うけど」

「女は化《ば》けるんだよ」秋本が声を上げて笑った。

「その佐世子さんですけど、今、どこにいるんですか？　当時の愛人と結婚して、どこかで暮らしている？」

「さあな」秋本がふっと顔を背《そむ》ける。「俺はその後、一度も会ってない。その前後だよ、例の強盗事件が起きたのは」

「佐世子さんはどこへ行ったんですかね。宮城からは何か聞いてない？」

「ないね」

「佐世子さんの愛人というのは誰ですか？」

「そこまでは知らない。しかしな……」秋本が顎を撫でる。

「何ですか？」

「宮城が死ぬ直前——つい先日、電話がかかってきたんだ」

「何と？」

「どこか、倉庫を知らないかって」

「何かの保管用ですか」

「いや、奴は貿易商じゃない」秋本が一瞬言葉を切った。「倉庫に入れたかったのは、荷物じゃなくて人間なんだ。ちゃんと閉じこめて、話を聞きたい人間がいるって言ってたからな」

5

銀座の夜は、平日と週末ではがらりと表情が変わる。ががらの街を歩いて『花香』に足を踏み入れた西川は、昨日訪れた時とは明らかに違う静かな雰囲気を感じていた。芳佳が、苦笑を浮かべて挨拶《あいさつ》する。

「来ていただくのはありがたいですけど……」

「別にありがたくはないでしょう。客じゃないんですから」

「今日はお客さんも少ないですから、その辺にお座り下さい。何か、お飲み物は？」

「結構です。今日も仕事ですから」

西川は、奥の席を選んで座った。今日は麻衣が休みなので、代わりに大竹を連れてきている。麻衣の方がこの聞き込みには馴染《なじ》みそうだが、あまり休みを潰《つぶ》すと後で問題になる。

円形のボックス席に三人で座ると、他の客の話し声が気にならなくなった。微妙にプライバシーが守られるのも、高級クラブの利点なのだろう。

「土曜日も営業しているんですね」

「平日に比べたらお客さんは半分もいないですけど、ゴルフ帰りに寄られる方とか、結構いますから」

「結構景気がいいじゃないですか」

「いえいえ……昨日の女性は？」

「今日は休みを取らせました。むさい男二人で申し訳ありませんが」

芳佳が小さく声を上げて笑ったが、すぐに真剣な表情になる。

「それで、今日は何ですか？　昨日、必要なことはお話ししたはずです」

「とても助かりました」西川は頭を下げた。「しかし、あれからいろいろと状況が変わってきているんです。どうしても佐世子さんを見つけ出さないといけません」

「でも、本当に昔の話なんですよ。佐世子さんが店を辞めたのは、三十一年も前——一九八九年の四月四日でした」

「そんなにはっきり分かってるんですか？」西川は目を見開いた。

「西川さんたちがお出《い》でになってから、気になって、古い書類をひっくり返してみたんです。それで、佐世子さんが辞めた日付も確認できたんですよ。短い間勤めただけでも退職金も出しますし、保険の関係なんかもあるので、その辺の管理は昔からしっかりしているんです」

「なるほど……それで退職理由は？」

「一身上の都合、でした。店の正式な書類ですから、それ以上は書いてありませんでした」

「見せてもらうことはできますか？」

「構いませんけど、私が言った以上のことは分かりませんよ」

西川は文書を読むのが得意だ。調書を読んだだけで、容疑者が隠している本音や、刑事が見過ごしている証拠が透《す》けて見えることさえある。財務諸表を読むのも大好きで、数字から、会社の実際の経営状況も推理できてしまう。勤怠表《きんたいひょう》からでさえ、何か読み取れるかもしれない。

「佐世子さんは、やっぱり結婚するつもりだったみたいですね」

「相手はその愛人ですか」

「そうだったみたいです。私の勘は外れました」芳佳がうなずく。「実は、辞めて一ヶ月ぐらいしてから、彼女と電話で話した人がいたんです」

「お店の方ですか？」

「ええ」

「三十一年も前なのに、よく覚えていましたね」

「ちょっと様子がおかしい電話だったそうです。大慌てで、『大変なことになった』って……佐世子さん、パニック状態だったみたいですね」

「何があったんですかね」

「それを聞き出そうとしたら電話を切ってしまって、その後は何度電話しても出なかったそうです」

まだ携帯電話が一般には普及していなかった時代だ。話をしようとしたら、自宅の電話にかけるしかなかったわけで、今とはだいぶ状況が違う。ナンバーディスプレーもなかったはずで、特定の電話番号だけを選んで無視することもできなかっただろう。

「その人は、佐世子さんとは親しかったんですね？」

「ええ。お店で一番仲がよかったと思います」

「直接話をさせて下さい」

「それは……こちらでちゃんと協力してるんですから、これで勘弁してもらえませんか」

芳佳が頭を下げる。

「極めて重要な証言である可能性があります。どうしても、直接話が聞きたいんです」

しばらく押し問答を続けると、結局芳佳が折れた。さっそくこれから会いに行くと言うと、また渋い表情を浮かべたが、最後は押し切る。土曜の夜というのは、誰《だれ》かに会うには一番適しているのだ。大抵の人は家にいる。

「今日はずいぶん強引でしたね」店を出ると、珍しく大竹が呆《あき》れたように言った。「沖田さん路線でした」

「俺《おれ》だって、必要な時には強引になるよ。しかし、近くて助かったな」

かつての「花香」のホステス、加茂幹子《かもみきこ》は、八丁堀《はっちょうぼり》駅から歩いて五分ほどの、大きなマンションに住んでいた。マンションを見上げながら、西川は唖然《あぜん》とした。銀座から日比谷線で三駅、日本橋《にほんばし》や東京駅周辺も徒歩エリアだ。もっともこの辺だと、日常生活には不便かもしれない。普段の買い物に使うスーパーも見当たらないのだ。

予《あらかじ》め芳佳に電話を入れてもらおうかとも考えたが、直接急襲することにした。いないと無駄足になるのだが、その場合は、芳佳に教えてもらった幹子の携帯電話にかければいい。

西川たちにはツキがあった。幹子は在宅していて、しかも一人だったのだ。最初は警戒されたのだが、芳佳の名前を出すとあっさりオートロックを解除してくれた。この辺の感覚が、西川にはよく分からない。幹子は、「花香」を辞めて三十年以上経《た》ち、その後は水商売からは完全に身を引いているはずだ。それにもかかわらず、「花香」の名前は今でも絶大な力を持っている。芳佳いわく「先代にとって、一度でも働いてくれた人は家族でしたから」。辞めても手紙や電話で連絡を取り合い、何くれとなく面倒も見ていたようだ。

外観の高級感通り、中も金のかかった造りだった。内廊下は分厚い絨毯《じゅうたん》張りで、足が少し沈む感覚がある。幹子の家のドアが開いた瞬間、正面の壁に巨大な絵がかかっているのが見えた。よく分からない抽象画だったが、これもいかにも高そう……その下は大理石のカウンターになっており、低い花瓶に入った花が飾ってある。まるでモデルルームのような清潔さだ。幹子がこの家を愛し、徹底的に磨き上げているのは間違いない。マンション自体がまだ新しいせいもあるだろうが。

「お休みのところ、すみません」

「いえ、『花香』のことでしたら」

幹子はすらりと背筋の伸びた、上品な感じの女性だった。服装は地味な生成《きな》りのセーターに長いスカートだったが、こちらもかなりの高級品ではないかと西川は想像した。通されたリビングルームは広々としていた。十五階の部屋だから見晴らしはかなりいいはずだが、今はカーテンが引かれている。

ソファを勧められたので座ると、柔らかいかけ心地で、疲れが抜け落ちていくようだった。しかし西川はほどなく、落ちつかなくなってきた。あまりにも整然とし過ぎて、自分が異物——汚物のような感じがしてくる。

「佐世子さんのことでしたね」

「そうなんです。仲が良かったんですか？」

「私とほぼ同じ時期に働き始めて、私は佐世子さんより少し先に辞めたんです」

「会社員で言えば、同期みたいなものですね。辞められたのは、結婚することになったからですか」

「ええ」

「お相手は、もしかしたら『花香』の常連の人とか」

「常連の人の息子——今の主人です」

「お義父《とう》さんの方に見初められた、ということですか」

「大昔の話です」幹子が苦笑した。「変な話ですけど、主人の父親——亡くなった義父は、戦後成金みたいな人だったんです」

「そうなんですか？」

「復員してから裸一貫で土建業を始めて、そこから不動産業に転身して。豪快というか、下品なところもある人でした。だからなのか、主人はちゃんと大学へ行かせて、一級建築士の資格を取らせて、後継として育てたんです。ただ、自分の会社に入れて、いよいよ本格的に後継者教育を始めようという時に、奥さん候補がいない、と気づいたんです。私のような水商売の人間に声をかけなくてもいいと思ったんですけどね。最初は冗談か、からかわれているかと思いました」

よく喋《しゃべ》る人だ……こういう人を相手にする時は、自由に語らせておくに限る。ずれそうになった時に方向修正するだけで、必要な情報が簡単に手に入るものだ。

「嫁に相応《ふさわ》しい人、という判断だったんでしょうね」

「そんなに大したものじゃありません」幹子が顔の前で大袈裟《おおげさ》に手を振った。「私は秋田《あきた》の田舎《いなか》の出身で、東京の短大を出たけど就職が決まらなくて、仕方なく水商売の世界に入ったんです」

「なるほど。でも、よく結婚を決心されましたね」

「佐世子さんが後押ししてくれたんです。こんなチャンスはないし、向こうは結局土建屋のオヤジなんだから、臆《おく》することはないって。その通りでした」

「それであなたは、結婚を機に『花香』を辞められた。その直後に、佐世子さんも辞めたんですね？」

「はい」

「電話がかかってきた、と聞きました。一九八九年五月頃《ごろ》ですね」辞めてから一ヶ月ぐらい。

「そうです」幹子があっさり認めた。

「ええと」西川は、右手に持ったボールペンで頰《ほお》を搔《か》いた。この業界の人たちは、皆異様な記憶力の持ち主なのだろうか。「そもそも、どうしてそんなにはっきり覚えているんですか？」

「電話がかかってきた翌日に長男が生まれたんです」

「記念すべき日だったんですね」

「ええ。佐世子さんの様子がおかしいのでびっくりして――そのせいかどうかは分かりませんけど、急に陣痛が始まったんです。しかも結構難産で、しばらく入院しました。退院して落ち着いてから佐世子さんに電話をかけたんですけど、何度かけても出なくて……」

「手紙とか、直接訪ねたりは……」

「手紙は出しました。でも、そのうち宛先《あてさき》不明で戻ってくるようになったんです」

「その頃佐世子さんは、どこに住んでいたんですか？」

「目黒です。『花香』時代に住んでいたのと同じマンションだったんですけど、引っ越したんだと思います。結婚したがっていましたし、それがきっかけだったかもしれませんね」

「その相手は？」

「ちゃんと聞いたことはないんですけど、雰囲気でこの人だって分かりました。はっきり言わなかったのは、向こうに奥さんがいたからだと思います。でも、佐世子さんは『何とかなるから』って言っていて……向こうが奥さんと離婚することになったとか、そういう意味だと思いましたけど、本当だったかどうかは分かりません」幹子が肩をすくめる。

「当てにならない？」

「男の人は、平気で嘘《うそ》をつきますから。大抵は見抜けますけど、嘘にすがりつきたくなる疎《うと》い。男と女のことになると、西川もてんで疎《うと》い。

時もあるんですよ」

これには西川も苦笑せざるを得なかった。男と女のことになると、西川もてんで疎《うと》い。事件に絡んだ男女関係のもつれとはしばしば対峙《たいじ》するが、自ら修羅場《しゅらば》を経験していないが故に、偉そうなことは言えない。

「結局、それを最後に佐世子さんとの連絡は途絶《とだ》えたんですね？」

「調べる方法はあったと思いますけど、子育てが忙しくなってしまって。すぐに二人目が生まれたので、手一杯でした」

「一番忙しい時期だったんですね」

「そのうち、佐世子さんの方から連絡があるかもしれないと思っていたんですけど、結局、切れたままでした」

「分かりました」西川はうなずいた。ここからが重要なポイントだ。「佐世子さんがつき合っていた相手が誰か、分かりますか？」

「佐世子さんの口からはっきり聞いたことはないんですよ。そういうことをあまり言わない人でしたから。今の人の言葉で言えば、恋バナ？　自分からはそういう話をしない人でした」

「でもあなたは、気づいていた」

「私は、そういうことに鋭い方だったと思います。それに佐世子さん、聞いたら答えてくれましたから」

「なるほど。それぐらい、佐世子さんもあなたを信用していたんでしょうね。それで、相手は誰ですか」西川は言葉を変えて質問を繰り返した。

「まだ若い社長さん——お父さんから会社を引き継いだばかりで、会社を株式会社に変えて、これからって張り切っていた人です」

「名前は？」

「確か、諸橋さん。下の名前までは覚えていませんけど」

推理の穴が一つずつ埋まっていく。この勢いのまま突っ走りたい——今夜は長くなるだろう。西川は大竹を帰そうとしたが、大竹は無言で首を振って拒否した。

「ここから先は一人でやれるぜ」

大竹は何も言わない。全く心中が読めない男なのだが、彼は彼なりにこの事件に興味を惹《ひ》かれているのかもしれない。

後は、夕方から暴力団組員と会っている岩倉が、何か情報を摑《つか》んでいるかどうかだ。岩倉は暴力団員相手でも強く出られるし、何か話を引き出しているとは思うが。

南大田署へ着くと、岩倉が一人で弁当を食べていた。コンビニエンスストアで仕入れてきたもののようで、丸まった背中が侘《わび》しく見える。

「何かあったか」岩倉が弁当から顔を上げて訊《たず》ねる。

「佐世子さんと諸橋——二人が愛人関係にあった可能性は高いですね」

「裏は取れるのか」

「無理とは言いませんけど、かなり難しい」西川は認めた。「頼りは、佐世子さんと同僚だった女性の証言だけですから。しかもこの女性は、直接佐世子さんに確認したわけじゃない。観察による『勘』です」

「女性のそういう勘は、当てにしていいと思うよ。なあ？」

岩倉が大竹に話を振ったが、大竹はやはり、無言で肩をすくめるだけだった。

「聞きしに勝る無口だな」岩倉が呆れたように言った。「喋っても、そんなにエネルギーを使うわけじゃないだろう」

大竹は何も言わず、また肩をすくめた。こういう人間なので、岩倉が溜息《ためいき》をつき、西川に顔を向ける。西川は黙って首を横に振った。

「ガンさんの方はどうでした？」西川は話題を変えた。

「宮城は誰かをはめようとしていた——いや、それは言葉が変だな」岩倉が、叩《たた》きつけるように割《わ》り箸《ばし》を置いた。「誰かを拉致《らち》しようとしていた。事前にそれを察知していた人間がいたよ」

「そうなんですか？」西川は目を見開いた。

「知り合いの暴力団幹部に、どこか適当な倉庫がないかと相談していたそうだ。それが、犯行の二日前だ」

「しかも、別の知り合いから車も借り出していた——つまり、誰かを車で拉致して、どこかへ監禁しようとしていた」

「そういうことだ」岩倉がうなずく。

「その相手が諸橋だったわけですね」

「ああ。宮城は、姉と極めて良好な関係にあった。二人とも田舎の不良で、地元での評判は最悪だったけど、宮城は先に東京に出た姉を頼って、一時彼女の部屋に転がりこんでいた。銀行強盗で服役し、その後シンガポールに移住した後も、ロケットに入れた姉の写真を後生大事に持っていた」

「姉は諸橋の愛人で、本当に結婚するつもりでいたんでしょう。実際、当時結婚していた諸橋さんに愛人がいたらしいという話は、他の筋からも確認できています」西川は説明した。

「そして結局、佐世子さんは今も行方不明のままだ。もしも宮城が佐世子さんに会っていれば、一緒に暮らしている須藤さんはそのことを知っていただろう。そして我々にも隠す必要はない――今となっては、隠しても無意味だからな」

西川は、かすかに震えがくるほどの快感を覚えていた。こういう風に話の合う人間と推理をぶつけ合い、話が一気に進んでいく時間――時々、沖田ともこういう感じになることがあるが、あの男は直感に頼り過ぎるので、パズルのピースが足りないのを無視して、強引に仕上げてしまおうとするところがある。しかし、自分と岩倉は、結局似た者同士なのだ。思考の流れが似ているが故に、合わない時は徹底して駄目だが、一度しっかり噛《か》み合うと、爆発的な馬力で進める。

今がまさにその時だ。

「一気に行きたいけど、まだ足りないな」「待ったの岩倉」らしく、なおも慎重だった。

「この段階で諸橋にぶつけても、また否定されるだけかもしれませんね」西川としても、それは認めるしかない。面倒臭い男なのは間違いないのだから。

「もう一押しなんだが……本家本元に突っこんでみるか？」

「どこですか」

「この件が始まったそもそものきっかけさ。結局、奴《やつ》らが何を摑んでいるかが問題なんだ」

岩倉が何を指摘しているかは分かったし、彼が何をしようとしているかも想像がついたが、上手《うま》くいくとは思えない。

「この件、もう少し俺に預けてくれ」

「俺もやりますよ」

「仕掛けは俺に任せろ。仕上げは……ことと次第によっては、お前に譲ってもいい」

6

「またあんたか。何だよ、土曜の夜に」

電話の向こうで、城戸がいきなり文句を吐いた。

「すみませんね、お休みのところ……ちょっと、法律の専門家にアドバイスをいただこうと思いまして」

「俺の法律知識は、限られた部分にしかないぞ」

「民法は？」

「そいつはまったくの専門外だよ。ガンさん、いったい何を企《たくら》んでる？　あんたが訳の分からないことを言い出した時には、だいたいろくなことがないんだよな」

「いやいや」岩倉は苦笑した。スマートフォンを右手から左手に持ち替え、本題に入る。

「損害賠償請求に、時効ってあるんですか？」

「二十年だ」城戸が即座に答える。「不法行為が発生してから二十年間請求がない時は、請求権が消滅する」

「何だ、民法にも詳しいじゃないですか」

「何年か前に法律が変わったんだよ。そういうのはチェックしているから」

「じゃあ、三十一年前の事件で、損害賠償を請求しようとしても無理ですか」

「その話に乗る弁護士はいないだろうな」城戸が断言した。「何かよほどの事情があればともかく、まず弁護士の方で止める。仮に提訴しても、門前払いされるのは目に見えているからな。名前を売りたい弁護士は、負けるのを覚悟でやるかもしれないけど」

「提訴した、という事実そのものをアピールするわけですね？　実際に金を分取るというより、自分がやっていることを世間に知らしめる目的で」

「ああ。事件によっては、実際にアピールになるかもしれない。ただし、そういう目立ちたがり屋の弁護士は、業界内で馬鹿にされるだろうな」

「なるほど……」岩倉は拳《こぶし》を顎《あご》に当てた。そうではないかと思っていたのだが、専門家に指摘されると、目の前で可能性が一つ消えていくのを意識する。

「強盗事件なんですが」

「ああ？」

「前に話しましたよね？　銀座で発生した現金輸送車の強盗事件。ああいうの、結局誰も損しないんですよね」

「そうだな」城戸が同意した。「保険がかけられているから、被害はまず全額補償される。保険会社としても、どんなに巨額の金を払うことになっても、業務として織りこみ済みだから、損とは言わない。そう、あんたが言う通りで、実質的には誰も損しないな」

「だから、金を奪われた会社、保険会社とも、わざわざ被害分を賠償しろと犯人を訴えたりしないでしょうね。回収は難しいでしょうし」

「ガンさん、何を考えてるんだ？」

岩倉は、今取り組んでいる事件について、詳細に説明した。こういう時、城戸は非常にいい聞き手で、時々挟む質問や合いの手で、こちらの考えが整理される。

「やっぱり無理だな」城戸が結論を出した。

「そうですか……」

「ガンさんの気持ちは分かるよ。一泡吹かせたいというか、刑法では裁けない相手に、民事でダメージを与えたいんだろう？」

「そうです」岩倉は認めた。

「それにしても、今の考えでは駄目だ。俺が弁護士だったら、そういうことを言い出す人間との話からは降りる」

「俺に何かあったら、城戸さんに弁護してもらおうと思ってたんですが」

「普通の事件だったら、何としても助け出してやるよ。でも、これは無理だ」城戸が再度駄目出しをした。「何か別の方法を考えた方がいい」

「しかし、法律ではどうにもならない」

「ならないね」城戸が立て続けに駄目を出した。「だけど、社会的制裁を与える方法はあるはずだぜ」

「社会的制裁、ですか」裁判ではよく出る言葉だ。例えば公判前に散々新聞やテレビで叩かれ、当人に悪評がまとわりついてしまった場合など……しかしそれは、警察が狙《ねら》ってできることではない。マスコミの操作は意外に難しいのだ。

「よく考えろよ。今の話で、俺には何となく落としどころが見えてきたけどな」城戸が思わせぶりに言った。

「どういうことですか？」

「それぐらい、自分で考えな」城戸が突き放した。「あんたもベテランなんだから。それに、策略はガンさんが得意とするところだろう」

「慎重派の俺が策略？」

「慎重なのと、策略を巡らすのは、全然矛盾しないよ。慎重に策略を巡らせればいいじゃないか」

無責任なことを。

しかし彼の言葉は背中を押してくれた。結局城戸も、少しぐらい規範をはみ出してもやるべきことはやれ、という考えなのだ。法律という、自分ではどうしようもない規則にがんじがらめになって仕事している人間だからこそ、そんな風に考えるのかもしれない。知恵を尽くして法律の穴を探し、違法にならないような手を探る。

検事と刑事ではメンタリティもやり方も違うのだが、この男に相談してよかった、と岩倉はほっとした。自分の考えがしっかり整理できた。

あとは、どうやって穴を探すかだ。


週明け、南大田署の会議室に刑事たちが集まったところで、岩倉は週末の動きを説明した。もちろん、刑事課長の安原には、事前に電話で入念に説明しておいた。事後報告にはなったが、ないよりはずっといい。後輩の上司をケアするのも仕事のうちだ。

捜査の方向は絞られた。後はどうやって裏を取るか――最後は諸橋が喋るかどうかにかかかっている。その壁は高いが、崩せる手はあると岩倉は自信を持っていた。日曜日、一日かかってあれこれシミュレートした結果、これしかないという結論に達したのである。同僚たちには、諸橋と佐世子の関係を探るよう、指示を出していた。三十年以上前の男女の関係を解き明かすのは至難の業なのだが……それで連中が四苦八苦している間に、岩倉の方では計画を動かすつもりだった。

何よりこの事件は――バラバラ殺人事件は自分のものだ、という自負がある。

会議が終わると、岩倉は西川を呼んだ。途中で衝突もしたが、最後の場面で頼れるのはこの男である。しかし、岩倉の計画に乗ってくるかどうかは分からない。「協力できない」と拒否されたら、自分一人でやるしかない。

「いいんじゃないですか」

予想に反して、西川はあっさりとこの話に乗った。

「おいおい、お前らしくないな」

「ガンさんこそ、無茶ですよ」西川がかすかに非難した。「普段は、人が暴走したら止める方でしょう」

「そうだな。でもそれは、根拠なしで、あるいは浅い考えで突っ走る馬鹿がいるからだ」

「ガンさんの計画も相当危なっかしいですよ」

「いや」岩倉は静かに否定した。「これは警察の正式な仕事じゃない。だから仮に失敗しても、俺たちの責任にはならない。最悪、俺一人が責任を負えばいいし、俺がやったとバレなければ何も問題ない」

「大胆過ぎないですか」呆れたように西川が言った。

「オッサンになると、どんなに危なくなっても、何とか逃げられるようになるもんだよ。

危ないっていう感覚自体が希薄になることもあるけどな」

それが「老化」なのかもしれない。


二人は揃《そろ》って、「週刊ジャパン」の編集部に乗りこむことにした。正面からぶつかって面会を拒否される可能性もあったが、敢《あ》えて「あの記事のことで」と編集長への面会を申しこむ。意外なことに、あっさり了承された。

「何か怪しくないですか」アポを取った後になって、西川が疑義を呈する。

「いや、役に立ちそうだと思えば、あの連中は警察でも利用するよ」

「食われないように気をつけないと」

「俺が?」岩倉が親指で自分の胸を指した。「あり得ない」

「基本的にはガンさんに任せていいんですね?」西川が念押しした。

「もちろん。何かあったら、ストップをかけてくれてもいいけど」

「俺には、ガンさんを止められる自信はないですね」

西川が肩をすくめる。こいつはいったい、俺のことを何だと思ってるんだ?

「週刊ジャパン」編集長の脇谷《わきや》は、一切の個性を殺したような男だった。部数で一、二位を争う週刊誌の責任者だから、もっと精力溢《あふ》れたアクのある人物か、あるいは腹に一物持っている怪しげなタイプではないかと想像していたのだが、淡々とした感じ――枯れた雰囲気さえ感じさせる。

編集部とは別のフロアにある応接室。建物が古いので、壁は黄ばみ――昔は喫煙できたのだろう――空調の効きも悪い。座っているうちに、岩倉は手が冷えてくるのを感じた。

「いろいろと話は聞いていますけどね」脇谷が切り出した。「今、こちらでお話しできることはありませんよ」

「続報も出ませんね」

「どうですかね……今週の予定は申し上げられませんが」

「もう、内容は固まっているんでしょう？」

「もちろん」脇谷が唇の右端を微《かす》かに持ち上げて笑った。「今、最後の作業中ですよ」

「結局、大したネタじゃなかったんですね」

「いやあ」脇谷が髪をかきあげる。「逆にお伺いしますけど、警察的にはどうなんですか？三十年以上前の未解決事件の真相はこれだ――ああいう記事には苛《いら》ついたでしょう」

「記事の内容については、中途半端だと思いましたね」

岩倉の指摘に、脇谷の顔が一瞬蒼《あお》くなり、急に声を低くして「中途半端とは？」と訊ねる。

「あの告白をしたのが犯人なのか、犯人の近くにいた人物なのか、それさえ分からない。

犯人の告白だったらそれなりに重みを持つはずです。どうしてあんな中途半端な記事になったんですか」

「内実を申し上げるわけにはいきませんね」脇谷がすっと顔を背ける。

「私も、ずっと謎《なぞ》だったんです」岩倉は打ち明けた。「『週刊ジャパン』は昔から事件に強い。我々も驚かされた記事もたくさんありましたよ。例えば十年前、東京七区選出の宮岡《みやおか》代議士の選挙違反疑惑があったでしょう」

「ああ」

「支援者に金をばらまくのに、地元で開催された観桜会を利用する——その会費の一部を事務所の方で肩代わりするやり方でしたよね。どこでもやっているんでしょうけど、なかなか表には出ない。それをはっきり書いてきた。あの時、捜査二課の連中が烈火の如《ごと》く怒ったのは知ってますか？」

「そういうような話は聞いていますよ。あくまで噂《うわさ》として、ですが」

収賄《しゅうわい》事件などの捜査を担当するのは、東京の場合、地検特捜部か警視庁の捜査二課になる。担当の線引きは、「政治家や中央官僚なら特捜部」「地方官僚なら警視庁」という感じだ。ただし選挙違反だけは例外で、代議士が直接絡んだ事件でも、警察が着手することはある。捜査二課にすれば腕の見せ所だ。

しかし先に書かれてしまうと、捜査は潰れてしまうことが多い。相手に証拠隠滅のチャンスを与えてしまうからだ。十年前の「週刊ジャパン」は、領収書などの具体的な証拠を掲載して、観桜会の実態を記事にしていたが、結局この件は「疑惑」のまま終わり、立件はされていない。それで捜査二課の幹部が本気で激怒したのを、岩倉は近くで見ている。実際、捜査は進められていたのだが、記事が出たのをきっかけに関係者は口をつぐんでしまい、関係各所への捜索すらできなくなった。まさに「事件を潰された」わけで、怒るのは分かるが、岩倉に言わせれば捜査二課がだらしなかっただけだ。いわば、マスコミに「抜かれた」のだから……ただし、情報自体が警察から出た可能性も否定しきれない。もちろん、地元の支援者の中に、代議士と揉《も》めて「斬《き》ってやろう」と覚悟を決めた人間がいたかもしれないが、捜査二課の刑事、あるいは幹部が、何らかの意図を持ってリークした可能性も大いにある。例えば、捜査が上手くいかないと見越して、せめて「疑惑」だけでもどこかに書かせようとしたとか。

しかし、真相は不明だ。二課の仕事は全《すべ》て闇《やみ》の中である。

「事件報道には歴史と強みのある『週刊ジャパン』でも、ヘマすることはあるんですね。証言者の本名を明かすことはできないにしても、見る人が見れば分かる、ぐらいの書き方はするでしょう。それをしなかったのはどうしてですかね。証言があやふやだったから、というのは考えにくい」

「何が仰《おっしゃ》りたいんですか？」脇谷はまだ冷静だった。

「適当な証言、裏が取れていない証言で記事にするわけもない。何らかの意図があったんじゃないかと思うんですよね」

「記事の目的については、話せませんよ」

「責任もありませんしね」岩倉は呑気《のんき》な口調で言った。「もうとっくに時効になった事件だ。でも、被害者は浮かばれないままなんですよ。本当は被害者が誰かも分かっているんでしょう？ それを書かなかったのはどうしてですか？ 書いてもしょうがないと思った？」

「内容については、読んでいただいた物が全てです」

「そうですか」

百戦錬磨の編集長が、そう簡単に認めるわけがない。しかし岩倉は、なおも突っこめるはずだと言葉を探った。

「あの記事は、いったい誰にとってメリットがあるんですか？」

「読者ですよ、もちろん。我々は読者に向かって記事を書いているんですから。そもそも、どうしてこの件をそんなに気にするんです？ 時効が成立していて、警察としては捜査できないでしょう。せいぜい、容疑者に事情を聴いて、ファイルに綴《と》じこむぐらいじゃないんですか」

「ですねえ」岩倉は耳を掻いた。「しかし警察としては、犯人が分かったのに無視しておくわけにはいかないんですよ。もちろんあなたもご承知でしょうが、時効成立後に犯人が判明するケースはほとんどない」

「でしょうね」脇谷がうなずく。

「自白なんて、まずあり得ない」

「犯人にとって、何のメリットもないですからね」

「だったら今回の犯人は、どうして告白したんでしょう」

「我々は、情報提供者が犯人かどうかも書いていませんよ」

「犯人です」岩倉は断定した。「我々も、あの記事がきっかけで入念に再調査をしました。その結果、分かってきたことがあります。記事になるかどうかは分かりませんが、聞きますか?」

「参考になりそうな話は、何でも伺いますよ」脇谷の表情には、まだ余裕があった。

「記事では、殺人の動機は男女関係のもつれだったと書いてありました」脇谷が無言でうなずいたのを見て、岩倉は続けた。「確かに、犯人と被害者は不倫関係にあったんです。犯人は当時結婚していた。被害者の女性は銀座の高級クラブに勤めていて、常連客だった犯人と恋仲になりました。女房と別れるから結婚してくれという、よくある話ですね。ただ、男の方ではそれほど本気ではなかったのかもしれない。それ故殺してしまい、犯行が発覚しないようにバラバラにして池に捨てた」

　脇谷は依然として無言だったが、少し表情が険しくなっていた。今説明した詳細は、「週刊ジャパン」でも摑んでいて、敢えて書かなかった部分ではないだろうか。

「記事では、登場人物はこの二人だけでしたね」

「被害者と加害者」脇谷が低い声で応じた。

「犯行に関しては確かにその通りですけど、事態はもっと複雑なんですよ。記事はそこに触れていなかった。ノータッチだったのは、摑んでいなかったのか、続報のために敢えて隠していたか、どちらですか？」

「言えませんね。そもそも警察には、編集部を調べる権利はないでしょう」

「そうなんですよねえ」岩倉は一気にくだけた調子に変えた。「犯人はとんでもないクソ野郎です——まあ、まだ確定できたわけではないですが、俺たちが犯人だと見ている人物は、実に不快な野郎だ。で、俺たちとしては、ちょっと痛い目に遭《あ》わせてやりたいと思ってるんですよ」

「立件はできないでしょう」

「無理ですね。ただ、社会的な制裁を与えることはできる」

「あるいは、経済的に追いこむか」

西川が割って入った。絶妙のタイミングだ、と岩倉はうつむいてニヤリと笑った。西川がちらりと岩倉の顔を見て続ける。

「編集部が、この情報に金を払ったかどうか、我々は知りません。ただ、我々が犯人と見ている人物は、相当金に困っています。だけど稼ぐネタがない——換金できるのは情報だけじゃなかったかと、我々は想像しています」

「犯人と接触したんですか」脇谷が初めて、かすかな動揺を見せた。

「犯人だと分かっていて接触したわけではありません」西川が言った。「本当に犯人なのかどうか、それをこれから証明しないといけない」

「そして我々は、この件について『週刊ジャパン』さんが助けてくれるんじゃないかと思っています」岩倉は話を引き取った。

「これは何なんですか？」脇谷が憤然と言った。「脅《おど》しですか？」

「まさか」岩倉は、とんだ言いがかりだとばかりに両腕を広げた。「時効になってしまった事件を調べるためだけに、日本一の週刊誌を脅すようなことはしませんよ」

「そう言われても、こちらとしては言うことは何もない」

「ええとですね……我々の読みが当たっているかどうかは分からない。まずそこからなんですが」

「何のことですか」脇谷が怒りを滲《にじ》ませる。

「あなたたちの狙いです。単発であの記事を書いて、それで全て終わりなのか、あるいは別の狙いがあるのか。想像ですけど、もうちょっと大きな狙いがあるんじゃないですか」

「話してみたらどうです？」脇谷が挑発するように言った。「当たっているかどうか、言える保証はないですけど」

「警察は、マスコミがどう取材するか、どう報じるかについて、口を出すことはできません。広報の連中は何か言うかもしれないし、犯罪被害者支援課は、被害者を傷つけるような記事だったら抗議するかもしれませんが、我々は違います。できるだけ、マスコミの皆さんとはいい関係でいたいと思っているんですよ」岩倉は愛想よく言った。

「その割に、今日は喧嘩腰《けんかごし》ですね」
「まさか」岩倉は喉《のど》の奥で笑った。「本気で喧嘩するなら、こんなことはしませんよ。何か適当な理由をつけて、いきなり編集部をガサします」

「家宅捜索を受けるような理由はない」

「ですよね」岩倉はうなずいた。「本来、警察もマスコミも狙いは一つです。社会正義の実現、違いますか？」
「警察の人から、そういう教条主義的なことを聞くとは思いませんでしたよ」
「たまには、格好をつけたくなるんですよ」岩倉はニヤリと笑った。「志を同じくする仲間として、こちらから『週刊ジャパン』に情報を提供しようかな、と思っています。いろいろと、間違いがないようにね。その代わりと言ってはなんですが、こちらも情報をいただきたい。どうですか？　取り引きというほど大袈裟《おおげさ》なものじゃないですが、ウィン－ウィンの関係ということで」

7

岩倉の謀略を知って、西川は妙に暗い気持ちになった。自分と沖田も、事件の解決方法に「脅し」を選んだことはある。だが、岩倉のやり方はもっとずるい。「使えるものは何でも使う」という方針は分からないではないが、マスコミを利用するのは、あまりにも危険ではないだろうか。彼らは「騙《だま》された」「立場が悪くなった」と判断すれば、約束を反故《ほご》にして警察との取り引きそのものを書いてくる可能性がある。

それでも真相がほぼ分かってきて、西川は多少はほっとしていた。あとはもう一押し――三十一年前の事件につながる手がかりさえ出てくれれば、突破できる。

岩倉と別れ、西川は本部へ戻った。ここから先は自分の責任、という自覚がある。

午後遅く、追跡捜査係にはいつものメンバーが集まっていた。沖田はむっつりしている。「いける」と信じていた手がかりが完全に切れ、すっかり手持ち無沙汰《ぶさた》になってしまっているのだろう。この男の爆発力――手がかりを見つけた時の勢いには驚くべきものがあるが、それが消えると途端に集中力をなくしてしまう。

西川は資料室に籠《こも》った。すぐに麻衣が顔を出す。

「何か手伝いましょうか」

「いや、いい」西川は笑みを浮かべて断ったが、強張《こわば》った笑みになってしまったのは自分でも分かる。どうしても緊張してしまうのだ。

三十一年前の強盗事件については、捜査資料は既に破棄されている。しかし実際は、「半未解決事件」なので、西川は念のために、当時の新聞や雑誌の記事だけは集めていた。見直すことはないと思っていたのだが、今回とうとう陽《ひ》の目を見ることになった。

白昼の銀座で二億円が奪われた事件は、当時かなりの衝撃を以《もっ》て受け止められていたのが分かる。新聞は社会面で大きな面積を割き、そして雑誌はセンセーショナルな見出しで伝えている。

警察発表を元に書かれたものなので、新聞記事の内容は似たり寄ったりだった。雑誌の記事はかなり推測も多いのだが……宮城がすぐに逮捕されたので、記事の焦点は消えた金と共犯者の行方《ゆくえ》に移っている。しかし共犯者に関しては、ほのめかすような内容の記事さえなかった。はっきり言えば、当時の捜査官も情けない。もっと厳しく叩けば、宮城は吐いたのではないか？　とはいえ、もしも自分と岩倉の推理が正しければ、宮城が完全に口をつぐんだ理由も理解できる。

発生から三日後の記事で、気になるものを見つけた。

現金輸送車が乗り捨てられていた場所の近くで、女性が目撃されていたというのだ。現場は湾岸地区の倉庫街。夜には人気がなくなる場所だが、犯人が現金輸送車から逃走用の車に乗り換えたのは、当然昼間と見られている。そういう場所で見かける機会の少ない女性がいた――いるだけで目立っていたようで、特捜本部がしばらくその女性を追跡していた様子が記事から分かる。

ほどなく西川は、もう一つの気になる事実を見つけ出した。宮城が逮捕された時の状況を見返していた時である。新聞記事ではなく、雑誌の記事。宮城はブレーキランプが壊れていた車に乗っていて、警戒中の交通機動隊員に職務質問を受けたのだが、この車がアルファロメオだったのだ。

アルファロメオか……長い歴史を持つイタリアの名門メーカーだが、日本では今ひとつマイナーな存在である。かなりマニアックな部分もあり、昔は整備面でも問題があったと聞いている。九〇年代からは日本でも比較的よく見るようになった記憶があるが、八〇年代はどうだっただろう。この時宮城が乗っていたのは「アルファ75」というモデルだった。自席に戻ってネットで調べてみると、この車のデビューは一九八五年で、日本にも正規輸入されている。直線基調の4ドアセダンで、アルファ最後の後輪駆動モデルというのが、いかにもマニア受けしそうな感じだ。写真も見つかったが、西川は街中でこの車を見た記憶はない。

その時ふと、「アルファロメオ」という言葉が頭の中で点滅し始めた。最近、どこかでこの車の話題が出た記憶がある。しかし、いくら考えても出てこないので、追跡捜査係の面々にも確認してみた。誰も聞いていない。ふと思い出し、岩倉に電話した。

意外なことに、岩倉はすぐに反応した。

「今住さんだ」

「ＫＳデザインの社長の？」

「ああ。諸橋の車遍歴を聞いた時に、アルファロメオの名前が出てきたぞ。八〇年代にはフェラーリと二台持ちだったとか……フェラーリは実用性が低いから、4ドアのアルファロメオも持っていた、という話だったじゃないか」

それだ。岩倉の記憶力に感謝しながら電話を切り、西川はすぐにまた電話をかけ始めた。ここは何としても、自分で裏を取ってやる。

翌日朝一番で、西川は岩倉と落ち合った。あちこちに電話をかけ続け、肝心の人物に直接会って話をして、一段落したのは午後十時過ぎ。寝不足気味で疲れていたが、気合いは十分だった。

「やる気満々って感じだな」岩倉が、刑事課のコーヒーを出してくれた。

「今日が勝負ですからね」西川はコーヒーを一口飲んだ。美也子のコーヒーに比べれば二ランクほど落ちるが、それでも朝の気つけには十分だった。

「詳しく話を聞かせてくれ」

岩倉に促され、西川は昨日からの調査結果を順序立てて話した。岩倉は相槌《あいづち》も打たずに聞いていたが、話し終えると一度だけうなずいた。

「八〇年代後半に、アルファ75は日本に何台ぐらいあっただろう？」

「残念ながら、そこまでは調べきれませんでした」西川は首を横に振った。

「それと当時、宮城は『車は盗んだ』って証言したんだよな？　当然所有者にも調査が入ったはずだ。上手く逃げ切ったということか？」

「そうなんでしょうね。当時、この件を直接担当した刑事を探したんですが、残念ながらもう亡くなっていました」三十一年という時の流れを思う。駆け出しの刑事が定年を迎え、中堅の刑事は老年期に入る。亡くなっていてもおかしくない。

「個人の記憶に頼るしかないから、厳しいところだな。しかし、突っこみが甘かったんじゃないか？」

「それは認めますけど、今更しょうがないでしょう。今持っている材料でやるしかないんです」

「所有者に間違いはない？」

「ナンバープレートの記録をひっくり返しました」

「そうか」岩倉が一瞬天井を仰いだ。「しかし、あの連中は馬鹿なのか？」

「馬鹿ですね」しかし運だけはあった。それが三十年以上も続いたのは、まさに幸運としか言いようがない。警察にとっては不運なのだが。

「さて——行くか」岩倉が膝《ひざ》を叩いて立ち上がった。

「諸橋の監視は？」

「昨日の夜から、うちの連中が徹夜で張ってる」

「無事に終わったら、奢《おご》ってやらないといけませんね」

「お前の奢りでな」岩倉がニヤリと笑った。「さて、戦闘開始だ」

　今日は、西川が主体となって諸橋を攻めることが決まった。この件は本来、岩倉の方が乗り気——何度も「自分の事件だ」と強調していた——だったのだが、この段階にくると、西川としても「追跡捜査係がきちんと追うべきだ」という気持ちになっていた。

　もちろん、正式な捜査ではないが。

法的に決着をつけることはできないから、結局は岩倉が考えた方法でいくしかない。一度は納得したつもりだったが、果たしてそれが、自分たちが納得できる「罰」になるかどうか、分からなかった。

二人は、マンションの前で張っていた相馬と交代した。早朝から張り番をしていた相馬は、意外に早くお役御免となったせいか、露骨にほっとした表情を浮かべた。

「お前、ここで気を抜くなよ」岩倉が厳しい表情で忠告した。

「抜いてませんよ」

「張り込み解除であとは楽勝と思ってるだろう。顔に書いてある」

相馬が慌てて両手で頬を擦《こす》った。岩倉が「馬鹿か、こいつは」とでも言いたげな表情を浮かべ、首を横に振る。何と切り返していいか分からない様子で、相馬がさっさと立ち去ろうとしたが、岩倉が引き止める。

「ちょっと、ここで待機していてくれないか?」言って、覆面パトカーのキーを渡す。

「中で寝てろ。一時間経っても戻らなかったら、署に帰っていい」

「分かりました」怪訝《けげん》そうな表情を浮かべながら、相馬がキーを受け取る。

相馬が姿を消すと、西川はホールに入ってインタフォンのボタンを押した。しばらく待たされたが、諸橋が応答する。

「はい」声はいかにも不機嫌そう——寝ているところを叩き起こされたような感じだった。

「警視庁の西川です」

「またあんたですか」諸橋がうんざりしたように言った。「こっちは退院したばかりなんですよ」

「お話を伺いたいんですが、そちらへ入れてもらえますか？」

「お断りする」諸橋があっさり言った。「任意だね？　だったら拒否できるはずだ」

「拒否しても構いませんが、あなたが出て来るまで、我々はここで待ちます」

「そんなことをする権利があるのか？」

「あります。警察ですから、捜査のためには当然です」

「警察に話すことは何もない」

「では、ここで待ちます」

西川は一度、上体を起こした。このマンションのインタフォンは少し低い位置にあり、西川の身長だと背中を丸めなければならない。

インタフォンを切る気配がない。かすかな雑音――がさがさという音が聞こえてくる。諸橋も迷っているのだと西川は判断した。

「話があるなら、そっちへ行こう」ようやく諸橋が折れた。

「ロビーですか？　ロビーで話していると目立ちますよ。人の出入りもありますし」西川としては、あくまで部屋に入りこんで話を聴くつもりだった。中の様子を一回ぐらいは見ておきたい。

「いや、そちらへ降りる」

だったら別のステージで勝負だ。何とか署まで連れて行って、取調室へ押しこめよう。自分たちの「城」で勝負できるなら、それに越したことはない。

五分ほどして、諸橋がエレベーターから降りてきた。シャツの上に分厚いカーディガンを羽織《はお》っている。折れた右腕は固定されたままで、カーディガンには左腕しか通していなかった。額にはまだ包帯……切り傷は、深くはないが長く、十針縫ったはずだ。

「右腕が使えないと不便じゃないですか」西川は事件と関係ない話から切り出した。

「まあ、しょうがない。人生、多少不便なことがあった方がいいぐらいだ」

「ずいぶん達観してますね。今、生活の方はどうしてるんですか？　妹さんが面倒を見てくれているんですか？」

「妹に迷惑はかけられない。向こうには向こうで生活があるからな。まあ、左腕一本あれば、何とかなるものだ」

「では、行きましょうか」西川は急に話を変えた。

「ああ？」

「署に行きましょう。やはり、ここで話しているといろいろ面倒ですから」

「拒否する」諸橋が強張《こわば》った表情を浮かべて後ずさった。

「では、あなたが行く気になるまで、我々はここで待ってます」

「冗談じゃない！」

諸橋が声を張り上げたが、すぐに口をつぐんでしまった。赤ん坊を抱いてマンションに戻って来た若い母親が、怪訝そうな視線を向けてきたのだ。西川は愛想よく会釈《えしゃく》したが、向こうは明らかに怪しんでいる。続いて、管理人がこちらに近づいて来た。

「ここだと目立ちますよ」西川は管理人をちらりと見て警告した。

「これが警察のやり方か」諸橋が目を細める。

「あなたは、警察のやり方は知っているはずですけどね」

「何だと？」

「まあ、その辺のことはゆっくり話しましょう。それより、何か着てこなくていいですか？　外は寒いですよ」

「警察署に行くだけなら、必要ないだろう。それとも、警察には暖房も入っていないのか？」

「ご希望でしたら、暖房の設定温度を上げても構いません」

諸橋が西川を睨《にら》みつけた。西川はできるだけ涼しい表情を保ち、彼の目を凝視《ぎょうし》し続けた。

結局諸橋が折れ、一つ溜息をつくと歩き出した。しかしすぐに歩みを止め、「歩かせるつもりじゃないだろうな」と問い質《ただ》す。

「ご心配なく。車を用意してあります。覆面パトカーですから、目立ちませんよ」

「何でもいい」

苛ついた声で言って、諸橋がさっさとロビーから出て行った。この時点で、西川は「勝った」と確信した。まだろくに話もしていない——本題に入っていないのに、諸橋の苛立ちは頂点に達している。

長くは持つまい。「墓場まで持っていく」という表現があるが、それは絶対に許さない。三十年以上沈黙を守っていたのは驚くべき精神力だが、永遠に持つものではないはずだ。

それを証明してやる。

取調室に入ると、諸橋はまた一騒動起こした。「俺は容疑者じゃない」「窓もない部屋に入れるとはどういうことだ」と文句を言い出し、椅子《いす》に座ろうともしない。西川はなだめもせず、テーブルを挟んで立ったまま、彼と対峙《たいじ》した。

すぐに岩倉が入って来て、「あれ」ととぼけた声を出した。抱えていたペットボトルのお茶三本をテーブルに置く。

「何で座っていただかないんだ？」

不思議そうな口調で西川に訊ねる。演技だ、と西川には分かっている。諸橋をさらに苛立たせようとする狙いだ。

「椅子は勧めたんですよ」

「どうぞ、楽にして下さい」岩倉が右手を差し伸べる。「立ったままだとゆっくり話もできませんからね」

「どうして取調室なんだ！」諸橋が怒りを爆発させる。「俺は犯人じゃない！」

「普通の人は——警察に縁のない人は、ここが取調室だとは分からないものです」西川は指摘した。「あなたはどうして知ってるんですか?」

「そんなもの——映画やドラマでも見るだろう」

「以前に入ったことがあるのでは?」

　諸橋が西川を睨みつけた。しかしすぐに目を逸《そ》らすと、乱暴に椅子を引いて腰を下ろす。西川はゆっくり座って、ペットボトルを引き寄せた。岩倉も一本取って、記録席につく。普段は、取り調べ用のテーブルに背を向けた格好になるのだが、椅子を回して二人の方を向いた。まだウォームアップ、正式な取り調べではないということだ。

　西川は、背広のポケットから宮城のロケットを取り出した。黙って開き、中の写真を諸橋に示す。諸橋はちらりと見ただけだったが、態度は明らかに変わっていた。怒りではなく焦りのせいで眉間《みけん》に皺《しわ》が寄り、急に椅子の形が変わったかのように何度も座り直す。

「宮城佐世子さんです。あなたを拉致した宮城のお姉さんです」

「だから?」

「あなたは、三十年以上前に彼女と交際していましたね? 当時あなたは結婚していた。すぐに離婚したんですが、いずれにせよ、不倫だったことに変わりはない。その事実について責める権利は我々にはありませんが、どうですか? 認めますか?」

「そんな古い話は覚えていない」

「佐世子さんは山梨県の高校を中退した後、東京へ出て来て、何軒かの店を転々としました。銀座のクラブ『花香』に在籍していた時に、あなたと出会っています」

「覚えてないな」

「覚えている人が何人もいました。私は覚えている人の証言を信用します」西川は畳《たた》みかけた。「あなたは、離婚して結婚すると彼女に言っていた。それは叶《かな》わなかったわけですが、彼女はどこへ行ったんですか？」

「知らん」

「思い出して下さい」

「無理だ」

「長い間、会っていないんですか？」

「ああ」

「会っていたことは認めるんですね？」

諸橋の顔が急に真っ赤になった。今のは引っかけの質問――西川自身は、こういう卑怯《ひきよう》なことはしたくないのだが、こういう人間を相手にした時は仕方がない。そもそもこれは正式な取り調べではなく、単なる事情聴取、もっと極端に言ってしまえば雑談だ。

諸橋の答えを待たず、西川は質問を変えた。

「一つ、確認です」西川は人差し指を立てた。「昔の話ですが、あなた、アルファロメオのアルファ75を所有していませんでしたか？」

「車？　車は何台も持っていた。いちいち覚えていないね」

「会社の金で買った車だから、覚えていないんですか？　自分の懐《ふところ》を痛めた買い物ではないから、印象が薄いんですかね」

「アルファは……普段使いの車だった」

諸橋は早くも微妙に変化した、と西川は判断した。これまで、こちらの質問に真面目《まじめ》に答えなかったのに、今は会話が成立している。

「当時のメーンの車は？　フェラーリですか？」

「テスタロッサ。あなたは、車には詳しいのか？」

「業務上、ある程度詳しくなります。テスタロッサと言えば、スーパーカーですよね」

諸橋が鼻を鳴らし、苦笑した。「スーパーカー」という俗っぽい言葉が、気に食わなかったのかもしれない。

「これぞフェラーリという車で、飼い慣らすのは大変だった。じゃじゃ馬だね」

「サンダル履きでコンビニに行くには使えない、だから普段使いの車が必要だったんですね？」

「よくあることだよ」諸橋がどこか皮肉っぽく唇を歪《ゆが》める。

フェラーリのような高級スポーツカーに乗る人間にとって、二台目の車を持つのは常識ということか。いったい日本のどこにそんな金があるのかと、西川は不思議に思う。自動車雑誌でも、家が一軒買えそうな価格の車がよく紹介されているが、あれはどんな人に向けた記事なのだろう。

「国産車じゃないんですか」

「まあ、趣味だからね」

「そのアルファは、盗まれたんですよね」

「ああ——そんなこともあったな」諸橋が認めた。

「それが、現金輸送車襲撃事件に使われた——警察から相当厳しく事情聴取されましたね」

「そうだった」諸橋がうなずく。「思い出したよ。迷惑な話だった」

「思い出した……」

西川は言葉を濁した。途端に、諸橋が居心地悪そうに体を揺らす。

「普通の人にとって、車を盗まれるというのは相当強烈な体験です。人生で最大の悪夢になるかもしれない。ましてやあなたは、車好きだ。愛車を盗まれたことを忘れるはずがない。だけど、今急に思い出したように言いましたね」

「実際そうなんだからしょうがない」

さて、ここからが勝負だ。西川は座り直し、背筋を伸ばした。

「アルファロメオを盗んだのは宮城です。少なくとも当時、宮城はそう証言していた。宮城が誰かは分かっていますね？」

諸橋が唇を引き結ぶ。西川は一言一言区切るように、はっきり説明した。

「現金輸送車強奪事件の犯人で、今回、あなたを拉致しようとした人間です。ここまで線がつながると、あなたも現金輸送車強奪事件に関与していたとしか思えない」

「それはただの屁理屈《へりくつ》だ！　因縁だ！」

「違います」

「だったら、単なる想像だ」

「物証がない以上、想像と言われれば反論はできません。しかし、あなたと佐世子さんの関係を裏づける証言がいくつもある。そして佐世子さんと宮城は、非常に姉弟仲《きょうだいなか》がよかった。私は、佐世子さんを通じて、あなたと宮城が近づいたのではないかと考えています」

「馬鹿な」

「当時、あなたが引き継いだ会社が経営難に陥《おちい》りました。原野商法の被害に遭ったそうですが、車に会社の金を注《つ》ぎこんだのも失敗の一因だったんじゃないですか」

「そんな昔の話は……」

「あなたにとって、会社は金を生み出す打ち出の小槌《こづち》のようなものだったかもしれません。しかし会社は、社長だけのものではありません。クーデターで追い出されたのは当然かと思います」

「そういう批判をする権利は、あんたにはないはずだ」諸橋が憤然と言った。

「失礼しました」西川は頭を下げた。「一つ、不思議なことがあります」

諸橋が無言でうなずいた。会話拒否ではない――しかしかなり追い詰めていると判断して、西川はさらに突っこんだ。

「八〇年代後半、『ＫＳデザイン』は経営難に陥っていました。ところが、例の現金輸送車強奪事件が起きた後、急に持ち直した。昔の状況を知る人たちも、首を傾《かし》げていました。銀行が金を貸してくれる状況ではなかったし、いったいどこから資金を引っ張ってきたのかと……全てあなたがやったことですよね」

「説明するつもりはない」

「当時、『ＫＳデザイン』は債務超過状態に陥って、銀行に金を返さないと、すぐにでも倒産してもおかしくない状況でした。しかし結局倒産を免れ、その後は経営も持ち直して安定しています。どこから金を引っ張ってきたんですか？」

「説明するつもりはない」諸橋が繰り返した。

「では、私の仮説を聞いて下さい」西川は諸橋の目を正面から見た。「資金繰りに困ったあなたは、違法に金を奪ってでも何とかしようと思った。そこで計画したのが、現金輸送車の強奪です。もちろん、会社経営者であるあなたが、そんなことを簡単に思いつくとは思わない。この計画は、元々宮城が立てたものじゃないですか？　佐世子さんを通じて宮城と知り合いになったあなたは、この計画を知って、乗ることにした。二人で現金輸送車を襲い、もちろん金は山分け——普通の人間ならそんなことをしようとは思いませんが、あなたはそれだけ切羽詰まっていたんでしょう」

「俺は何も認めない！」諸橋が叫んだ。

「静かにお願いします」

西川が低い声で言うと、諸橋が腕を組んで黙りこんだ。ちらりと岩倉を見ると、何も言わずに素早くうなずく。岩倉のお眼鏡《めがね》にかなった事情聴取ということか……彼に褒《ほ》められても、特に嬉《うれ》しくはないのだが。

「山分けだったとしたら、あなたの取り分は一億円――それだけあったら、借金もクリアできたんじゃないですか？　しかしあなたも、ひどい人だ」

「言いがかりだ」諸橋の反論に力はなかった。

「逮捕された宮城は、最後まであなたの名前を出さなかった。自分の姉と関係のあったあなたを窮地に陥れることはできないと考えて一人で責任を取るつもりだったのかもしれない。宮城も佐世子さんもどうしようもない人間ですが、姉弟仲がよかったのは間違いないですね」

「だから何なんだ」

「宮城さんは結局、一人で責任を負って服役し、出所後は日本を離れました。その後はシンガポールで株のトレーダーとして生計を立て始めた。とはいえ、これもおかしな話です。十四年も服役していて収入もなかった人間が、いきなりシンガポールに移住してビジネスを始めるのは、明らかに不自然だ。私は、現金強奪事件で奪った金を、彼がどこかに隠していたのではないかと見ています。奪われた二億円は、結局見つかっていませんからね。出所してしまえば、警察もチェックを続けるのは難しいですから、彼はまんまと逃げて、新しい生活を始めたんでしょう。向こうでどんな風に暮らしてきたかは、我々の調査で分かってきました。この調査は続行します。いずれもっと詳しいことが——あなたとの関係も分かるでしょう」

「そんな古い話を調べて、どうするつもりなんだ？　とっくに終わった事件だ。警察には捜査する権利はないだろう」

「その通りです」西川は認めた。「法的には、何の権利もありません。ただ、警察としては調べないわけにはいかないんですよ。それに、個人的に興味もありますからね」

「そんなことで、こんな迷惑をかけられたらかなわん」諸橋が文句を零《こぼ》した。

「申し訳ないですが、性《さが》みたいなものでして」西川はさらりと言った。「問題はもう一つあります。宮城は出所後、シンガポールと日本を行ったり来たりしていましたが、生活のベースはあくまでシンガポールでした。それが今回、何故《なぜ》か日本で事件を起こした。この件では本人が死んでしまっているとはいえ、事件として立件しなければならない。だからあなたには、被害者として話を聴いているんですよ。まったく協力してもらえなくて、困りましたけどね……記憶喪失は本当だったんですか？」

諸橋は何も言わない。記憶喪失のふりだった、と西川は確信した。

「今ではその理由が分かります。宮城は、昔の話を蒸し返したんじゃないですか？　もしかしたら、シンガポールで困窮していて、昔の犯罪をネタに、あなたから金を強請《ゆす》り取ろうとしたとか……宮城の感覚では、あなたには貸しがあるはずだ。それを回収しようとしたんじゃないですか」

「宮城は……クズだ」

諸橋がぽつりと言った。巨大なダムに小さな穴が空いた、と西川は気づいた。これまでとは明らかに違う、宮城との関《かか》わりを認めるような一言。この穴は、ダム内部の水圧に耐えきれず、いずれ巨大な穴になり、最後にダムは崩壊する。

「昔からそうだったんですか？」

「強盗を計画するようなのは、ろくな人間じゃない。私にはそういう発想はまったくなかった。しかし宮城は、完全に常識が欠けていた。金がなければ、あるところから持ってくればいい——そのためには強盗だって何だってする、という単純な考えだ。しかし、決意はあってもノウハウがない。基本的に頭が悪いんだ」

「だからあなたが、計画を固めた」

「私には、背負うものがたくさんあった。会社を経営していれば、社員やその家族、それに取引先に対しても大きな責任を持つ。もしも倒産すれば、多くの人に迷惑をかけることになるんだ。その頃闘病生活を送っていた親父《おやじ》にも、申し訳なかった」

それに、自分も贅沢《ぜいたく》を続けたかったのだろう、と西川は皮肉に考えた。会社が無事に回って、自分の懐にたっぷり金が入ってくるようにしたい。そのためだけに、リスクを冒しても強盗する——この発想の飛び方は、西川には理解できないものだった。

「それであなたは、宮城と一緒に現金輸送車を襲った。強奪は首尾よくいって、現金輸送車から金を別の車に乗せ替えて逃走するところまでは成功した。ところが宮城は一人で、整備不良のアルファロメオに乗っていて職質を受け、逮捕されてしまった。その車では、現金は見つかっていません。別々の車で逃げたんですよね？　リスク軽減のためですか？」

「そう思ってもらって構わない」諸橋が認めた。小さな穴の大きさが一気に何倍にもなった。

「一つ、疑問があります。現金輸送車は、裸で現金を積んでいるわけではありません。大きな、重いトランクに保管してありました。一人で運ぶのはかなり難しかったはずです。誰かが一緒だったんじゃないですか？　つまり、もう一人、共犯がいた」目撃されていた女……。

諸橋がまた黙りこむ。確実に痛いポイントを突いた、と西川は確信した。

「奪った金はどうしたんですか？」

「半分だけもらった」

「残りは宮城のために取っておいたんですか？」そんなに義理堅い人間とは思えなかったが。

「出所してくるまで、ちゃんと保管しておいた。十四年後、あいつが訪ねて来た時にちゃんと渡したよ。あいつはその金を使って、シンガポールに移住したんだ」

「変なところで律儀なんですね」

「面倒な人間を遠ざけておくためでもあった。実際その後二十年近く、宮城は私に接触してこなかった。シンガポールで大人しくしていたんだ」

「かなり手広くビジネスをやっていたようですが」

「それは、こちらには関係ない」

「なるほど……それで、佐世子さんはどこに行ったんですか？」

西川はいきなり話題を変えた。黙りこんだ諸橋の耳は赤い。それを見て西川は畳みかけた。

「実は、想像していることがあります。あなたが、最初に『週刊ジャパン』に話を持っていったこととリンクするんですが」

「その件については否定も肯定もしない」

「基本線は変えないんですね。でも、情報源はあなただという前提で話を進めます。実際、あなたが話したことは分かっていますから」

「勝手に言っていればいい」

「三十一年前には、今のようなＤＮＡ型鑑定は一般的ではなかった。しかし当時、先端技術を研究している人間が警視庁にもいて、データが保管されていたんです。もちろんそれだけでは、身元を確定するのは不可能だ。比較対象がありませんからね。ただ……」

「ただ？」諸橋が疑わしげに低い声で言った。

「あの遺体は宮城佐世子さんだった。私はそう確信しています」

「まさか」

「そして、殺したのはあなただ」

「冗談にも程がある！」

　諸橋が、テーブルに拳を叩きつける。だが西川には、怒っている演技にしか見えなかった。何か問題が起こっても強硬な態度を貫き通し、相手が呆れて引いてしまうのを待つ。自分には余裕があると勘違いさせ、攻撃の手がなくなったと諦《あきら》めさせるのだ。

　三十一年前は、警察に対してもその手が通用したかもしれない。だが彼は年老い、金も失いかけている。懐事情をしっかり調べてみないと分からないのだが、ＫＳデザインの社長を解任されて、収入源を絶たれたのは間違いない。解任ということで退職金は出ず、保有していた自社株をＫＳデザインが買い取って、それが退職金代わりになった。しかしＫＳデザインは非上場企業であり、発行済み株式も多くはない。その七割を諸橋が保有していたのだが、彼の手に入った額は、生涯《しょうがい》贅沢に暮らしていけるほどではなかったようだ。今住に改めて確認して分かったのだが、不動産は全て会社名義で、会社を追い出された諸橋の手には、ほとんど何も残らなかった。それでも暮らしをダウンサイジングできず、高級車を乗り回すような生活を送っていたら、いずれは行き詰まる。実際、車を処分しようとしていたのがその証拠だ。

「捜査はできないんですよ」この話をするのは何度目だろう、と西川は思った。「しかし、調査はできる。法的な裏づけはないですし、誰かが『やめろ』と言ったら、ストップせざるを得ない。それでも私は動きます。身元も分からなかったバラバラ遺体について、絶対に身元を確定させます。それができたら、もう一度あなたと話をしようと思います」

「どうやって身元を確定させる？」諸橋が不安げに訊ねた。

「もしもあの遺体が佐世子さんだとしたら……参照できるＤＮＡ型があるんです。我々は、弟の宮城さんのＤＮＡ型を既に調べている。姉弟間でどれぐらい一致するかは知りませんが、重大な参考にはなりますね」

諸橋の顔から、さっと血の気が引いた。

「この辺については、さらに綿密な調査が必要になります。完全に確認できるかどうか、現段階では私にも分かりません。しかし、やりますよ。あなたはどうしますか？　その結果を黙って待つか、それとも自分で喋るか。どちらを選びます？」

「どうして喋らなければならない？」

「あなたは、ずっと闇の中に隠れていた。実際には、ＫＳデザインの社長としてきちんと仕事をこなしながら、私生活ではびくびくしていたはずだ。大きな罪を二つも犯していたわけですから……しかし三十年以上経って、自ら表に出て来ることを選んだ。正確に言えば、情報を売ろうとした。どうしてそんなことをしようとしていたかは、今では分かります。でも、あなたの名前は、望まない形で表に出ますよ」

「どうして」

「どうしてだと思います？」

「……どうしてだ」諸橋が唇を嚙んでうつむく。

「あなたは、拉致事件の被害者です。宮城は死亡していますが、被疑者死亡のまま送検はされます。その際、被害者のあなたのことも書類に盛りこまなくてはいけないし、宮城の動機面が解明できれば、それも書きこみます。そうなると、どうなるでしょうね。必然的に、三十一年前のあなたの犯罪が明るみに出る——どうですか？　ここはちょっと、発想の転換をしませんか？」

「どういう意味だ？」諸橋が、のろのろと顔を上げた。

「あなたが喋ってくれれば、こっちの捜査が楽になるんです。被害者として、しっかり状況を、そして宮城の動機を教えて下さい。そうすれば、すぐにでも捜査は終わって、あなたは罰を受けることもない。何しろ、現金輸送車襲撃事件も、バラバラ殺人事件も時効になっています。どうか安心して、安らかに老後を過ごして下さい」

「俺は……」

「さあ、始めましょうか」

西川は岩倉に視線を送った。岩倉がうなずき返し、二人に背を向けた。ここからは正式な事情聴取。岩倉は記録係に徹するつもりなのだろう。

諸橋の証言は、西川たちの推理を裏づけた。乏《とぼ》しい材料で、よくここまで推理を重ねられたものだと我ながら驚く。

供述は二時間ほども続いた。昼を前にして、西川は十分過ぎるほど話を引き出した、と確信した。昼食休憩を挟んで続けてもいいのだが、今日は終わりにしよう。これから大事なのは、諸橋の証言の裏を取っていくことだ。

一番重要な問題――切断された遺体の頭部については、発見の見込みは薄いが。諸橋は頭部だけを伊豆《いず》の海に捨てた、と供述した。これまで見つからなかったものを、今から発見できるとは到底思えない。

諸橋は当時、佐世子との密会用に、池袋《いけぶくろ》にアパートを借りていた。そこで佐世子を殺し、風呂場《ふろば》で遺体をバラバラにして、縁もゆかりもない、遠い浮間公園に運んで遺棄した――このアパートは既に壊されて、跡地にはマンションが建っている。今さら現場を調べるのは不可能だ。

「終わります」

西川が告げると、さすがに諸橋がほっとした表情を浮かべる。椅子の背に両腕を回し、胸を大きく張って筋肉を解《ほぐ》すようにする。

岩倉が立ち上がり、諸橋に覆《おお》い被《かぶ》さるようにして「今日は終わり、の意味だからな」とぼそりとつぶやく。諸橋がびくりと身を震わせたが、岩倉はそれ以上何も言わず、さっさと取調室を出て行った。

西川は、取調室の外で待機していた相馬に諸橋を引き渡した。

「お送りして」と命じて、諸橋には挨拶もせずにその場を去る。裏づけ捜査は必要だが、一番重要な話は終わった。本当は、岩倉は自分で諸橋と対決したかったのではないかと思う。彼自身は特に気にしていない様子だったが……。

刑事課に行くと、一足先に引っこんだ岩倉がコーヒーを飲んでいた。西川に向かって

「飲むか?」とでも問いたげにカップを掲げてみせたが、西川は拒否して、代わりに、いつも持ち歩いている魔法瓶のコーヒーを用意した。一口飲むと、西川好みの苦味の強い香りが広がり、ほっとする。どんなにきつい状況にいても、美也子のコーヒーは西川をまともな世界に引き戻してくれるのだ。

「本当にまだやるんですか?」西川は思わず訊ねた。真相は明らかになったのだから、西川の感覚では、これで十分な感じがする。

「やる」岩倉が断言した。「約束もあるし、これで奴に対する社会的制裁が十分とは言えない」

「しかし、宮城の事件では、書類送検したタイミングで広報がちゃんと対処すると思いますよ。あるいは一課長がきちんと話すか」

「そこで諸橋の名前が出るとは限らない」

「でも、ヒントは漏らすでしょう。そうすれば、警視庁クラブの連中は昔の事件を探り出す」

「いや、その保証はない」岩倉は非常に懐疑的だった。

「だったら……」

「計画通りにやる」岩倉はうなずいた。「それは俺に任せてくれ」

「ガンさん、少し個人的な感情に走り過ぎてませんか? やり過ぎはよくないですよ」

「やり過ぎになるかどうか、実際にやってみないと分からないだろう。お前には迷惑はかけないよ」

「ガンさん……」

「じゃあな」岩倉がカップをコーヒーメーカーの横に置き、さっと右手を上げた。「この捜査自体も、あとはうちでしっかりやる。お前はいつもの仕事に戻れよ」

8

二月に入って、岩倉は久しぶりに「週刊ジャパン」編集長の脇谷に会った。向こうは会うのを渋ったが、「けじめも必要」と岩倉が繰り返すと、ようやく面会を了承した。

先日と同じ応接室。二人きりで会うと、脇谷は予想していたよりもリラックスしていた。岩倉は、昨日発売になった「週刊ジャパン」を取り上げ、パラパラと開いた。諸橋の件は、六ページの特集になっている。後ろの方なのでトップ記事とは言えないが、内容は充実していた。

当たり前だ。岩倉がネタ元なのだから。

諸橋を落としてから一ヶ月近く。捜査が進み、肝心なところはだいたい裏が取れていた。その時点で岩倉は「週刊ジャパン」編集部に話を持ちこみ、約束を果たしたのだった。

「いい記事でした」岩倉はうなずき、雑誌を閉じてテーブルに置いた。

「元がいい情報だったんでしょう」

「採《と》れたて新鮮ですからね」

脇谷がニヤリと笑い、ワイシャツのポケットから煙草《たばこ》を取り出した。素早く火を点《つ》け、同時に取り出した携帯灰皿をテーブルに置く。

「禁煙じゃないんですか？」

「禁煙ですけど、バレなければいいんですよ」

すぐにバレそうなものだが……煙草の臭《にお》いは、意外と長く残る。しかし脇谷はまったく気にする様子もなく、美味《うま》そうに煙草を吸い始めた。

「新聞の連中、大騒ぎじゃないですか？」

「そうみたいですね」岩倉はうなずいた。「『週刊ジャパン』が出てから、うちの署もいきなり記者さんたちに大人気になりましたよ」

「珍しいですよね。事件記事で、雑誌が先に書いて、新聞の連中が追いかけるなんて」

「新聞記者は、雑誌を下に見てますからね」岩倉は皮肉を吐いた。「雑誌の記事なんて、後追いする必要もないと思ってるんじゃないですか？　ただ今回は、追わざるを得ないでしょう。事件が事件ですからね」

「まあ、うちとしては、後追いされてもされなくても、特に言うことはないですけどね」

脇谷が肩をすくめる。「これはこれでおしまい、次のネタを探しますよ。それにしても、滅茶苦茶《めちゃくちゃ》な事件でしたね」

「きっかけは、あなたたちでもあるんですよ」

岩倉が指摘すると、脇谷が目を細めて睨みつけてきた。無視して説明を続ける。

「諸橋は、諸般の事情で金に困っていた。六十代も半ばになって、老後の不安も出てきたんでしょう。しかし彼には今、金を儲《もう》ける手段が何もない。売るものは情報しかなかったんです。そして『週刊ジャパン』がその情報を買いかけた」

今思えば、最初に「週刊ジャパン」に出た記事はひどく奇妙なものだった。ネタ元が誰なのか明らかにしない、極めて不自然な記事……新聞でも雑誌でも「関係者によると」という書き方は定番なのだが、あの記事は、犯人が自らの犯罪を告白したように読めた。殺した動機、遺体をバラバラにしたやり方、遺棄方法……犯人しか知り得ない事実が並んでいた。

「別れ話のもつれ、というのは必ずしも間違いではありません」岩倉は嚙み締めるように言った。諸橋には数回事情聴取を行い、完全に自供させていたのだ。「諸橋は、宮城の姉と愛人関係にあった。その関係で宮城とも知り合い、一緒に現金輸送車強奪事件を起こしたんですが、宮城だけが逮捕された。そして宮城の姉、佐世子さんも犯行に嚙んでいた――奪った現金の運搬役でした。宮城が逮捕されて、弟だけが罪を被るのが納得できなくて、諸橋にも『自首しよう』と持ちかけたものの、諸橋は拒否した。諸橋は、佐世子さんが勝手に警察に駆けこむのではないかと恐れたんです。彼には、会社を立て直すという極めて重要な目標があった。逮捕されればそれは叶わない。だから諸橋は、佐世子さんを殺して遺体をバラバラにし、処理したんです」

「自分だけが助かるために……ろくでもない人間ですね」

「まったくです」岩倉はうなずいた。「まあ、人間というのは基本的にそういうものだと思いますけどね。問題はその後です。自分のことをタレこみそうな人間は排除し、共犯者は塀の中……宮城は十四年後に出てきたんですが、諸橋は奪った二億円の半分、一億円を律儀に宮城に渡しました。宮城はそれを使って日本を脱出し、シンガポールで新しい生活を始めた。それから十五年以上、何もなかった——諸橋は社長を解任されたりしましたが、宮城はシンガポールでビジネスを拡大し、恋人もできて、出所後の人生を謳歌《おうか》していた。ところが、たまたま帰国していた時に、『週刊ジャパン』に例の記事が出て、真相を知ってしまったんです」

「佐世子さんが行方不明だった——殺されていたことを初めて知った」脇谷が合いの手を入れる。

佐世子は故郷とは完全に縁が切れ、東京で親しい人間といえば『花香』の同僚ぐらいだった。しかも殺された時には、既に『花香』を辞めていた。つまり、行方不明になっても捜索願を出す人間は一人もいなかったわけだ。宮城は逮捕されていたから、当然姉が殺されたことを知る由もない。しばらくしてから、「姉と連絡が取れない」と弁護士から知らされたが、公判中、さらに服役中とあって、何もできなかった。出所した時には姉の行方を探そうともしたようだが、自分は前科者だという後ろめたい気持ちもあって警察に相談することもできず、結局日本を出て生活を立て直すことだけに集中したようだ。

おそらくシンガポールは、彼にとって別天地だっただろう。後ろ指をさす人もおらず、自由気ままに生きていけた。初めて経験するトレーダーの仕事も上手く回り、金も儲けた——持ち出した一億円を元手に、さらに資産を増やした。金を儲け、歳《とし》を取ってから恋人もでき、何の不満もない人生。前半生が踏んだり蹴《け》ったりだったとすれば、出所してからの後半生は、穏やかで満足のいくものだっただろう。

ところが、帰国してきてたまたま読んだ週刊誌の記事が、宮城の疑念と怒りに火を点けてしまった。記事の中に諸橋の名前は一切出ていないが、宮城にはピンときたのだ。一緒に現金輸送車強奪事件を起こし、出所後は約束通りに奪った金の半分をもらって綺麗《きれい》に別れ、関係はなくなった——しかし諸橋は、重大な秘密を隠していたのかもしれない。

頭に血が昇った宮城だが、きちんと情報を確認しようという気持ちは失わなかった。諸橋を拉致し、事態をはっきりさせる。もしも諸橋が認めたら、復讐《ふくしゅう》を真剣に考える。

連れ出して気を失わせ、車に押しこむ——そこまでは極めてスムーズに進んだ。しかし彼は、警察が諸橋を追っていることを知らなかった。結果、焦って事故を起こし、自分だけが命を失ったわけだ。

「まあ、どうでもいいような人間同士の化かし合いと自爆、ということですね」脇谷が皮肉な結論を出した。

「諸橋に金を出したんですか？」

岩倉は唐突に話題を変えた。「新聞は情報に金を出さないが、雑誌は出す」とよく噂される。それを思い出したのだ。というより、それを確認しないと、諸橋の動機が解明できない。

「あの記事に対しては出していませんよ」脇谷が否定した。

「諸橋は犯人か、関係者か――」

「あの時点では単なる関係者でした。しかし、記事が出てからすぐ、諸橋さんがまた接触してきましてね」

「初耳です」

「何でもかんでも警察に言うわけじゃないですよ」脇谷が皮肉に唇を歪める。

「その時、何の話が出たんですか」

「今だから言いますけどね」脇谷が煙草を携帯灰皿に押しこんだ。すぐに新しい煙草に火を点け、煙を吹き上げる。狭い応接室は、白く曇《くも》り始めた。「最初に諸橋さんは、『犯人の関係者』を名乗って出てきたんですよ。そういう話はよくある……だけど無視するわけじゃなくて、一応、ちゃんと話は聞きます。今回は、明らかに秘密の暴露《ばくろ》がありました。犯人しか知らない事実、ということですね」

「だから記事にした」

「しかし私は、最初に記事を読んだ時点で疑っていたんですよ――諸橋さんこそが犯人じゃないかと」

「そこは突っこまなかったんですか?」

「いい調子で波に乗っている時に横槍《よこやり》を入れるのは馬鹿馬鹿しいでしょう。記事が出た後に諸橋さんが再度接触してきて、自分の疑念は正しかったと確信しましたね」

「自分で犯人だと名乗ったんですか？」

「いえ。ただ、奇妙な要求――提案をしてきました。犯人の手記はいらないか、と言うんです」

「告白本ですか」

諸橋はそこまでは言わなかった。「週刊ジャパン」に話を持っていった動機について、この説明――岩倉自身、そうではないかと想像していた――で得心がいく。

「時々、犯人の告白本が出版されますよね。ああいうの、売れるものなんですか？」岩倉は訊ねた。

「内容によりますよ。はっきり言えば、事件がセンセーショナルであればあるほど、売れます。一種の炎上商法みたいなものですね」

「なるほど……『あんなひどい事件を起こした犯人はどんな人間なのか』と、読みたがる人間も多いんですね」

「正直、うちも狙っている相手はいます。ただ、なかなか条件が揃わないものでね……当人に、これ以上話す気がないのが一番の理由ですが」

「で、諸橋の告白本は売れたと思いますか？」

「ある程度は見込めたと思いますよ。バラバラ殺人事件が迷宮入りしたケースはあまりありません。その犯人が告白となると、そこそこ衝撃的でしょうね」

「どれぐらい売れますかね」

「内容にもよるけど、初版一万部……いや、私なら二万部に設定するかな。その後は売り方次第ですけど、結構伸びるかもしれません」

「本人の手に渡る金額は？」

「印税は価格の一割、かける印刷部数が基本です」

千五百円の本が一万部で百五十万円、万が一ヒットして十万部になれば千五百万円――老後の資金としては小さくない。

「諸橋は、その金を当てにしていたんじゃないかな」岩倉は言った。「本人は、どうしてこちらへ情報を持ちこんだのか、頑として言わないんですが、やはり金のためでしょう。情報を小出しにして編集部の気を惹き、最後は本の出版に持っていく……生活費を稼ぎたかったんですよ」

「そんなに困っていたんですか」

「大事にしていた車を売り払うぐらいに」

「なるほど……じゃあ、真剣だったんだ」

「ところで、その告白本の原稿はあるんですか？」

「本人は『まだない』と言っています。ただ、書く気になれば時間はかからないと……本当にそうかは分かりませんけどね」

「仮に原稿を持ってきても、絶対に受けないで下さい」岩倉は強い調子で言った。

「そんなことをあなたたちに指示されるいわれはない」脇谷が強い口調で反論した。「警察だからと言って、マスコミをコントロールできるわけじゃないでしょう」

「おや？」岩倉は首を傾げた。「我々は、大事な情報交換を通じて、良好な関係を築いたと思っていましたけど、私の勘違いですかね？　今回も、私の情報提供で、なかなかいい特ダネが書けたじゃないですか。それで十分でしょう。わざわざ諸橋に金儲けさせることはない。そもそも、諸橋の商品価値は、ぐっと下がったはずだ」

「……それは確かに否定できない」脇谷が渋い表情を浮かべる。「うちだけが書いて、他が追いかけてこなければ、うちのネタとして独占的に使える。しかし、新聞もテレビも追いかけてきましたからね。来週になったら、テレビのワイドショーも彼を追いかけ回すでしょう。そうなると確かに、商品価値がなくなってしまう」

「記事を上手く書いてくれましたね」岩倉はまた当該ページを開いた。「名前は出していない。しかし、見る人が見れば、すぐに特定できるような書き方でした。実に上手い」

「気持ちの悪い褒め方ですね」脇谷が苦笑する。

「昨日、雑誌が書店やコンビニに並んだ後で、彼に会いに行きましたよ。引っ越さなければならないかもしれない、と零していました。管理組合から、すぐにクレームが入ったそうです」

「犯罪者は出ていけと？」

「まず、事情をはっきり説明して欲しい、ということでした。弁護士を立てるので、話して欲しいと。彼は今、その『審判』を待っています。マンションには報道陣が張りついているんですが、それも管理組合で問題になっています」

「つまり……」

「彼の人生は、これで終わりだ。おそらく、実際に引っ越すことになるでしょう。金がない状態でこれはきつい。あなたたちが余計なことをせず、金を渡さなければ、彼は今後、転落していくだけです。どこかで野垂れ死にして、身元不明の遺体で見つかることを、私は心の底から願っています」

「警察が、そこまでやっていいんですか？」脇谷が眉《まゆ》をひそめる。

「我々は、事件捜査の過程で、被害者である諸橋さんと話しただけです。それを上手く利用したのはあなたたちだ」

「うちに責任を押しつける気ですか？」

「いや。この結果は、誰にも予想できなかったことです」岩倉は短く否定した。「クソ野郎が一人、居場所をなくしたからと言って、何の問題がありますか？　確かに重大事件でも、過去には時効というものが存在していた。しかしそれがなくなったのは、被害者遺族や社会全般の強い処罰感情を考慮してのことです。私は今回、少しだけ警察の仕事をはみ出して動いた。あなたたちは普通に、マスコミとしての仕事を果たした。諸橋は追いこまれ、破滅するかもしれませんが、それで悲しむ人間がいると思いますか？」

「いや……」

「だったら何も問題ないでしょう」岩倉は笑みを浮かべた。「これで万事解決です。警察も被害者家族も、今まで時効の壁に何度も泣かされてきた。それを、あなたたちがすっきりさせてくれたんですよ。心の底から感謝します」

脇谷が疑わしげに岩倉を見た。刑事に感謝されるなど、予想外のことだったのだろう。しかし最後には、薄い笑みを浮かべてうなずいた。

「まさか、三十一年も前の事件の真相が明らかになるとはね」

「私は執念深いんですよ。特にこの事件には、刑事になる前から注目していた。だから今、これ以上嬉しいことはないですね」少し寂しくもあるのだが。長年目の前に立ちはだかっていた巨大な壁が崩れた向こうには、荒野しか見えていない。


脇谷と別れ、編集部のある神保町の街を歩き出す。二月、まだまだ寒さは厳しい。それに、国内でも感染者が出始めた新型コロナが心配だった。コートのボタンを首元まで止め、さらにマフラーを締め直す。嫌いなマスクもかけた。さて……今日は既に勤務時間を過ぎている。このまま帰ってもいいのだが、何となく真《ま》っ直《す》ぐ蒲田へ戻る気にはなれなかった。

「ガンさん」声をかけられ振り向くと、西川が立っていた。

「どうした」

「今日、ここへ来るって聞いてましたから……」西川が、編集部の入ったビルを見上げる。

「話は終わったんですか？」

「ああ。極めて友好的に」

「これでよかったんですよね？」

「まあな。お互いに納得して、自分の仕事を確認した——大人同士の冷静な話し合いだよ。それよりどうだ？　軽くやらないか？」岩倉は口元でグラスを傾ける真似《まね》をした。

「いいですね。どこにします？」

「そうだな」岩倉は周囲を見回した。靖国《やすくに》通り沿いにいい店があるのを思い出した。『ランチョン』でどうだ？」

「じゃあ、ビールと何かフライものにしますか」

「俺たちの歳だと、あまりよくない組み合わせだな」

「今日ぐらいはいいんじゃないですか」

「それもそうか」

一階の階段のところにはシェフの格好の人形、さらに料理のショーケースがある。店内はテーブル、椅子、さらに床面全体が茶色で、非常に落ち着いている。ここは本来老舗《しにせ》の「ビヤホール」で、料理としては普通の洋食を出すという、かなり毛色の変わった店である。店内にはかなり強く暖房が効いており、岩倉はコートと一緒に背広の上も脱いで、隣の椅子に引っかけた。暖房がきついのは、冬でもビールを美味く呑ませようという狙いかもしれない。

生ビールで乾杯する。ジョッキではなく、独特の形をしたグラスで出てきたビールは、しっかりコクがあって美味い。喉を少し潤してからつまみを選ぶ。まだ時間が早いせいもあり、ここでしっかり腹に詰めこむつもりはなかった。フライは避け、名物のビーフパイと塩タンにする。

「本当に、喧嘩別れにならなかったんですか」西川が切り出した。

「ああ。お互いの立場を理解しあって、友好的に別れたよ。握手はしなかったけどな」

「それならいいんですが……」

「納得できないか？」

「俺は、ガンさんほどワルになりきれないのかもしれません」

「もうすぐだよ」岩倉は笑った。「五十になれば、お前にも俺のやり方が普通だと分かるようになる」

「そこまで、もう少し間がありますけどね……そう言えば、南大田署の安原課長が異動になったんですね」

「ああ。後任が、ちょっと脂ぎった人なんだ」岩倉は苦笑した。「合わない人だから、俺もそろそろ異動しようかな」

「今度はどこへ？」

「多摩とか」

「遠いですね」

「まあな。でも、同じ都内だ」もっとも、「本部からできるだけ遠くにいる」方針に変わりはない。異動すれば、南大田署よりもさらに本部からは遠くなる。

「ガンさんは、これで気が晴れたんですか」

「晴れた」岩倉は断言した。「この事件は、刑事になろうと思ったきっかけだからな。一つ残念なのは、本当は諸橋が書く予定だった告白本が読めないことだ。今回みたいなことがあったから、どこも手を出そうとしないだろう。諸橋も諦めるはずだ」

「自分に都合のいいことばかり書いて、真相は分からないかもしれませんよ」

「だから、俺の中ではこの事件は終わっていない」

「そうなんですか?」

「俺は将来、未解決事件を集めた本を書きたいんだ。そのために資料も集めてる」

「それは、警察官に嫌われそうな本ですね」西川が苦笑する。

「分かってるよ。でも目を背けてばかりじゃ、捜査技術は進歩しない。後輩のためにと思って書くんだぜ……それで、このバラバラ事件も、公式にはあくまで未解決事件だよな?」

「時効が成立してますからね」

「つまり、この事件の詳細は、俺の本に入れてもいいっていうことだ」岩倉はニヤリと笑った。「そのために、諸橋にはずっとつきまとってやろうかと思ってる」

「まずい方向に追いこむことになりますよ」西川が忠告した。

「分かってるさ。でも、諸橋が受けるべきだった罰は、こんな程度じゃ済まない」

「しかし、私刑《リンチ》は……」西川が言い淀《よど》む。

「取材だよ、取材」岩倉はひらひらと掌《てのひら》を振った。「そんなひどいことするわけないだろう」

「本気ですか？」

「ま、もう少し経ったらお前にも分かるよ。人間は――特に刑事は、年齢を重ねるごとに選択肢が増える。いいことも悪いことも――自分では悪いことをしているとは思ってないけどな」

「そういうの、一番質《たち》が悪いワルですよ」

「冗談じゃない」岩倉は豪快に笑い飛ばした。「刑事がワルでどうするんだよ。俺はあくまで社会正義のためにやってるんだ。その結果、誰かが痛い目に遭うとしても……そいつが本物のワルだからだ。痛い目に遭って当然なんだ」

「まあ、そういうことにしておきましょうか」

西川はグラスを掲げた。岩倉もそこにグラスを合わせる。

さて……三十一年来の気になる事件の真相はようやく分かった。重石《おもし》が取れたと同時に、妙に寂しい感じもある。一つの事件が終わり、自分はまた新天地へ向かうだろう。また新しい事件が待っていて、生活も一変するはずだ。

五十を過ぎて、定年が見えてきても、まだ新しい出会いがある。

だから人生は面白い。

本書はハルキ文庫の書き下ろしです。

本作品はフィクションであり、登場する人物、団体名などは架空のものであり、現実のものとは関係ありません。

Haruki Bunko
ハルキ文庫

と 5-12

時効《じこう》の果《は》て 警視庁追跡捜査係《けいしちょうついせきそうさがかり》

著者 堂場瞬一《どうばしゅんいち》

2021年1月18日第一刷発行

発行者 角川春樹

発行所 株式会社角川春樹事務所
〒102-0074 東京都千代田区九段南2-1-30 イタリア文化会館

電話 03(3263)5247(編集)
03(3263)5881(営業)

印刷・製本 中央精版印刷株式会社

フォーマット・デザイン 芦澤泰偉
表紙イラストレーション 門坂 流

ISBN978-4-7584-4386-9 C0193 ©2021 Dôba Shunichi Printed in Japan
http://www.kadokawaharuki.co.jp/[営業]
fanmail@kadokawaharuki.co.jp[編集] ご意見・ご感想をお寄せください。